イレキュラー・ハウンド
いずれ×××になるだろう
しめさば
illust. はくり

Character

hachi　ハチ

警察が表立って動けない事件を密かに捜査する警視庁特殊捜査班〝ダイハチ〟のリーダーをしている年齢不詳の少女。他人の『イレギュラー』を見抜く能力を持つ。ミステリー小説のような仰々しい話し方を好む。

roku　ロク

ハチと同じく警察の外部組織である第六捜査班の班長。しかし見た目は小学校低学年の女の子にしか見えない。触れたものの記憶を辿り『追跡』するイレギュラーを持つ。

Yuumi echigo
越後優美
捜査で接触することになった、桃矢の元クラスメイトの少女。歌舞伎町で出会ったときは自らを「エッチ」と名乗って……。
aki Yosano
与謝野亜樹
桃矢のクラスメイトにして唯一の友人。ダイハチと関わるようになって様子が変わった桃矢を心配する。
touYa azuchi
安土桃矢
高校二年。17歳。様々なことに失望し、生きる意味を見失って不意に死を選ぼうとしたところをハチに拾われる。他人の〝痛み〟を自分のものとして感じてしまう特殊能力『イレギュラー』を持つ。

「ちょうど探してたんだよ。
命がいらないヤツをさ」
目の前の少女は不敵に微笑んで、
僕の目を射貫くように見つめた。
そして、ゆっくりと言った。

「いらないなら、くれよ。私に」
その言葉は、嘘みたいに
僕の頭に反響した。
他の音が何も聞こえなくなった。
「欲しいんですか。こんなのが」
こんな風に、
前置きもなく、唐突に。
〝何もなかった〟僕は
『彼女』に出会い……
この時確かに、何者かに
なれるような気がしていたのだ。

「なんで脱いでるんだ!!」
僕が大声を上げると、エッチはきょとんとした表情で、ブラウスの裾を持ったまま首を傾げた。
「なんでって……するんでしょ？」
「なにを？」

「え？　なにって……セックス？」
「はぁ!?」
そうか……むしろ、なんで
今までそういう想像がつかなかったのか
分からないほどに、単純な話だった。
ここは歌舞伎町で、
エッチは女で、そして、
そこで「仕事をして」生きているのだ。

CONTENTS

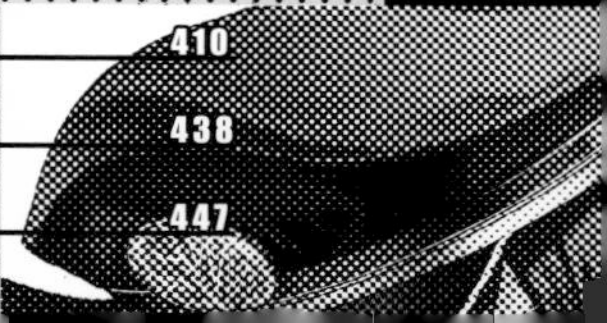

イレギュラー・ハウンド

いずれ×××になるだろう

しめさば

角川スニーカー文庫

23169

独白――プロローグ1．愛された少女

prologue 1

あたしはいつだって、愛されている。そう思っていた。

両親から愛され、友人から愛され、異性から愛され……それが当たり前の世界だった。

あたしが一度「愛して」と囁《ささや》けば、誰もが、そのように応えてくれる。

あたしには人に愛される才能があったのだ。

人から愛され、供物のように差し出される真心を受け取るだけの生活はあまりに甘美で、憂いがなく、幸せだった。

だから、あたしはこれからもずっと……順風満帆に生きていく、と、そう思っていたのに。

ある日突然、すべてが、変わってしまった。

愛などというものは。

人として普通に暮らせるくらいの財力を持ち、互いに相手を思いやれるような人間のいる環境に身を置いて、明日《あした》の心配なんてしなくても良いくらいに安全な場所で眠ることができるときでなければ、あたしに幸せを運んでくれるものじゃないのだと――

そう気付くのが、遅すぎたんだ。

愛だけを受け取って、生きてきた。

愛されることしか、知らなかった。

だから……。

すべてが終わってしまって、愛があたしの人生を救ってくれないと気付いても、それでも……。

あたしは、愛されることでしか、生きていけないと悟った。

あたしは、とても………可哀そうだ。

独白――プロローグ2．色を失った猟犬

prologue 2

命を自ら投げ捨てようとする少年に〝色〟を見た時……私の心に、炎が灯った。

それは稲光のように鮮烈で、それでいて篝火《かがりび》のように穏やかな温かさを伴った、炎だと思った。

強大で、ままならず、繊細で、けれど大胆だ。

私は……彼の命に、自分の命を見た。

決して、情などではなかった。今でも、そう思う。

私にとって人が死ぬことなど当たり前のことで、どうでも良いことで、それが私の目の前であっても、目に入らぬ遠いところであっても、同じことだ。

死は〝運命《さだめ》〟だ。

生物の死は摂理であり、ルールであり、それこそが生物の生存戦略なのだから。

それでも、私はあの時、彼を止めた。

欲望だ。私の奥深くに潜んでいた、焦げ付くような欲望。

他人より多く感じすぎて、他人より臆病《おくびょう》になり、他人より傷付いて、そして、苦痛か

ら逃れようとする命。

私には到底理解できぬ〝共感〟という心を持ったその命を、私は……なんというエゴか、〝私のために〟使ってほしいと……そう思ってしまった。

死が運命だと言うのなら、私が彼を引き留めたのも、きっと運命だ。

そうであってほしい、と、願っている。

そして一度私が触れた、彼の〝運命の糸〟を、彼が……どのように結び直すのか、見てみたいと思った。

そしてそれがいずれ……私の×××になってくれることを、祈っていた。

独白――プロローグ３．痛みを感じる少年

prologue 3

暴力による痛みほど、シンプルに処理できるものはないと思った。

湿度が高くて息苦しい、繁華街の路地裏で、芋虫のように身体を丸めている。

背中から、腹から、まるで他人事《ひとごと》のように……激しい衝撃と、少し遅れて鈍痛が襲った。

気性の荒い男たちに取り囲まれ、蹴《け》りつけられながらも、僕の心はどこか落ち着いているのが分かる。

身体中が痛んでいた。

蹴られるたび、嗚咽《おえつ》が漏れ、呼吸のしにくさを感じる。内臓が激しく動いて、吐き気がした。唾液《だえき》なのか、胃液なのかよく分からない液体が、喉《のど》の奥から漏れる。

身体中が痛みの信号を発して、脳でそれを感じ取っているというのに……今の僕には、そんな痛みすらも、ただの電気信号にしか思えなかった。

シンプルだ。

僕が普段感じていた『誰のものかも分からない』痛みに比べたら、力強く身体を蹴られて感じる痛みなど、短絡的で、稚拙なもののように思える。

少しずつ、意識が朦朧《もうろう》としてくる。

「いい加減吐きやがれ！　本当にぶっ殺すぞ!!」

僕を蹴りつけている男のうちの一人が、そう吼《ほ》えた。そして、腹部に猛烈な衝撃が走る。同時に、内臓が異状を訴え、喉を熱い物質が通過した。「おぇぇ」とみっともないうめき声を上げながら、胃液を吐き出す。

このまま死ぬのだとしたら、それも仕方がないことなのだと思った。どのみち、一度捨てようとした命だ。

身体の力が抜けていく。

全身で感じている痛みも、少しずつ、鈍く、遠くなっていった。僕はきっと、意識を手放そうとしているのだ。

遠のいていく意識の中で、凜《りん》とした声が響く。

『どうせ死ぬしかやることがないなら、とりあえず私のために生きてみたらいいじゃないか』

〝ハチ〟は、そう言った。

無遠慮で、こちらの都合などお構いなしなその言葉に、僕は何故か首を縦に振っていた。

その理由が知りたくて、みっともなく生き永らえていたというのに……結局、こんなふうに死ぬことになるとは、つくづく惨めだと思う。

ようやく、階段を上り始めたと思っていた。

無意味で、痛みだけの続く人生に、ようやく理由が生まれて……自分でも誰かを救えるかもしれないという希望を感じて……一歩一歩、階段を上っているような気がしていた。

でもそれは大いなる勘違いで、思い上がりで……きっと僕は、終わりに向けた階段を下っていたにすぎない。

やっぱり、あそこで死に損ねたのが、そもそもの間違いだったのだと思う。

ゆっくりと目を閉じながら、身体に響き渡る暴力による痛みのシグナルをシャットアウトし……僕は、数週間前のことを思い返す。

一章

chapter 1

あ、今、死のう。

それは鮮烈な閃《ひらめ》きだった。

夏休みが終わる一日前。昼過ぎの、じりじりと暑い駅のホーム。

学生は最後の休日を満喫中。社会人は仕事中。

ホームに立つ人は片手で数えられるほどで、僕はその数少ないうちの一人だった。

日本という国の中では一・二億分の一、世界の中では七十八億分の一という数字に置き換えられる僕だけれど、この駅のホームの中では十分の一以内に収まってしまう。

割合だけで考えれば……僕のこの駅のホーム内での質量は、ものすごく大きいもののように感じられる。けれど、実際は、そうじゃない。

ゆっくりと辺りを見渡す。

ホームに立つ数人の人たちはそぞろに空を見上げたり、スマートフォンの画面を見つめたりしている。決して、僕と目が合うことはない。

僕は彼らを眺めているけれど、彼らは僕を見てはいない。

相対比じゃない。たとえこのホームに立つのが僕ともう一人しかいなくて、二人きりの空間だったとしても……おそらくその相手が僕を見つめ、興味を持つことなんてない。七十八億分の一も、二分の一も、同じだ。

〝絶対的〟に、僕という人間になど、価値がない。

身体を焼くような強い日差し。立っているだけで身体に汗を分泌させる、まとわりつくような湿度。ぴたりと肌に貼り付くシャツ。姿は見えないけれど四方八方からその存在を主張してくる蟬の声。嫌みのように雲一つない青空。用事もないのに外出した僕。

すべてが、煩わしかった。

特急電車の通過を知らせるアナウンスがホームに流れたとき、その閃きは起こった。

そうだ、死のう。

何の感慨もなく、そう思った。

人生に不満があるわけじゃない。なかったわけではないけれど、もう受け入れていた。

〝いらない感情〟は次から次へと外から内へ流れ込んでくるのに、望んだものは手に入らない。いつだったかそう気づいて、それと同時に、自分が何を望んでいたのか分からなくなった。

そう……不満など、ない。そういうものだと受け入れてしまえば、不満を持つことすらなくなっていく。

……でも、よくよく考えれば、満足感もない。

ただただ苦痛が積み重なり、その対処だけが上手くなって……その先に、一体何があるというのか。

僕が生きている理由は、何もない。

死のう。

意気込むわけでも、投げやりになるわけでもなかった。腹が減ったら食事をするように、尿意を感じたら便所に行くように、僕は今死のうと思った。

視線を動かして、線路の先を見やると、特急電車が少しずつそのシルエットを大きくしていくさまが目に映った。かなりのスピードが出ている。

もう少し待ってから、飛び込もう。

あまり早く行動を起こして減速されては、死に損なってしまうかもしれない。ギリギリまで引き付けてから、身体を投げ出すだけだ。

淡白に、脳内でそんな算段を立てる。

息を吸い、目を瞑《つぶ》る。蝉の声がやけに大きく聞こえた。聴覚全体を覆うように響いてくる蝉の声を切り裂くように、電車が走ってくるごうごうという音がどんどんと大きくなる。

深く吸った息を、吐き出す。落ち着いている。

目を開けると、ちょうど特急電車がホームに入ってくるところだった。

僕は歩行者信号が青になった時のように、ゆったりとホーム上の黄色い点字ブロックを踏み越えて、線路へと右脚を伸ばす。けたたましい電車の警笛が耳を劈《つんざ》き、少し遅れてブレーキ音が駅に響いた。さすがに、今からブレーキをかけてももう遅い。

脳が興奮しているのか、世界がいつもよりゆっくりに見えた。向かいのホームに立っていた男性と、ふと目が合った。

そして、彼の〝痛み〟が瞬時に僕の中に流れ込んだ。じわりと鈍い、痛み。ひどい現場を見てしまった、とでも思っているのだろうか。それは、悪いことをした。

でも……こんな〝痛み〟とも、今この瞬間におさらばできるのかと思うと、少し、せいせいした。

男性から目を逸らして、目の前のレールを見る。足を踏み出して、線路に飛び出すのだ。

――次の瞬間、僕は電車に撥《は》ねられて、死亡した。


「なーにしてんだ、少年」


はずだった。

目の前を、ごうごうと特急電車が通り過ぎてゆく。電車が通り過ぎて向かいのホームが見えるようになると、そこに立つ全員が僕を見ていた。

続いて、割れそうなほどに、心臓が痛む。僕に注がれる視線に、〝痛み〟が絡みついている。

頭が混乱した。

おかしい。僕は死んだはずだ。

浅い呼吸を繰り返していると、だんだんと「今から死ぬ」という気持ちで完全に麻痺《まひ》していた身体の感覚が戻ってくる。そしてすぐに、僕は自分の襟首を誰かに摑《つか》まれていることに気が付いた。

「いっちょ前に自殺か。迷惑なヤツだ」

後ろからかけられた声に反応するように振り返ると、見知らぬ少女が僕の襟首をぐいと摑んで、尻餅《しりもち》をついた僕を見下ろすようにしていた。つまり、僕は……この少女に力強く引っ張られ、自殺に失敗したということなのか。

「ど……」

どうして。と、口に出そうとしたが、声が出なかった。喉の奥がパリパリに乾いていて、声の代わりに咳《せき》が飛び出す。

しかし、その意図をくみ取ったかのように頷《うなず》いてから、少女は口を開く。

「君がそこで死んだときのことを考えた」

他人の自殺を止めた直後とは思えないほどに、淡々と少女は喋《しゃべ》り出した。

「君がそこで撥ねられる。電車は急停車し、ダイヤが乱れる。君に家族がいるかどうかは定かでないけれども、もしいた場合、君が死んだ後多額の賠償金が君の家族に請求されるだろう。だがその金で鉄道会社が潤うのかというとまったくそんなことはない。その金は君が遅らせたダイヤを補塡《ほてん》するための処理に回された〝対応費用〟を回収する目的で徴収されるからだ。つまり私が言いたいことはこうだ」

少女は気持ち悪いほどに流暢《りゅうちょう》に言葉を並べた後、人差し指を立てた。

「この物語には勝者がいない」

僕はひたすらにきょとんとしながら、その言葉を聞いていた。無反応な僕の様子を見て少女は小首を傾げる。

「……分かりづらかったかな。つまり、誰も得しないということだ」

彼女の口調はどこか芝居がかっていた。まるで、探偵ドラマの主人公のような、そんな語り口。

そして、頼んだわけでもないのに、彼女はすらすらと語り続ける。

「もっと言えば、私は君の真後ろのベンチに座っていた。あそこで君が線路に飛び降り、派手に電車と衝突したなら、血しぶきが私にかかってしまっていたかもしれない。見ての通り今日の私は白い色の服でオシャレをしているんだ。汚れてしまう。勝者がいないのに私だけが一人で負けることになる。そんなのおかしいじゃないか。理不尽だよ、あまりに」

そう言われて、初めて僕は目の前の少女の格好に目が向く。民族柄の刺繡《ししゅう》が入った白色のチュニックシャツに、薄い生地の黒いミディスカート。そして頭の上にはちょこんと紺色のプロムナード帽が載っかっている。白と黒の目立つさっぱりとした服装。確かにこの真っ白なチュニックに血しぶきがかかったところを想像すると、なかなかに悲惨だった。

　黙って彼女の服装に目をやっていた僕の襟を少女はぐいと引っ張る。彼女は見た目の印象よりもずっと力が強く、僕の身体はガクンと揺れた。喉《のど》を急速に空気が通り抜け、ピーと音が鳴る。

「どうした、黙ってしまって。言葉が喋れなくなるなんて、実は死ぬのが怖かったのかい。それとも元から話せない？」

　彼女は目をじんわりと細めて、挑発的に微笑んだ。

　死ぬのが怖かったのか？　と問われて、なぜか、苛《いら》ついた。

　そんなわけがあるか。あんたに止められなければ、今頃僕は無事死んでいたというのに。

「……話せる」

　ようやく、声が出た。

　少女は半笑いで「おっ」と声を漏らし、それから捲《まく》し立《た》てるように言う。

「なんだ話せるんじゃないか。まず命を救ってくれた私に感謝の意を述べるべきでは？」

　まるで『良いことをした』とばかりに胸を張ってみせる少女。

　話しているうちに、自殺寸前の興奮状態も落ち着き、声も出るようになり……僕は落ち着きを取り戻していくのを実感していた。

　そして、何かを考えるよりも先に出力されたのは……怒りだった。

「……別に、頼んでない」

彼女を睨《にら》みつけながら僕が言うと、その受け答えが不満だったようで、少女はあからさまに顔をしかめた。

「頼まれてから命を救うなんて三流のやることだ。命に貴賤はないのだから」

彼女のその言葉に、僕はぞくりとする。

「命に貴賤はない」

僕は低い声で、その言葉を口にした。

うすら寒い、偽善的な言葉だ。

そんなわけがあるか、と、思う。

僕の呟《つぶや》きを聞いて、彼女は目を細め、かくんと首を傾げた。

「何か？」

「いや、別に」

「別に、の顔ではないな」

僕が逸らした目線に合わせるように、僕の後ろに立っていた少女がゆるやかな動作で僕の真横にしゃがみなおして、目を見つめてくる。

「反論があるなら聞こうか」

少女のその口ぶりに、再び苛立つ。

そもそも、なぜ死のうとしたところを強制的に止められた上に、こんな意味の分からない問答をしなければならないのか。反論もなにも、自発的にこの少女と話したいことなど何もないのだ。

そんなことを思っていたはずなのに、僕の口はその思いとは裏腹に、すぐに動いた。

「命に貴賤がないなんて、嘘だ」

驚くほどはっきりと、そう言っていた。

少女の瞳《ひとみ》が揺れる。

それから、彼女の睫毛《まつげ》がスッと下降する。睨みつけられたわけではない。ぐっと僕の目の奥を覗《のぞ》くように、その目は細められたのだ。

「嘘、とは？」

「……」

続く言葉は、なかった。何か言いたい気がしたが、言葉にならない。

隣にしゃがみこむ少女は、数秒間僕を見つめた後に、ふんと鼻を鳴らした。

「妙にはっきり物を言ったかと思えば、今度はだんまりか」

その言葉には、明らかに失望の念が籠《こ》もっているのが感じ取れて、ちくりと胸が痛んだ。初対面の女に何を思われたところで、どうなるというわけでもないだろうに。

「仮に、命に貴賤があるとして」

少女は突然立ち上がって、青空を見上げた。

「どのみち、命の数には限りがある。無限ではないということだ」

無限ではない、という言葉はぼんやりとしていると思った。

生まれる数と競うように、命は消えてゆく。僕もそのうちの一つの、はずだった。

少女は、空を見上げたまま、呟くように言う。

「人間はいつか死ぬ」

彼女の表情は見えない。何を思ってそんなことを言うのかも、僕にはわからない。

ただ、僕は空を見上げる彼女を、さらさらと微風に揺れる彼女の黒髪を、阿呆《あほう》のように下から眺めていた。

「いらないのか？」

「え」

空を見ていたと思った少女の双眸《そうぼう》が急にこちらを向いたものだから、僕は反射的に間抜けな声を上げた。

僕を上から見下ろす様子で、彼女は言った。

「人間はいつかは死ぬ。君の『いつか』は『今』になるところだった。偶発的な事故ではなく、君自身の意志で」

そこまでで一度言葉を区切って、「しかも、制服なんぞを着て」と何故か彼女は付け加えた。制服を着るような歳で、ということが言いたいのか、制服を着ていること自体を言いたいのか、わからない。

彼女は強調するように、もう一度言った。

「いらないのか？」

「……なにが」

「その命だよ」

少女は僕の胸にぐいと人差し指を立てた。細い指。爪が伸びているわけでもないのに、僕に押し付ける力が強すぎて、指が肉に刺さるようだった。

痛い、と、思う。

でも、やはり、そんな物理的な痛みは、他人事《ひとごと》のようでもあった。

「なんの感慨もなさそうに、捨てようとしたじゃないか」

僕の自殺のことを言っている。確かに何の感慨もなかったが、よそから見ていて分かることだろうか。

「ちょうど探してたんだよ。命がいらないヤツをさ」

目の前の少女は不敵に微笑んで、僕の目を射貫くように見つめた。そして、ゆっくりと言った。

「いらないなら、くれよ。私に」

その言葉は、嘘みたいに僕の頭に反響した。他の音が何も聞こえなくなった。

時間が停止したような感覚に呑《の》まれて、僕は吸い込まれるように彼女の目を見た。

それから、急に、僕の世界に音が戻ってくる。四方八方から、蝉の鳴き声に殴られるような感覚。

僕は熱に浮かされたようにぼんやりと口を開いて。

「欲しいんですか。こんなのが」

と、言った。

彼女は僕の言葉に自信満々に頷いてから、答える。

「どうせ死ぬしかやることがないなら、とりあえず私のために生きてみたらいいじゃないか」

誰かのために生きる。

考えたこともないことだった。

僕の人生はひたすら痛みに耐えるだけの人生で、これからも、ずっとそういうものなのだと思っていた。

けれど、人のために生きたのなら、少しでもその痛みに、意味を感じられるだろうか。

人のための〝痛み〟になら……喜べるように、なるのだろうか。

数分前に死んでいたはずだった僕に突然提示されたそんな可能性。頭の中が真っ白になる。

そして、僕は気づけば……首を縦に振っていた。

こんな風に、前置きもなく、唐突に。

〝何もなかった〟僕は『彼女』に出会い……この時確かに、何者かになれるような気がしていたのだ。

二章

chapter 2

「この公式を活用すると、さっきの問題を解くのは簡単だ。まず公式に当てはめる数字が問いの中のどこにあるのかを考える」

数学教師が黒板に力強くチョークを叩《たた》きつけながら数字を書き並べてゆくのをぼんやりと見ながら、特に何かを考えるわけでもなくその内容をノートに写していく。

……まだ、ぼんやりとしていた。

数日前。

唐突に自殺を決意し、駅のホームから飛び降りようとした僕を、〝ハチ〟という少女は意味不明な理屈を押しつけて制止した。

そして。

『いらないなら、くれよ。私に』

僕の命が欲しい、と言い出した。

終始意味不明な出会いだったというのに、何故か僕は彼女の誘いに惹《ひ》かれてしまい、ついて行くことにしたのだった。

＊

「ひとまず、私の事務所に来てもらおうかな」

そう言った少女は、僕を連れて電車に乗り、そして『錦糸町駅《きんしちょう》』で降りた。

改札を出て、ごみごみとした駅前を歩く。電車に乗せられた時から、ずっと彼女は僕の右の手首を、ぎゅっと摑《つか》んで放さなかった。ときどきさりげなく振り払おうとしてみたが、彼女は無言のまま、手を放さない。

駅前を抜け、少し落ち着いた町並みになったところで、僕は耐えきれずに「あのさ」と声を上げた。

「なんだ」

僕の手を摑んだまま振り向く少女。

「いつまで手首握ってるんだよ。子供じゃないんだから」

「また急に車道に躍り出られても困るからな。君の命は私のものなんだから、管理して当然だろ」

「さすがにこの流れで死のうとしたりしない」

　僕が言い返すと、少女はにやりと笑ってから、手を放した。

「そう言うなら、君を信じることにしようか、少年」

　少年、という呼び方がいちいち癪《しゃく》に障るが、きっとそれを指摘してもああだこうだと講釈を垂れられるのが関の山だ。すでに、彼女のなんとなくの性格は摑めてきている気がする。

　しかし、不思議なのは……。

「ん、どうした？」

「いや……」

　すたすたと歩く彼女の横顔を眺めていると、ふいに彼女がこちらを向いて首を傾げたので、思わず言い淀《よど》んでしまう。

「ほら、見えたぞ、あれだ」

　少女が前方の建物を指さす。彼女の指の先を追うと、どうやらそこは三階建てのビルのようだった。

「あのビルがまるまる〝ダイハチ〟のアジトだ」

「ダイハチ？」

　初出単語に戸惑うが、少女は僕の反応などお構いなしに、ずんずんとビルに向かってゆく。そしてあっという間にビルの前にたどり着き、一階のシャッターを手動でガラガラと上げる。パッと見ると小柄で華奢《きゃしゃ》に見える少女が、重そうなシャッターを片手でやすやすと上げる姿は、少しだけ浮世離れして見えた。

「一階はガレージになってる。私の愛用バイクなんかを置いてるんだ」

「……バイクというか、原付だ」

「いいや、バイクだ」

ガレージの中には黒く塗られた原動機付自転車が置かれている。ハンドル部分にはごついスピードメーターが取り付けられ、後方には大げさにリアボックスなんかも装着されているが、本体はどう見ても原付だった。

「バイクだ」

「わかったよ」

「それに、これはセカンドバイクなんだ。本当はもっとデカくてかっこいいのがあるんだよ。今はちょっと修理に出してるだけで」

「わかったってば」

彼女が何度も念押しをするので、僕はもうこれ以上何も言わないことにした。正直、どうでもいい。

「階段を上がると、二階だが……二階はまあ、あまり使うことはない」

「……？」

あまりにざっくりとしすぎている。

僕が視線だけで説明を求めると、彼女は面倒そうにため息をつき、階段を上りながら、投げ捨てるように付け加えた。

「倉庫になってるんだ。使わなくなったものがたくさん入ってる」

「ああ、そう」

つまり、ゴミ溜《た》めのようになっているのだろう。なんとなく、彼女の言外から察してしまったので、僕はそれ以上何も訊《き》かずに頷《うなず》いた。

「そして、三階が我が事務所だ」

「事務所」

少し自慢げにそう言う少女。

しかし、僕は未だに彼女がどこの誰で、ここがなんの事務所なのか分かっていない。果たしてその説明はあるのだろうか。

「ま、入りたまえよ」

事務所のドアを開いて、どこか仰々しい言葉遣いでそう言う彼女に従って、僕はその〝事務所〟に足を踏み入れた。

事務所の中は雑然としていて、本やら紙束やらが散乱していた。

「……汚い」

「事務所が綺麗《きれい》だと落ち着かないだろう」

少女はきっぱりと言って、部屋の窓際にある机へと移動した。そして、ぎしり、とボロ椅子に座った。

「さて、ここが〝ダイハチ〟事務所だ」

少女は自信満々に言って、ひとり頷いた。

ダイハチ。さっきも出た単語だ。

会社の名前か何かなのだろうか。

「少年、君にはここで私の助手として働いてもらうよ」

「助手」

僕はオウム返しをしてから、今までの疑問を少女にぶつけることにした。

「……ここは何の事務所なんだ？　助手っていうのは、具体的に何をすればいい？」

僕が訊くと、少女はその質問を待っていたと言わんばかりににんまりと笑ってから、答える。

「ここは警視庁特殊捜査班〝ダイハチ〟の事務所だ。ざっくり言うと『警察みたいなもの』だな。そして、少年にはその捜査班長である私の手伝いをしてもらう」

「け、警察……？」

事務所の様子や彼女の口調からして、探偵事務所か何かだと思っていたので、思わぬ単語が出てきて少し困惑する。

どう見ても、目の前の彼女は……。

「とうてい警察には見えないって？」

僕の思考を読んだように、少女は笑った。

「まあ、今日はオフだったからね。本当はこの事務所に来る予定もなかったんだ。私服を着れば私もそれなりに普通の女の子に見えるだろ」

そう言って、彼女は自分の私服の襟をひょいとつまんで見せた。

白いチュニックシャツ。もし僕が死んでいたら、赤色になっていたかもしれない、彼女の私服。

そんな思考がよぎって、すぐにそれをかき消す。

「で、〝ダイハチ〟っていうのは？　何かのナンバリングなのか？」

「そこに気付くとは良いスジしてるじゃないか」

謎の上から目線で彼女は言って、何度かひとりで頷く。〝第八〟なんていう名前に、ナンバリング以外の何があるというのか。

「と、言っても〝ダイイチ〟とか〝ダイニ〟があるわけじゃないんだ。ダイハチってのは私が便宜上付けた組織名でね」

彼女はそこまで言ってから、何かに気が付いたように「はっ」と息を吸い込んだ。

「そういえば、まだ名乗ってなかったね」

なぜこのタイミングで気が付いたのかと思ったが、まだ彼女の名前を聞いていなかったのは確かなので、僕は無言で頷いた。

「私の名前は『ハチ』だ。他に呼びようもないだろうし、君も気軽にハチと呼んでくれたまえよ」

「ハチ？　偽名か何かなのか？」

僕が訊くと、ハチは少し困ったように笑ってから首を横に振る。

「いいや、私の名前は『ハチ』なんだ。それ以外の名前がない」

彼女の言っている意味が分からず、小さく首を傾げると、彼女は大きな音で手を打った。

「まあ、どうでもいいことだよ。名前なんて記号みたいなものだ」

ハチはそう言って笑ってから、僕の方を見た。

「そういえば、君の名前も聞いてなかったな。なんて呼べばいい？」

そういえば……そうだ。

僕が彼女の名前を聞いていなかったのと同じように、彼女にも僕の名前を言っていなかったことを思い出す。

「……桃矢《とうや》だ。安土《あづち》桃矢」

「トウヤか。呼びやすくていいじゃないか」

ハチは何度か頷いて、小声で「トウヤ、トウヤ」と呟《つぶや》く。

いきなり、呼び捨て。まあ、いいけれど。

最初から思っていたことだが、ハチという少女はどうにも、馴《な》れ馴れしい。

パン！　と、再び大きく手を打つハチ。

「で、なんの話だったかな。そうだ、ダイハチの話だった」

ハチは話しながら、僕の前方にあるソファを指さした。どうやら、座れということらしいが、座面には書類が乱雑に放置されていて、座れそうな部分はない。

僕はソファの半分だけ、書類をどかしてそこに座った。何か言われないかと心配だったが、ハチはまったく気にしていない様子だった。

「さっきも言ったように、〝ダイハチ〟ってのは私が便宜上付けた組織名だ。君が来るまでは私一人の組織だったからね」

「一人で運営してるものを『組織』って呼ぶのか」

僕が言うと、ハチは少し含みを持たせた笑みを浮かべて、頷く。

「いずれ、組織になったときのためだよ」

その言葉は今までの彼女のそれとはどこか温度感が違った。しかし、どう違うのかは曖《あい》昧《まい》で、言語化ができない。

「〝ハチ〟がいるから〝ダイハチ〟ってね。わかりやすいだろう」

「自分の名前を組織名にしたのか」

「さっきも言ったろ。名前なんて記号みたいなもんだ。分かりやすければいいのさ」

ハチは笑いながらそう答えてから、スッと真剣な表情になった。

「ダイハチは……警察が表立って動けないようなアンダーグラウンドな事件や事故の捜査にあたるための組織だ。さっき『警視庁特殊捜査班』と言ったが、実際は警察の内部組織ではないんだ」

内部組織ではない。

随分回りくどい言い方をするな、と、思う。

「つまり……委託を受けて捜査をする？」

「その通り。物分かりがいいな、少年」

名前を聞いたくせに、結局『少年』と呼ぶのか。少しムッとするが、彼女がそれに気付いている様子もない。わざわざ言うようなことでもないので、ひとまず置いておく。

ハチの説明はどうもまどろっこしい。

一つの説明を聞くと、また一つ新しい疑問が生まれてくるような……一歩一歩階段を上らされるような、なんとも焦れる説明だ。

一番大きな疑問を、吐き出す。

「その……警察が表立って捜査をできない事件っていうのは？」

僕が訊くと、ハチはにこりと笑って、言った。

「まあつまりは、令状が出てない捜査だ。諸々の手続きを警察内で行ってからもたもたと捜査を始めては手遅れになる捜査なんかを、私……いや、〝私たち〟が委託されて実行する形になる」

ハチはそんなことを言いながら、なにやら机の上で紙を折っている。

「警察ってのも結局は『社会』っていう、あれやこれやのルールに縛られた〝システムの一部〟だ。令状がなければ家宅捜索もできないし、『事件解決』と『道徳』を天秤《てんびん》にかけた時、『道徳』を重視しないといけない組織なわけだ」

「……どういうことだ？」

彼女が一息に言った言葉の意味がいまいち分からず、僕は聞き返す。

彼女はスッと鼻を鳴らしてから、手元で作った紙飛行機を僕の方にすい、と投げた。

「人間が一人死ぬかもしれない状況があったとする」

人間が一人死ぬ。急に温度の低い言葉を投げられて、心臓がぞくりと萎縮《いしゅく》したような気分になった。まっすぐ飛んできた紙飛行機を、僕はキャッチする。

「事件を解決するためには、そのリスクを負ってでも現場に突入して、証拠を摑《つか》まないといけない」

ハチは淡々と語った。

紙飛行機を開くと、それは新聞紙だった。真ん中には「二ヶ月の逃亡の末、ついに連続殺人犯逮捕」という大見出しがある。

「警察はその場合でも、失われるかもしれない人命を重視して、迅速に突入ができない場合が多い。その間に証拠は消え、事件は迷宮入りする」

ハチはそこまではっきりと言ってから「場合も、ある」と付け加えた。

ハチの話を聞きながら新聞の文字を追うと、そこには「民間人の突入により、現場の状況は混沌《こんとん》を極めたが、最終的に突入した警察により犯人は逮捕された。人質も奇跡的に無事だった」と報じられている。

「そこで『警察とは関係ないことになっている』私の……いや、〝私たち〟の出番だ」

　ハチは言った。

「証拠を摑んだり、犯人を無力化したり……警察が犯人を捕まえるためのお膳立《ぜんだ》てを先に済ませてしまうのが、私たちの仕事というわけだ」

「……この新聞に書いてある事件も、ハチの仕事だったってことか？」

　僕が訊くと、ハチは何も言わずに、肩をすくめてみせる。肯定と取って良さそうだ。

　つまり、ここに書かれている〝民間人の突入〟というのは嘘で、実際はハチが突入していたということなのか。そして彼女はなんらかの仕事を済ませ、〝警察が犯人を逮捕〟という華々しい成果だけが、世に公表されている。

　……と、彼女の説明を聞くには、そういうことらしいが。

　もう一度、ハチを横目に見る。

　僕と同じくらいの体格。連続殺人犯と渡り合えるほどの屈強な肉体には見えなかった。駅のホームで身体を引かれた時は、確かにその力の強さに驚きはしたものの……それでも、突然こんな話を真実のように伝えられても、鵜呑《うの》みにしてよいのかどうかは迷ってしまう。

　そんなことを考える僕に気付く様子もなく、ハチはそぞろに視線を動かしながら言葉を続けた。

「口で言うのは簡単だが、こういった仕事は何かと危険と隣り合わせだ。たいていのケースには、他人を殺すことになんの抵抗もないような人種が関わっている」

ハチはそこで言葉を切って、僕の方をじっと見た。

僕をじっ、と見つめた後に、ゆっくりと、彼女は言う。

「私は、自分がいつ死んだっていいと思っている」

その言葉は、妙な迫力を伴って、僕のもとまで飛んできた。

それは僕が今まで生きてきて一度も感じたことのないもので、よく分からない重さがあった。

そして、重さがあるのに、実感がない。

先ほどまで彼女と話しているときにじわじわと胸に湧いていた違和感に、輪郭が生まれる。

彼女の言葉には……少したりとも〝痛み〟がなかった。

「ただ、今、私が死んでしまっては、ダイハチは成り立たない。ダイハチはなくてはならない。私は命を懸けてこの仕事をしているはずだったけれど、本当の意味で命を懸けることはできないということに気が付いたんだ」

ハチはそう言って、もう一度僕を見た。

「そこに現れたのが君だ、少年」

「僕……？」

「そうだ。君は自分の命をいらないと言うじゃないか」

ハチはそう言って、ゆっくりと、付け加えた。

「しかも……そんな〝特別な力〟を持ってるのに、だ」

ぞくりと、鳥肌が立つのを感じた。

見透かされたような気がしたからだ。

「……なんで」

「他人と違うことは苦痛だよな。だから疲れて死にたくなった」

「死にたかったわけじゃない」

「そうなのか？　でも死のうとした」

「生きてる理由がないだけだ」

僕が半ばムキになって答えると、ハチは少しの間をもたせてから、小さく首を傾げた。

「〝生きている理由〟、とは？」

その問いに、僕は言葉を詰まらせた。

ハチはそんな僕に、畳み込むように言葉を投げかけてくる。

「生きている理由が与えられている人間なんて、いるのだろうか？　本来、生物の存在に理由などない。〝そこに在る〟ことだけが至上命題で、それ以外には何もない。ただ生きて、種を残し、次の代へ引き継ぐ。ただそれだけだ。他の生物を食らい、他の生物から食らわれ、それが環境となっていく。人間は進化の方法として〝文明〟なんてものを作ってしまって身体の変化を緩めたから、そういう原始的な部分を忘れつつあるだけじゃないか」

「それは……でも……」

捲《まく》し立《た》てられて、僕は言葉に詰まる。

彼女の言っている意味が分からないわけじゃない。でも、僕はそんな話がしたいわけではないのだ。

どうあっても、僕たちは文明のある時代に生まれて、経済社会に身を置き、教育を受けさせられ、〝社会に貢献できる人間〟になることを求められている。そうでなければ、価値はない。そう刷り込まれている。

だから、いつだって……生きる理由が欲しいのだ。

自分だけに存在する、他者に対する、世界に対する〝価値〟が、欲しいのだ。

そして僕には……それが、ない。

言葉を返せず俯《うつむ》いてしまう僕に、ハチはため息一つ、言った。

「少年、君は他人の痛みばかりが気にかかって……自分の痛みをまったく感じていないようだ」

彼女の言葉に、僕は顔を上げ、もう一度彼女を見た。

見透かすような目。気味が悪かった。

「なんで……！」

なぜ、そのことを知っているのか。それを問い詰めようとしても、言葉が出なかった。

無駄に勢いだけがついてしまった「なんで」という問いは、事務所の中で、宙ぶらりんになる。

少しの沈黙の後、おもむろにハチは口を開いた。

「……普通の人間にはない『特別な力』を持って生まれてくる人間っていうのがときどきいるんだ。〝我々〟はそれらの能力者のことを『イレギュラー』と呼んでいる」

ハチはそこで言葉を区切ってから、「私もそうだ」と言った。

「私は、生まれたときから視覚がおかしい。世界がグレーに見える」

「視覚障害……ってことか？」

僕が言うと、ハチはフッと片方の口角を上げ、かぶりを振る。

「……最初はそうだと思っていた。でも成長するにつれて気が付いた。これは単純な視覚障害じゃない」

ハチはそう言って、僕の座っているソファを指さした。

「茶色」

確かに、ボクの座っているソファは茶色だった。

「赤色」

机の上に活けてある造花を指さして。

「灰色」

書類棚を指さして。

次々と、部屋の中のものを指さして、その色を言ってゆくハチ。

「……それが、どんな色をしているのかは〝分かる〟んだ。他人から教えられなくても、それがどんな色だか、理解できる。でも……視界はグレーなんだ。色を見ることができない」

つまり、認識はできるが、そのように見えるわけではない、ということなのだろう。

灰色の世界を想像してみる。すべてが灰色に見える世界。目の前が灰色に見えているのに、そのすべての色を頭では「認識できている状態」というのを想像してみても、まったく、感覚的に理解することはできなかった。

「だが、私にも色が〝見える〟ことがある。それは……」

ハチはじっと僕を見て、言った。

「君のような、『特殊な力』を持った人間を見たときだ」

その言葉に、はっとする。つまり、彼女は僕を一目見ただけで……。

「特殊な能力を持つ人間を見たときだけ、私はその人間の色が見える。駅で君を見たとき、すぐに気付いたよ。君には色がついていた」

「でも、僕が〝痛み〟を感じるっていうのは、どうして……」

僕が訊《き》くと、彼女は頷《うなず》いて、言葉を続ける。

「……最初は、色が見えるだけだった。だが、年齢を重ねて、精神が成長するにつれて、だんだんと〝分かる〟ようになったんだ。能力を持つ人間の色を見ていると、その人間が大体『どんな』能力を持っているのか分かるんだ。君の場合は、他人に、常人とは比にならないほど〝感情移入〟するタイプのものみたいだね」

ため息をつく。

その通りだった。

はっきりと言い当てられてしまうと、妙に気が楽で。僕は胸の内のくすぶった思いを吐き出すように、答える。

「……〝痛み〟だけを感じるんだ。意識を向けた他人の心の痛み、それだけが自分のことのように心に流れ込んでくる」

物心ついたときから、僕はそういう性質を持っていた。

自分の言葉で相手が傷ついたとき、すぐにそれが分かった。それは物理的な痛みを伴って、僕に届く。心臓のあたりが、締め付けられるように痛むのだ。ひどいときは胃まできりきりと痛みだす。痛みの大小は、相手のそれと連動しているのだと、すぐに分かった。

幼稚園に通っている頃から、僕はすでに「他人には優しくしないといけないのだ」という強迫観念に縛られていた。そうでなければ、胸が痛む。

ただ、同じ年頃の子供は当然、そんなことまで考えて生きてなどいない。無自覚な言葉や行動で、他人を傷つける。それは仕方のないことで、そもそも人間はそういう生き物だった。

僕は一時期義勇に駆られ、「ひとのことを傷つけることを言っちゃだめだよ！」と友達に言って回ったけれど、そんなのは誰しもが言葉上では理解していることで、そもそも誰かを傷つけようと意図して言葉を使う人間のほうが、少ない。

どうにもならないことだった。

誰かと関われば、胸が痛む。

孤立する幼少期を、僕は送った。

大きな問題が発生したのは、小学校高学年にさしかかったあたりからだ。

皆が精神的に成長してくると、だんだんと『いじめ』が起こるようになった。それも、僕にはどうにもできないことだった。

誰が誰にいじめられているのか、それはクラスという共同体に身を置いていればすぐに分かることだった。

そうなれば……どうしても、いじめられているクラスメイトに、意識を向けてしまう。

じくじくと、長く続く〝痛み〟が、僕の胸に起こった。

それが地獄の始まりだった。

いじめのないクラスなど、なかった。

それが暴力や嫌がらせを伴うものかどうかは、時と場合による。

それでも、いつだって、コミュニティから除外され、冷ややかな目を向けられる人物というのは、いつも存在していた。

自分の意識を制御しようと思ったこともあった。ただ、それは難しい……というより、不可能だった。

気にしないようにすればするほど、意識はいじめを受けている生徒に向いてしまう。教室の空気が彼を、彼女を除外しようとするたびに、僕はその空気を感じ取って、そして、除外されたその子の〝痛み〟を感じた。

耐えきれずにいじめられっ子に声をかけ、一緒にいるようにしたこともある。何度も、そうした。

しかしその結末は、たいてい二通りだ。

一つは、いじめの対象が僕になることだ。これはこれで、つらかった。コミュニティから除外されるのは、共同生活を強いられる学校生活の上では致命的だった。

他人の心の痛みを感じなくて良い分、自分の生活がつらくなる。

だが、これはまだマシな結末で、最悪なのはもう片方だ。

二つ目は、二人まとめていじめられるようになった時だ。僕はコミュニティから除外される苦しみを味わいながら、かつ、最も身近になったその子の痛みまで引き受けることになるのだ。

その子といくら仲良くなったとしても、相手の心の痛みは消えない。優しくすればするほど、相手の罪悪感のようなもので、じくじくと胸が痛み続ける。

そんな生活を続けて、僕は結局、交友関係を閉ざす方向に舵《かじ》を切ってしまった。

本当は学校にも行きたくなかったが、それもできなかった。

親が海外で働いている関係で、僕は一人で暮らしているが、一時期不登校になりかけた僕のもとに、何度も何度も、担任教師がやってきた。

何度も、「他人の痛みが伝わってきて、胸が痛いんだ」と説明してみたものの、病名もない、医学では診断のしようがないその特性を、理解してくれるはずもなかった。

担任が通ってくるたびに、学校には行きたくないという旨を伝えたが、日に日に担任が疲弊し、担任と話しているだけで自分の胸に激痛が走るようになった時に、僕はついに観念した。

この世に逃げ場などなかった。

未成年が、誰とも関わらずに、一人で生きることは、今の世の中ではあまりに難しい。

そんな風に、いろいろなことを諦《あきら》めて、クラスの端へ端へと逃げながら、僕は学校生活を送ってきたのだ。

「……まさか、こんなことを話せる相手がいるとは思わなかった」

僕が言うと、ハチはおどけたように笑って見せた。

「少しは楽になったか？」

その問いの答えは明白だったけれど、僕はそれを言葉にできず、「いや、別に……」と濁す。

ハチは鼻をスンと鳴らしてから、言った。

「まあとにかく、だ。君が捨てたくて捨てたくて仕方がなかったその能力、そして、その命だが」

ハチはそこで言葉を区切って、僕を見つめながら、ゆっくりと言った。

「私にとっては、必要だ」

その言葉は、じわりと僕の胸の中に広がって、浸透した。

「……そうか」

ようやく絞り出した言葉は、それだけ。

しかしそれだけでハチは満足したようで、うんうんと頷いた。

そして、ギシリと椅子から立ち上がって、大げさに手をパンと鳴らす。きっとこれは彼女の癖なのだろう。

「ひとまず、少年を働かせるからには、私の上司にも確認を取らないといけない」

上司、というのはつまりは警察の人間ということになるのだろうが、よくよく考えるとその辺で拾ってきた高校生を捜査に使うことなど、警察の人間に許可されるのだろうか。

「が……急に呼んでホイホイと来てくれるような立場の人間でもないからな。君と会わせるのは後日にしよう」

ハチはそう言ってから、僕を指さした。

「それと、捜査がないときは普通に学校には行ってもらうぞ」

「……ああ、そうか。学校」

ここ数時間であまりに今までの日常からかけ離れた会話をしすぎたせいで、すっかり学校のことは忘れていた。

「それは構わないけど……どうして？」

思わず、そう訊いてしまう。

警察機関への協力。そんな仕事が、学校に行きながら片手間に務まるとは思えなかった。……そもそものところ、そんな大仕事が僕に務まるのか、ということ自体に疑問を抱いてはいるのだけれど。

僕の問いに、ハチは「ううん」と唸《うな》ったあとに、少しの間を空けてから言った。

「……必要だと思ったからだ」

「……なんだそれ」

僕が眉《まゆ》を寄せるのに、ハチはひらひらと手を振って、唇を尖《とが》らせる。

「今はそれ以外に説明のしようがない」

ハチはそれだけ言って、机の引き出しを開けて、なにやらごそごそとやり始めた。

そして、すぐに二つ折りの携帯電話、いわゆる「ガラケー」を取り出して、僕の方にひょいと投げる。僕はそれを半ば反射的に受け取った。

「これは……？」

「少年の、仕事用の携帯だ。私から連絡があるときはその電話にかける。あとこれ充電器な」

続けて、束ねられたコードもぽんと投げられて、僕はそれをキャッチした。

「なんでこんな古い携帯なんだ」

僕が訊くと、ハチはにやりと笑って答える。

「その方が、味があるだろ？」

別に、そんなことはない。と、思ったけれど。

それは口には出さなかった。

「まあ、それが鳴るまでは、いつも通りの生活を送ってくれたまえ」

ハチは投げ捨てるようにそう言って、ニッと微笑んだ。

いつも通りの生活。

そして……これからの生活。

そのどちらも、やはりどこか他人事《ひとごと》に感じられて。

僕はなんとも腑《ふ》抜《ぬ》けた声色で。

「ああ」

とだけ、頷いた。

＊

「はい、今日はここまで」

三限終了の鐘が鳴り、教師はチョークや教科書をしまって、教室を出て行った。

生徒もばらばらと立ち上がり、昼休みの弛緩《しかん》した空気が教室内に充満する。

ハチに言われたとおりに、僕はいつも通り登校した。

「ねえ」

突然の閃《ひらめ》きで自殺をしようとしたというのに、当たり前のように学校に通っているという状況に若干の違和感はあるものの。

だからと言って「学校」という場所の見え方が変わるということもなかった。むしろ、変わらなすぎることに、違和感を覚えるほどだ。

何故ハチは、学校に通い続けることが「必要だ」と言ったのだろうか。

「ねえってば」

僕の能力を知っていながら、それに伴う苦悩にも気付いていながら、そこに行き続けろと彼女が言う意味は、一体なんなのだろうか。

「おーい！」

ふいに背中を乱暴に叩《たた》かれ、振り返ると、クラスメイトの与謝野亜樹《よさのあき》がこちらをじっと見ていた。

「なにぼーっとしてんの」

「……いつもぼーっとしてるだろ、僕は」

「そうかな、休み時間になると真っ先に教室出てくじゃん」

「そうだっけな」

「自覚ないの？」

亜樹は、僕の唯一、「友達」と言える存在かもしれなかった。

彼女は僕と同じく、無気力で、目に見える感情の起伏が少ない。亜樹と話していても、彼女から〝痛み〟を感じることはとても少ない。

そして、彼女は何故か、クラスという共同体の中で〝浮いている〟存在である僕と仲良くしていても誰にも何も言われない。彼女自身の交友関係は浅く広く、という感じで、決して『クラスで浮いている者同士でつるんでいる』という構図ではないはずなのだが、彼女の自由な雰囲気がそうさせるのか、亜樹が誰と関わっていても、クラスの女子が彼女に何かを言うことはないようだった。

あくまで、僕の観測している範囲での、話だが。

「で、なに」

僕が訊《き》くと、亜樹は力の抜けた笑みを浮かべて、右手でピースサインを作った。

「いやぁ、授業中寝ちゃってさぁ」

「起きてることの方が少ないだろ」

「ノート写さしてくれよぉ」

「いいけど……」

ちょうど今終わった数学の授業のノートを取り出して、目を落とす。

考え事ばかりをしていたせいか、今日は僕もいくつかノートを取り逃していたのだ。

「今日はちょっと、ところどころノート取り逃してるけど、これでいいのか」

「え、まじ？　桃矢がノート取り逃してるとか初めてじゃない」

「そうだっけか」

「そうだよ、いつもノートだけはちゃんと取ってるところが取り柄じゃん」

「僕の取り柄はそこだけなのか」

「そうだよ」

亜樹はそう言いながら、机から乗り出して、ひょいと僕のノートを取り上げた。

「ま、だいたい取ってあるならいいよこれで。あたしも真面目に復習するわけじゃないし」

「ああ、そう」

「持って帰っても？」

「次の数学までに返せよ」

「たすかる～」

もはやいつものやりとりだった。何の気兼ねもなく、正直言って気楽だった。

彼女がいなければ、僕にとって、教室内はもっと居心地の悪い場所になっていたかもしれない。

僕のノートを机にしまう亜樹。そして、財布を取り出して、立ち上がる。

「よし、購買行くわ。桃矢は弁当でしょ」

「あ」

そこで、思い出す。

普段は自分で弁当を作って持ってくるのだが、今日は何故かいつも通りの時間に起きられず、急いで身支度だけをして家を出てきたのだった。

「寝坊したから弁当作ってきてない」

「え、まじ」

亜樹はぎょっとした顔で僕を見た。

「桃矢って寝坊とかするんだ」

「僕のことをなんだと思ってるんだ」

「いや、だって今まで一回もなかったでしょそんなこと」

言われてみれば、確かにそうだったかもしれない。

毎日同じくらいの時間に寝て、同じくらいの時間に起きる。そんな毎日だった。

「……変なの」

亜樹は投げ捨てるようにそう言ってから、顎《あご》で廊下を指した。

「ま、行こっか。早く行かないと残り物になっちゃうよ」

おずおずと亜樹について行き、僕は学校生活で初めて、購買で昼食を買った。

何を買おうか決めるのもどこか面倒くさく、亜樹とまったく同じものを買ったら、亜樹は「もうちょいこだわりなよ」と、笑った。

あまりに普通の、生活だった。

＊

放課後、校門を出る間際にスクールバッグに忍ばせていたガラケーが鳴った。安っぽい音源で作られたベートーヴェンの「運命」が大音量で鳴り響き、心臓が跳ねる。

思わず辺りをきょろきょろと見回してしまうが、誰も僕の方を見てはいなかった。

鳴ったのが校舎内でなくて良かったと思いながら、通話に出る。

「はい」

『お、ちゃんと持ってたか。感心感心』

電話越しに、相変わらず上から目線でハチが言う。

ため息一つ、僕は低い声で訊いた。

「これが鳴ったってことは、事務所に行けばいいのか」

『物分かりもいいなんて、最高じゃないか』

ハチはどこか満足げにそう言って、その後に「そういうことだ」と付け加えた。

『今日は上司も呼んでいる。ひとまずは顔合わせといったところだ』

この前「急に呼び出すのは難しい」とハチが言っていた上司が来ているとのことだった。

どんな人物か、という話も一切聞いていないので、少し緊張する。

『君を実際に採用するかどうかは、上司の判断によるからな。せいぜい下手なことを言わないように気をつけたまえ』

「下手な事ってなんだよ」

『ま、とにかく急いで来ることだ』

僕の質問には答えず、言いたいことだけ言ってハチはブツリと通話を切った。

携帯電話をしまって、ため息をつく。

ハチから電話がかかってきたことで、改めて、ハチと出会ったあの一連の出来事が現実だったということを実感した。

非現実的な出来事から、学校生活という『普通』の日常に戻ってきて、少し混乱していたのかもしれない。

死に損なって、どこの誰とも分からない人間に急に「命をくれ」と言われ……。

よくよく考えると、僕は一体どうしてそんな得体の知れない人間の言うことを聞いているのだろうか。

ただ、何故か、ハチの言葉には「抗えない何か」があった。

彼女の言葉に従っていれば新しい何かに出会えるかもしれない……といったような、よく分からない期待感。

そんなことを考えて……急に、馬鹿らしくなる。

「……くだらない」

結局、生き永らえても、他人に期待するだけ。

そんな期待、持てば持つほど、無駄だと分かっているはずなのに。

そうやって胸中で斜に構えてみても、僕の足は錦糸町《きんしちょう》へと向かっていた。

＊

「お、来たか」

小汚いダイハチ事務所に入ると、そこにはハチと、警察の制服を着た大男がいた。

「おお、君か、ハチが拾った少年というのは」

ソファに座っていた大男がおもむろに立ち上がって、こちらに手を差し伸べてきた。

温厚な雰囲気を醸し出しつつ、同時に、どこか近寄りがたい圧を感じる佇まいだ。

「警視監の犬養剛《いぬかいつよし》だ。話はハチから聞いているよ」

「どうも……安土桃矢です」

差し伸べられた手を握って、握手をする。

犬養と名乗った大男の手はとても温かく、少しびっくりした。

握手の最中、犬養はジッとこちらを見てくる。彼の切れ長の目には威圧感があり、瞳《ひとみ》の奥までのぞき込まれるような迫力に、思わず目をそらしてしまう。

犬養はそんな僕を見てフッと鼻から息を吐いた。

「俺にはどうも、普通の子供にしか見えないが」

そう言って、彼はハチの方に視線をやる。

「オヤジに人を見る目がないのはいつものことじゃないか」

ハチが鼻を鳴らしてそう答えると、犬養は肩をすくめた。

「ひどい言いようだ。お前を見出したのも、俺なんだがなぁ」

「見る目がなくてもたまには当たりを引くこともあるだろ。棒アイスと同じだ。当てようと思って当てるヤツなんていない」

ハチの返事に、再び犬養は失笑する。そして、改めて僕の方に視線を戻した。

鋭い視線が、僕を射貫く。

「で」

犬養が僕を見つめながら言った。

「ハチが君を高く買っているのは、まあ、分かった。君が来るまで、散々『あの子しかいない』だのなんだの言ってたからな」

そうなのか、という視線をハチに送ると、ハチはわざとらしく咳《せき》ばらいをして、僕の視線をいなす。

「だが、問題は、君の方にここで働く意思があるかどうかだ」

犬養はそう言って、太い指で、僕を指した。

「ハチが請け負っている仕事は……」

「『ダイハチ』だ」

ハチに言葉を遮られ、犬養は煩わしそうにハチを一瞥《いちべつ》する。

「……ダイハチが請け負っている仕事は基本的に危険なものが多い。やむを得ず法を犯すこともたびたび、ある。法を犯すということは、つまり、〝法に守られる権利を失う〟ということだ」

犬養の言葉には、どこか形容できない〝重み〟があった。

法は人を守るが、法の外に逃れた人間が法に守られることはない。当然のことだが、改めて言葉にすると、それはとても重大なことに感じられた。

「つまり君は、高校生という若さにして……」

犬養はそこで言葉を区切る。そして、ゆっくりと言った。

「〝独りで〟生きることになる」

独り。

その言葉はどこか空虚で、現実感がなく、そして恐ろしかった。

けれど。

「構わない」

僕は、何かを考えるよりも先に、即答していた。

犬養の目が、少しだけ、大きく開かれる。

独りになる……という感覚は、まったくなかった。

今までだって、ずっとそうだったから。

「ずっと必要ないと……いや、捨てたいと思っていたチカラが、誰かのためになるかもしれないと知って、ようやく生きている意味を感じたんだ」

自分が何を喋《しゃべ》っているのか、分からない。僕はこんなことを考えていたのか？

信じられないほどにするすると出力される言葉に、自分自身が困惑した。けれど、それらはきっと、嘘ではなかった。

犬養は目を細め、小首を傾げながら、言った。

「ようやく生まれたその〝生きている実感〟を、失うことになるかもしれないぞ」

やはり、彼の言葉は重い。

彼は「死ぬ可能性もある」と言っているのだ。

死と隣り合わせの仕事。言葉通りの意味だ。分かっている。

ハチの、「いつ死んでも構わない」という言葉が、頭の中によみがえる。

「僕も……いつ死んだって構わない」

犬養と目を合わせたままそう言うと、犬養は数秒、無言で僕の目を見つめていた。

やはり、心の中を覗《のぞ》かれているような気持ちになる。嫌な汗が背中から分泌されるのが分かった。

そして。

「はっ」

と、口から思い切り息を吐く犬養。口角が上がっている。

「とんだガキだ」

そして、ハチの方を見る。

「ちゃんと死なないように手綱を握っておけよ」

「もちろんだ。死なれたらまた一人になってしまう」

ハチはそう答えて、椅子から立ち上がった。

「ま、聞いたとおり、採用して良いそうだ」

「え」

僕の理解が追いつく前に、ハチが言う。

そんな会話はまったくなかったと思ったが、二人の間では今の会話で何かが決していたようだった。

「〝死ぬ覚悟〟が決まっているガキなんているはずがないと思っていたが」

犬養がそう言いながらソファから立ち上がる。

「まさか本当に、嘘偽りなしの言葉で『死んだっていい』と言い切るヤツだとはな」

犬養はこちらに視線をやって、ニッと微笑んだ。

「褒めてないからな」

「いや、まあ……」

褒められているとはまったく思っていないが。

「そもそも、自殺しようとしていた人間だぞ、僕は……」

僕がそう言うと、犬養は首を横に振った。

「〝死にたい〟のと〝死ぬ覚悟ができてる〟のは意味が違いすぎる。死にたいだけのヤツは、雇ったたって無駄だ。どうせすぐに死ぬんだから」

犬養は、また僕を横目に見た。

「お前は、死にたいだけではないようだ。だから、使ってみてもいい」

それだけ言って、犬養はスタスタと事務所の出入り口に向かって歩いて行く。

「じゃ、後は任せた。処理はこちらでやっておく」

「わかった」

ハチが返事をすると、犬養は小さく頷《うなず》いて、事務所のドアに手をかけた。

出て行くと思いきや、立ち止まって、もう一度ハチの方を見る。

「そうだ、例の件、進めてくれ。新しい人手が増えたなら、頃合いだろう」

「ああ、わかった」

言い残して、今度こそ犬養は事務所を出て行った。

摑《つか》みどころのない、不思議な人物だった。

少しの間、事務所に沈黙が漂う。

そして、ハチがパン、と手を叩《たた》いた。

「さて、というわけで正式採用だ。少年も今日から『ダイハチ』の一員になるわけだな」

ハチはそう言って、僕に何かを投げて渡す。

反射で受け取ると、それは黒色の革でできたケースだった。

「それを提示すれば、君は〝法の外にいる人間〟になれる。常に肌身離さず持っていろ」

開くと、中には金色の星のあしらわれたエンブレムが入っていた。その下に、「警視庁特殊捜査班第八」と書かれている。

僕は本当に、警察機関の一端を担う存在になるのだ。

今までぼんやりとしていた状況が、急に現実的になるような感覚だった。

「そして、少年がダイハチに所属するにあたって、いくらか君の戸籍をいじることになる。いろんな人間からいろんなことを言われるだろうが、全部話を合わせておけ。余計なことを言わなければおかしなことにはならないはずだ」

「戸籍をいじる？」

唐突に現実味のない言葉がハチの口から出たので、思わず聞き返す。しかしハチは、「当たり前だろ」というような表情を浮かべた。

「高校生が警察機関で働くなんて、日本じゃ言語道断だ。君には高校生でなくなってもらうほかない」

「じゃあ、やっぱり高校はやめることになるのか？」

「いや、高校には通ってもらう」

「はあ？」

高校生ではなくなるが、高校には通う。意味の分からない理屈だった。

「この前も話したが、少年はまだまだ学校に通う〝必要〟がある。そこを省いたら、きっと大切なものが失われるからだ」

「大切なものってなんだよ」

「さあな。それは少年にしか分からない」

ハチはきっぱりとそう言い切って、自分勝手に話を進めてゆく。

「高校には通ってもらうが、少年の身分は〝高校生〟ではなくなるというだけの話だよ。君から記号が一つ消えるだけだ。たいしたことじゃない」

ハチはよく〝記号〟という言葉を使うが、僕にはあまりピンと来ない。

名前も、記号。高校生という身分も、記号。

では、彼女にとって記号でないものとは、何を指すのだろうか。

「まあとにかく、大人から何か言われたら、頷いて話を合わせておけ。それですべてが済む」

「それは、裏で犬養がどうにかしてくれるってことか？」

さきほど、犬養が「処理はこちらで」と言っていたのを思い出す。

僕が訊《き》くと、ハチはにやりと笑って、頷いた。

「警察はこわいんだぞぉ」

明らかに冗談めかしているが、今はまったく冗談に聞こえない。

僕が何も言わずにいると、ハチは今度はクリップで端を留められた紙束をこちらに投げて渡してくる。

さっきの手帳とは違い、紙束は不安定な軌道でこちらに飛んできて、危うく落としてしまうところだった。

キャッチしながら、舌打ちをする。

「大した距離じゃないんだから、普通に手渡ししてくれないか」

「時短だよ」

ハチは聞く耳を持たない。

投げ渡された紙束に目を落とすと、どうやらそれは調査資料のようだった。

「今私が……いや、〝我々が〟担当している捜査の資料だ」

ぺらぺらとめくると、少女の顔写真が目にとまった。

少女の顔写真と一緒に、新聞記事の一部が印刷されている。どうやら、失踪《しっそう》事件についての記事のようだった。

そして、僕は何か、その顔写真に妙な既視感を覚えた。どこかで、見たことがあるような気がするのだ。

「越後《えちご》優美《ゆうみ》……という〝らしい〟」

ハチが、言う。

「一年前に家族まるごと失踪した」

「越後……優美？」

その名前、そして既視感のある顔写真。

僕の脳裏には、『教室』の景色が思い起こされていた。

「覚えがあるみたいだな」

ハチは僕の表情を横目に見ながら言った。

「情報では少年のクラスメイトだったはずだ」

「……そうだ……急にいなくなった、あの子だ」

一年前、僕が高校一年生だった頃。クラスメイトの女の子が唐突に失踪し、学年がざわついたことがあったのを思い出す。

最初は不登校と教師から説明されていたが、テレビで行方不明のニュースが流れたことで、事が大きくなった。

実際には家《か》族《ぞく》揃《そろ》っての失踪ということで、警察の捜査が入るも、その後も行方が分からないと聞かされていた。

当時は学校内でもあれやこれやと噂が飛び交ったが、人の噂も七十五日とはよく言ったもので、時間が経つと、ゆるやかにその話題は風化していった。

「確認だが、君の記憶では、その少女は『越後優美』で間違いないんだな？」

ハチは、なぜか優美の名前を強調して訊いてきた。

僕は頷く。

「そのはずだ。忘れもしない」

僕の言葉に、ハチは「そうか……」と頷いて、思案顔で視線をうろつかせる。

どうもハチの様子がおかしく感じるが、そんなことよりも、気になっていることがあった。

「……生きてるのか？」

僕が訊くと、ハチは片方の眉《まゆ》を上げて、首を傾げた。

「おっと、友達だったかな？」

「いや、そういうわけじゃないけど……」

すっかり存在を忘れていたというのに、一度名前と顔を思い出すと、いろいろなことを思い出した。

一度、隣の席になったことがある。

朗らかに笑う女の子だった。友達も多く、クラスの中で、彼女の存在はとても大きいものだったのを覚えている。

そして……朗らかに笑いながら、彼女の心は、定期的に〝痛んで〟いた。

その理由は、僕には分からなかったけれど……。

「この子を捜すのが、任務ってことか？」

僕が訊くと、ハチは一瞬ぴくりと眉を動かしたが、すぐににこりと笑って、頷いた。

「まあ、そうなるな」

ハチはそう言って、僕の手元の資料を指さした。

「捜すと言うより、〝接触する〟という方が正しいかもしれない」

「居場所は分かっていると？」

「その通り。新宿でたびたび発見報告がある」

資料をめくってゆくと、盗み撮られたような写真が何枚も印刷されており、それは確かに、少し雰囲気は違うが、僕の知っている越後優美の姿と一致した。

……制服だ。

僕の高校の物とは違うけれど、彼女は今も制服を着て、生きている。

他の学校にいるということなのだろうか……？

どうあっても、どこかで生きているという情報を得ただけで、少しばかり、安心した。

そして、気になることも、一つある。

「居場所が分かっているなら何で保護しないんだ」

訊くと、ハチは頭髪をぽりぽりと掻《か》きながら答える。

「もちろん、そうできない理由があるわけだが……まあ、ひとまず今、少年がそれを気にする必要はない」

ハチはぶっきらぼうに、言葉を続けた。

「今我々は、彼女と接触しあぐねているところだ。私は方々に〝面が割れている〟し、他にも少し困ったことがあってな……今回の潜入捜査には手が付けられなくなっていたんだ」

「潜入捜査」

違和感のある単語を繰り返す。

何故〝行方不明の少女に接触する〟のが潜入捜査になるのか。

ハチは僕の意図をくみ取ったのか、首を縦に振る。

「これは潜入捜査のようなものだよ。その少女は、とても大きな闇の渦中に立っている。目に見える〝糸口〟だが、どうも厳重に守られていて、接触しがたい」

ハチは相変わらず説明する気があるのかないのか分からない言葉遣いで、語った。

その視線は僕の方に向けられているけれど、本当は僕よりももっとずっと奥……存在するのかしないのかも分からないような遠い向こうを見ているようにも見えた。

「闇の世界の住人が一番嫌うことってなんだか分かるか？」

ハチは椅子に深く腰掛けながら、僕に視線を寄こす。

闇の世界の住人。どうも馴染《なじ》みのない言葉だ。しかし、それが指しているのは、きっと『言葉通り』のものなのだろうと、分かる。

「……仕事を邪魔されること？」

「惜しいな。それももちろんそうだが、基本的に、そうなる前に阻止したがるのがああいった奴らの性分だ……つまり」

ハチはそこまで言って、わざとらしく、鼻をスンスンと鳴らしてみせた。

「仕事について嗅《か》ぎ回られるのが、一番嫌いなんだ」

「なるほど」

「だから今回、少年には『なんにも知らない高校生』のフリをして目標に近づいてほしい」

「昔の同級生と偶然会った……という感じか」

「その通りだ、少年。君は話が早くて助かるね、まったく」

ハチはくすくすと笑ってから、パン、と手を打った。

「じゃ、早速任務開始だ。今日は越後優美を見つけてこい。新宿のどの辺で目撃情報があったかはその資料に書いてある」

「い、今からか？」

「善は急げって言うだろ？　目標に話しかけるかどうかは少年に任せよう。周りに〝怖そうな大人〟がいなければ話しかけてみるのも良いかもしれないな」

「怖そうな大人……」

「さ、行った行った。研修だと思って頑張りたまえよ」

ハチは言うべきことはすべて言ったとばかりに、椅子から立ち上がって、奥の部屋へ引っ込んでしまった。

事務所に取り残された僕は、手元の資料にもう一度目を落とす。

越後優美。

かつての、同級生。

あんな素朴な女の子が、新宿で……一体どんな闇に関わっているというのか。

彼女が見せた笑顔と同時に、彼女の胸にくすぶっていた鈍痛が思い起こされて、僕は顔をしかめた。

「どちらにせよ……行くしかないか」

深呼吸を一つ。

僕は資料を乱雑にバッグに押し込んで、事務所を出た。

三章

Chapter 3

生まれて初めて、僕は歌舞伎町という街に足を踏み入れた。

高校生の僕からしたら、何かおぞましい悪が渦巻いているような〝闇の街〟という印象が強かったが、いざ訪れてみると、ごく普通の歓楽街だ。

居酒屋やスナックなんかが並んでいて、思った以上に、露骨な〝ピンク色〟の店も少ない。

そんなことを考えながら歩いているうちに、気付けば「越後優美《えちごゆうみ》」の目撃証言が多いとされているエリアに入っていた。

そして、そのエリアに入った途端、さっきまでの街の印象と、今いる場所の印象がまったく異なることに気が付く。

見回すと、肌の露出の多い女性の写真が印刷された看板や、端整な顔つきの男性が印刷された看板など……いわゆる「水商売」をしている店がところ狭しと並んでいた。

なるほど、さっきまで歩いていたところはいわゆる歌舞伎町の「入り口」のようなところで、深くまで歩いてくるとだんだんとこういう街並みになってくるわけだ。

今まで来たこともなかった場所に一人で立っていることの緊張感に押しつぶされないよう、僕は歩き続ける。

スーツ姿の男たちが、通る人通る人に何やら声をかけているが、僕を見ると、少しバツが悪そうにきびすを返していく。

僕がどう見ても未成年だから……ということなのだろうか。

そんな風に、横目で通りの人間を観察しながら歩いていると。

「あ……」

特に看板のない、少し古びたビルの前に、その少女はいた。

手元の資料と見比べても、やはり、そうだ。

越後優美だ。

制服は……着ていない。白いブラウスに、黒のコルセットスカート。なんというか……有り体に言って、『男ウケする服』という感じだった。

その上からピンクのカーディガンを羽織って、どこか所在なさそうに立っている彼女。

雰囲気はまったく変わってしまっているが、やはり間違いないと思った。

近くに他の大人がいる様子もない。

僕は資料をバッグに押し込み、ゆっくりと少女に近づく。

「あの……」

声をかけると、びくりと少女の肩が揺れた。

そして、それと同時に胸がずきりと痛む。それは僕自身のものではなく、彼女の胸の痛みなのだと、すぐに気付く。

一瞬、怯《おび》えた様子でこちらに視線をやった彼女だが、僕を見てどこか訝《いぶか》しげな表情を浮かべた。すぐに、胸の痛みは消え失せる。

「越後……優美さんだよね？」

僕が訊《き》くと、少女はきょとんとした表情を浮かべてから。

「えっと……違うけど……？」

と言った。

しかし、その声は確実に、僕の記憶にある「越後優美の声」と完全に一致していた。

「え、いや……な、何か名乗れない事情でもあるのか……？　ほら、同じ学校で、同じクラスだった安土桃矢《あづちとうや》だよ」

「ご、ごめんなさい……よく分かんない」

少女はそう言って、少し困ったように身じろぎをした。

おかしい。

明らかに目の前にいる少女は『越後優美』だ。しかし……本人はそうではないと言う。

「じゃあ……名前、なんていうんだ？」

僕がそう訊くと、少女はふわっと、今までの警戒したような表情とは裏腹な笑みを浮かべて。

「あたしは、エッチ」

「え、エッチ……？」

突然とんでもない単語が出てきて、僕は動揺を隠せない。

名前を訊ねたはずなのに、上手く意図が伝わらなかったのだろうか。

しかし、僕の動揺をよそに、彼女はうんうんと頷《うなず》いた。

「そう、エッチ。みんなにはそう呼ばれてるの。……知ってて声かけてきたんじゃないの？」

「いや……初耳だけど」

「そうなんだ。へんなの」

どうも話がかみ合わないと感じる。

この後どういう風に会話を展開したらよいのかも分からなくなって、僕が黙ってしまうと、エッチと名乗った少女は、こちらの様子を窺うように首を傾げた。

「あの……君はお客さんじゃないの？」

「お客？」

「あー……ほんとになんにも知らないのか。えっと、じゃあ……ナンパ？」

「ナ、ナンパなんかじゃない！」

彼女の言葉に何故か気恥ずかしさが爆発して、僕が少し語気を強めて答えると、エッチはくすくすと笑った。

「急に大声出すじゃん」

「い、いや……ナンパのつもりはなかったから……そう思わせたなら悪かった」

「別に謝ることじゃないでしょ。このへんじゃ、そんなの日常茶飯事だよぉ」

「そうなのか……」

言われてみれば、確かにここは歌舞伎町だ。

ナンパなど日常茶飯事、というイメージがないと言えば嘘になる。

しかし、やはりさっきから目の前の少女とまったく会話がかみ合っていないというモヤモヤ感が胸の中に募り続けている。

「じゃ、やっぱりお客さん？　したいなら二万円だよ」

「するって何を……？」

僕が訊き返すと、エッチは今度こそ言葉を失ったようにきょとんとして。

そして、数秒の間の後に、失笑した。

「あはは！　ほんとに、なんで声かけてきたんだろ」

「いや、さっきから君の言ってることは意味不明で……」

僕は元クラスメイトに声をかけたつもりだったのに、彼女はそれを否定するし、その後もお客やらなにやらとよく分からないことを言い続けている。

「やっぱりナンパなんじゃないの」

「ち、違う！」

「んふふ、ナンパって言うと慌てるのなんか面白い」

けらけらと笑うエッチの前で、僕はただ動揺することしかできない。

急に目の前の少女が、得体の知れない何かのように見えてきて、少し怖くなった。

僕が何も言えずにいると、急に、彼女のポケットのスマートフォンが鳴った。

その瞬間、またズキリと胸が痛む。これも……彼女の痛みだ。

「あー」

エッチはスマートフォンの画面を見て、一瞬表情を曇らせた。

そして、すぐに用意していたような笑顔を見せて、言う。

「ごめん、呼び出されちゃった。またね」

「え、呼び出されたって、何に」

「お仕事！　じゃあね！　次来るときはちゃんと二万円持ってきてね〜！」

それだけ言って、エッチはぱたぱたと走って路地に入ってゆき、すぐに見えなくなった。

「……なんだったんだ」

彼女の消えていった路地をぼんやりと見つめながら、つぶやく。

久しぶりに再会した越後優美は、まったくの別人になっていた。

いや……見た目の雰囲気は変わったし、何故か本人は自分は「越後優美ではない」と言い張るが、話してみれば分かった。

彼女は確実に僕の知っている「越後優美」だ。

しかし、久々の会話は意味不明なもので。まったく……噛《か》み合わない。

何も分からなかったのに、何故か、「彼女と自分はまったく別の世界の住人になった」ということだけははっきりと分かって……。


「……クソッ」

それが無性に……腹立たしかった。

＊

事務所に戻ると、アイスキャンディーをぺろぺろと舐《な》めているハチが僕を出迎えた。

部屋の中はむしむしとしていた。ハチは黒いジャケットをボロ椅子にかけワイシャツ一枚になっている。窓は全開で、ハチに向けて、古ぼけた扇風機が風を送っていた。

「早かったじゃないか。収穫はあったのか？」

だらりと緊張感のない様子でアイスを食べているハチだったが、さっそく口にしたのは業務的な内容だった。

僕が何も答えずに彼女の手元のアイスキャンディーを凝視していると、ハチはその視線に気が付いたように「ん」と声を漏らす。

「なんだよ、アイス食べてたら悪いのか」

「いや、別にそんなことは……」

「これはフィフティーンアイスクリームと言って、自販機で手軽に買える美味《おい》しいやつなんだよ」

「知ってるけど」

「中でもチョコミント味は至高だね。シンプルでいて奥深い。期待しているとおりの味を出してくる」

「もうアイスの話はいいって」

滔々《とうとう》とアイスについて語り始めるハチを横目に、僕はうんざりと首を振りながらソファに座る。

そして、ハチに今日のことについて報告を始めた。

越後優美に接触することはできたが、詳しく話を聞くことはできなかったこと。

彼女は『越後優美』という名前を出してもあまりピンと来ていないようで、自分のことを「エッチ」と名乗ったこと。

そして、「次は二万円を持ってこい」と言ったこと。

それらを端的に伝えていく間、ハチはアイスをちびちびとかじりながらひたすらうんうんと頷いていた。

あまりにちびちびと食べ進めるものだから、アイスは夏の暑さに負けてぽたぽたと溶け落ちてしまっている。ハチは左手でその液体を受けていた。

「なるほど……その少女は自分のことを『エッチ』と名乗ったんだな？」

「ああ……そうだ」

ふむふむ、と頷きながら、ハチは突然食べかけのアイスをゴミ箱に放り入れて、ティッシュで手を拭《ふ》き始める。

もったいない……と思ったけれど、口にはしない。長々と言い返されるのがオチだ。

「……彼女が『越後優美』だという確証が欲しかったが……とぼけている様子もないとなると、難しいな」

ハチは眉間に皺《しわ》を寄せながら、机の上に置かれていた書類に目を落とした。

そして、小さな声で呟《つぶや》く。

「こいつの正体を確かめられるのは少年だけなのだから……」

「え？」

僕が首を傾げると、ハチはハッとしたように顔を上げて、取り繕うように笑顔を見せた。

「いいや、こちらの話だ。それより、『したいなら二万円を持ってこい』と言われたんだったか？」

「あ、ああ……そう言われた」

僕が頷くと、ハチはにんまりと笑ってから、どこかからかうように言う。

「まあ、少年には縁遠い世界だろうな、そういうのは」

「どういうことだよ」

ハチのその言葉に僕は一瞬苛《いら》つきを覚えた。どこか、下に見られたような気がしたのだ。

しかし、ハチは僕を見て鼻を鳴らすのみで、返事はしない。

手を拭いたティッシュをぽいとゴミ箱に投げるハチ。ふわりと軽いティッシュは上手くゴミ箱に入らず、そのまま床に落ちたが、ハチは軽く舌打ちをして、拾わなかった。

そして、横目で僕を見て、言う。

「まあ、初日にしては上出来だろ。それじゃあ……次は相手の提示した条件に乗っかって、調査を進めたまえ」

「条件？」

僕が聞き返すと、ハチは机の鍵《かぎ》のついた引き出しを開け、中から五枚の紙幣を出して、僕に向けてひらひらと振った。

「そうだ。『したいなら二万円』、そう言ったんだろ？　じゃあそれに乗っかってやれと言ってるんだ。ほら」

ハチが立ち上がり、五万円を僕に押しつけてくる。

僕がそれを受け取ると、ハチはまたギシリと椅子を鳴らして座り直して、頷いた。

「何をするのに二万円かかるのかは分からんが、どのみちその金を払わなければ彼女とゆっくり話をする時間はないわけだ」

「まあ……そうかもしれないけど……でもそのすることってのは……もしかしたら法に反

することの可能性もあるわけで」

「十中八九、法に反することだ」

僕の言葉を遮るように、ハチは力強く言った。

「そんなことは、高校生ほどの歳の女が歌舞伎町に突っ立って『仕事』なんて言ってる時点で簡単に想像がつくことだろ」

「じゃあ、そんなの警察が容認していいのかよ」

「言っただろ」

僕の言葉に対して、ハチの言葉はどこか鋭く、そして冷たかった。

「我々は警察の捜査を手伝う〝外注機関〟であって、警察ではない。法の外に出て捜査をするために我々がいる」

「だからって……」

未成年の犯罪の片棒を担ぐというのは、どうも違和感があった。

しかし、ハチにこちらの言葉を聞く気はまったくないようで。

「いいから、明日《あした》も学校を終えたら歌舞伎町へ行ってきたまえ。現場での判断は君に任せる。とにかくその五万円を使って、なんとかその……エッチ、から話を聞き出してこい」

「そんな大雑把な……」

「五万円を渡したのは予備だ。二万円で有益な情報が引き出せないようであれば、残りの三万円を使って上手く言葉を引き出せ。金っていうのは便利なツールだ。それで解決できることは案外多い」

　ハチはそこまで一気に言い放って、机の上のノートパソコンに目を落とした。これ以上言うことはない、というような素振りだ。

「はぁ……」

　本当に、人使いの荒い上司だ。

　しかし、今の僕にはハチの言うことに逆らう理由も、その体力もなかった。

　無言でハチから受け取った金を財布にしまって、事務所を出ようとすると。

「おーい」

　ノートパソコンに視線を落としたままのハチに呼び止められた。

「なんだよ」

　僕が振り返ると、ちらりとこちらに視線をやって、ハチが言う。

「お疲れ」

「……ああ」

　それはおそらく、ハチなりのねぎらいの言葉で。

　僕はなんとも言えない気持ちになりながら、静かに事務所を出た。

四章

chapter 4

歌舞伎町へ赴いた翌日。

ハチの指示通り、僕はいつも通り学校へ行き、授業を受けている。

授業中も、脳裏にちらつくのは昨日の「エッチ」と名乗った少女のことだった。

越後《えちご》優美《ゆうみ》。

同じクラスにいた頃、彼女はよく笑っていたのを覚えている。

他のクラスメイトと談笑をして、その柔らかな笑い声は教室の中でよく響いていた。

その笑い声につられて彼女に意識を向けると、ふいに、胸が痛んだのだ。

あの笑顔に隠された、彼女の心の叫びを……僕は多分何一つ、気付いていなかった。そして、今もきっと……何も理解していない。

「おいこら」

急にバシッと頭を叩《たた》かれて、僕は机にうつ伏せている状態から頭を起こした。

顔を上げると、そこには亜樹《あき》が仁王立ちしている。

「なんだよ……」

「ノート。返すよ」

「ああ……数学のか」

次の数学の授業までには返せ、という約束で昨日貸し出したノートだ。今日は数学の授業はないはずだが、もう返しに来たということは、内容を写し終えたのだろう。

自宅でそんなに真面目にノートを写すくらいなら、授業を真面目に受ければ良いだろうに、と思うが……それは口にしない。どうでもいいからだ。

「ん」

ノートを受け取って、僕はまた机にうつ伏せようとする。

「おいこら」

「いてぇ」

今度は素手で頭をはたかれて、僕は不機嫌を丸出しにして亜樹をにらみつけた。

「なんだよ！」

「ノート借りたんだから、ジュースくらい奢《おご》らせなさいよ」

「ああ……じゃあなんか適当に買って来てくれ」

「ダメ！　桃矢《とうや》も来るんだよ」

「なんでだよ……」

こいつは確実に、借りを返したいわけじゃなくて、教室を出て駄弁りたいだけだ。

しかし、このままここで口論を続けるのも面倒くさく、教室内で悪目立ちしそうだったので、僕は大人しく亜樹についていくことにした。

校舎内の階段横の踊り場には、簡易的な自販機が設置されている。

そういえば中休みは、亜樹とそこでジュースを飲みながら駄弁って時間を潰《つぶ》すのがいつもの習慣だった。

……なだれ込んできた非日常に気を取られて、そんなことも忘れていた。

「どれにする？」

亜樹は迷うことなく「イチゴオレ」のパックを買いながら、僕に訊《き》いた。

僕は今まであまりじっくりと見たことのなかった自販機のラインナップを見て。

「じゃあ、カフェオレで」

と、答えた。

すると、隣の亜樹が驚いたように目を丸くして、こっちを見た。

「……なんだよ」

「……いや、リンゴジュースじゃないんだなって思って」

「たまには別のが飲みたい時もあるんだよ」

「ふぅん……」

亜樹はどこか訝《いぶか》しげに僕を横目に見ながら、自販機に小銭を入れて、点灯したボタンを押した。

「どうも」

取り出し口からカフェオレのパックを取り出して、ストローを突き刺す。

一口、ちゅうと啜《すす》ると、口の中が蹂躙《じゅうりん》されるように甘みに満たされた。

「うお……」

思わず、顔をしかめてストローから口を離してしまった。

液体を嚥下《えんか》しても、口の中はまとわりつくような甘さに支配されている。

「甘いな、これ……」

「リンゴジュースもそんなに変わんないでしょ」

「いや、まあ……でも、こっちの方がちょっとしつこい甘さが」

「だー、文句言うならいつも通りリンゴジュースにすれば良かったのに」

亜樹はどこか苛ついた様子でそう言ってから、踊り場の壁に寄りかかるように背中をつけた。そして、ちらりとこちらを見る。

「……最近、ちょっと桃矢ヘンだよ」

「変？　どこがだよ」

「どこがって……」

亜樹は戸惑うように視線を床の上に這《は》わせてから。

「弁当作るの忘れてきたり、授業中に上の空だったり……あたしとの日課忘れて寝っこけてたり」

「たまにはそういう日だってあるだろ」

僕が言い返しても、亜樹はどこか納得できない様子で「でも……」と言う。

その様子を横目に、僕は彼女に聞こえないように、静かに、息を吐いた。

確かに、彼女の言うとおり、ここ数日の僕はいつもと違う行動をとっている気がする。

きっとそれは、突然片足を突っ込んだ〝非日常〟と、ごく普通の学校生活のギャップに身体が追いついていないからなのだろうと思う。

しかし、こんなことを亜樹に相談できるはずもない。

なんとなく、僕がそういったことに関わっているという話をすれば、彼女はとても嫌がって、「やめろ」と言い出すのではないかという予感があるからだ。

それに……隣でイチゴオレを飲んでいる亜樹は、あまりに、〝いつも通り〟で……。

ちらりと、脳裏に『エッチ』の姿が思い浮かぶ。

アンダーグラウンドな世界に巻き込めば、この能天気な亜樹も、また別人のようになってしまうのではないかという気がするのだ。

それはあまりに……恐ろしい想像だった。

ふと、昨日の『エッチ』の様子を思い出す。

『越後……優美さんだよね？』

と訊いた僕に、彼女は本当に心当たりがないというような顔で。

『えっと……違うけど……？』

と、答えた。

それはまるで、自分の名前を忘れてしまったようで……。

「なあ」

気付けば、僕は口を開いていた。

「ん？」

亜樹が視線だけこちらに寄越してくる。

「……自分の名前、忘れたことってあるか？」

僕が訊くと、亜樹はあからさまに訝しげな表情を浮かべた。

「なにそれ、そんなことあるわけないじゃん」

「だよな」

当たり前な返事に、どこか安心した自分がいることに驚く。

僕がため息をつくと、亜樹は眉《まゆ》を寄せて首を傾げた。

「なに、なんでそんなこと訊くわけ？　やっぱヘンだよ、桃矢」

「いや、なんでもない……忘れてくれ」

「でも……」

亜樹の言葉を遮るように、大音量で校内に予鈴が鳴った。

「……戻ろう。授業が始まる」

「……うん」

何か言いたげな表情のまま、亜樹はずず、と音を立ててイチゴオレを飲み干し、自販機横のゴミ捨て場に空のパックを捨てた。

僕も同じようにカフェオレを一気に吸って、胃に流し込む。

やはり、まとわりつくように甘くて……。

「けほっ」

少しだけむせた。

空のパックを捨てて、教室へ向かう。

教室へたどり着くまでの間、二人は無言だった。

*

二度目に訪れた歌舞伎町には、なんの感慨もなかった。

一度知ってしまった世界については、「これはそういうものなのだ」という感想しか抱けなくなる。

昨日より少しだけ早い時間に歌舞伎町に到着した僕は、早速『エッチ』を捜して歩き始めた。

まだ日が暮れたばかりだというのに、昨日と同じように、スーツを来た男たちが闊歩《かっぽ》し、通りを行く人に声をかけている。

店の前で呼び込みをする薄着の女性。

どこか挙動不審な様子で、とぼとぼと通りを歩く、少し汚らしい格好の中年男。

まったく昨日と同じ光景が目に映った。

こんな街の中で……越後は……いや、『エッチ』は一体何をして。

そして、どこを住み処として暮らしているのだろうか。

彼女は家族ごと失踪《しっそう》したと報じられていた。家族は今どこにいるのだろうか。

一緒に暮らしているのだろうか。

そんなことを考えながら歩き続けていると、歌舞伎町を歩いているのに、周りにはたくさんの人がいるのに、自分はとても孤独に歩いているような気持ちになった。

人のたくさんいる中で、誰とも交わらずにいることほど……孤独なことはない。

この街は、僕が今まで生きていた場所とはまったく違う。

僕は今まで、〝教室から出たこと〟など、一度もなかったんだ。

閉鎖的な空間の中で、必死に自分の居場所を見つけて、そこで丸くなっていた。

だが、ここは違う。

人間があふれかえって、それぞれが違う方向を向いて。

けれど、明確に、〝欲望〟だけがあふれかえっている。そんな場所に感じられた。

こんな中で……『エッチ』は生きている。

もしかすると、一人で。

そう考えると、それはとても恐ろしくて……途方もないことだと思った。

ふいに、少し離れたところから声をかけられて、僕は思考の渦の中から現実に引き戻された。

「あ！　おーい！」

そして、その声は、昨日聞いたばかりの。

「あ、やっぱり昨日の！」

人なつっこい様子でこちらに向かってくるのは、まさに僕が捜していた『エッチ』その人だった。

「ああ……どうも」

捜していたというのに、どう声をかけたらいいか分からず、僕は曖昧《あいまい》な言葉を発して会釈をした。

「今日も来たんだ。どっか遊びに行くの？」

「いや……」

エッチの質問に、どう答えたものか一瞬迷ったが。

ここは素直に目的を開示するのが一番手っ取り早いと判断した。

「君に会いに来た」

「え？　あたし？」

目を丸くするエッチに、僕は財布から二万円を取り出して、渡す。

「言ってただろ。次は二万円持ってきてくれって……」

「えっ、いや、まあ言ったけど……」

エッチは二万円と僕を何度も見比べてから。

少し声の音量を落として、言った。

「もしかしなくても、君ってまだ未成年でしょ……？」

未成年だとまずいのか？　という質問が口から出かけたが。

それよりももっと有効な言葉があることに、すんでの所で気が付いた。

「それは、君だって一緒だろ」

僕が言うと、明らかにエッチは慌てたような素振りを見せて。

そして、すぐに「しーっ」と人差し指を立てた。

「あんまそういうこと大声で言わないでよ」

「二万円は払う。だから、君と話がしたいんだ……」

「話がしたいって……うーん……」

エッチは数秒の間一人でうんうんと悩む素振りを見せたが……。

「まあ……いいかぁ」

結局、深く考えた末の言葉なのかよく分からないものを吐き出して。

「はい。二万円、たしかに」

僕の手の二万円を受け取って、カーディガンのポケットにそのまましまいこんだ。

そして、ぐいと僕の手を引く。

「じゃ、行こ。時間は一時間ね」

「あ、ああ……一時間もあれば十分話せると思う」

「あはは、お話……ね」

最後のエッチの言葉は、どこか温度感が低くて、ぞくりとした。

彼女の言葉の違和感の正体には気づけぬまま、僕はエッチに連れられて、昨日彼女を見かけた古くさいビルへと連れて行かれる。

少しカビの臭いがするエレベーターに乗せられて、僕はついに口を開いた。

「あの、これはどこに向かってるんだ……？」

「ん？　二人っきりになれるところだよ？」

「……？」

別に話をするだけならどこでもいいと思ったが……。込み入った話になることを想定してくれているのだろうか。

エレベーターを降りると、そこには無骨な灰色の扉が一つだけあって……手慣れた動作で、エッチはその扉に鍵《かぎ》を差し込み、開ける。

「どうぞ～」

「ああ……どうも」

エッチに促されて、部屋に入る。

そこはごく普通の『ワンルームマンション』といった感じの空間だった。

簡易的なキッチンと、いくつかある扉はきっとトイレや風呂《ふろ》だろう。

「ここに住んでるのか？」

僕が訊《き》くと、エッチは首を横に振る。

「んーん、ここはお仕事部屋だから」

「仕事部屋……？」

言われて、改めて部屋の中を見回すが、ベッドと簡易的なローテーブル以外には何もなかった。

「ここで一体、どんな仕事を……」

言いながら振り返って、そして、絶句した。

そこには、カーディガンをぽいと床に放り捨て、その下のブラウスのボタンをぷちぷちと開けているエッチがいた。

「ちょ、ちょっと待て！」

「ん？　なに？」

「なんで脱いでるんだ!!」

僕が大声を上げると、エッチはきょとんとした表情で、ブラウスの裾《すそ》を持ったまま首を傾げた。

「なんでって……するんでしょ？」

「なにを？」

「え？　なにって……セックス？」

「はぁ!?」

僕の反応をよそに、またエッチは衣服を脱ぐ作業を再開しようとする。

僕は慌てて彼女に近寄って、腕を掴《つか》んでそれを止めた。

「わ、どうしたの」

「待て待て、一旦《いったん》やめてくれ」

「え？　でも二万円もらっちゃったし……」

「いいから！」

無理矢理服から手を離させると、エッチは困惑したような表情を浮かべたが、ひとまず
「わかった……」と、頷《うなず》いた。

深く息を吐いて、僕は自分の心臓に手を当てる。ドクドクと、信じられないスピードで
心臓が動いていた。

そうか……むしろ、なんで今までそういう想像がつかなかったのか分からないほどに、
単純な話だった。

ここは歌舞伎町で、エッチは女で、そして、そこで「仕事をして」生きているのだ。

ハチは全部分かってて、僕に何も言わずに金だけ渡してきたのだ。

後で絶対に文句を言ってやる……と、心中でつばを吐きながら。

それとは別に、この後どうするべきかを、考え始める。

「僕は……君の話を聞きたくてここに来たんだ」

「……それ、ほんとだったんだ」

僕の言葉に、エッチは少し驚いたような表情をした後に、笑った。

「身体と……〝アレ〟以外を目的に近づいてくる人、今まで一人もいなかったから……適当に言ってるのかと思ってた」

アレ、というのが何を指しているのか分からなかったが、今それを深く訊くのは早計に思えた。

「僕はそもそも、君がこんな仕事をしてることだって知らなかった」

僕が言うと、エッチは言葉の意味が理解できない、というように首を傾げた。

彼女の少し重めのショートヘアーが、さらりと、重力に従って揺れる。

「じゃあ、なんであたしに会いに来たの？」

「だから、昨日言っただろ」

僕は繰り返す。

「僕は君のかつてのクラスメイトだ。ほんとに覚えてないのか？」

僕の質問に、エッチは少しだけ眉《まゆ》を寄せた。胸が、痛む。彼女の胸の痛みだ。

彼女の心中に反応があったということは、やはり思い当たることがあるんじゃないのか？

そう思ったが……予想に反して、彼女は首を横に振った。

「んーん……覚えてない」

その言葉はとても素直なもので、とうてい、嘘を言っているようには見えなかった。

僕は身体の力が抜けるような感覚を覚える。

「そうか……」

僕の力の抜けた相槌《あいづち》を見たからか、また彼女の胸が痛むのを、僕は感じた。

「君は……ほんとにあたしのクラスメイトだったんだね」

「え……？」

「なんか、反応見てたら、嘘じゃないの分かった」

そう言うエッチは、どこかさきほどまでの柔らかい雰囲気とは別の、おだやかな、そしてどこか温度の低いオーラをまとったように見えた。

「よし！　わかった！」

ぱちん、と手を打って、何かを切り替えるように、エッチはにこりと笑った。

「じゃあ、お話しよっか！」

「ああ……そうしよう」

ひとまず窮地は切り抜けた、と思って安心した矢先に……。

「んっしょ……と」

「!?」

　また、エッチが服を脱ぎ出す。今度は、僕の制止も間に合わず、上の服をぽいと脱ぎ捨て、目の覚めるような赤色のブラジャーが思い切り僕の前にさらけ出された。

「待て！　なんで脱ぐんだよ！　話をしたいだけなんだって！」

　僕が声を上げると、エッチは困ったように笑って、首を横に振る。

「それはもう分かったけど……それでも脱がないとダメなんだ」

「どうして！」

　エッチはくすりと笑ってから、スッと、どこか高い位置に視線をやった。

　その視線を追おうとする前に、彼女は言う。

「そうしないと、怪しまれちゃうから」

「……？」

「どうしても裸見たくないなら、あっち向いててよ。で、先にベッドに入ってて」

「いや、でも……」

「お願い」

　お願い、というエッチのその一言は、どこか、嫌と言わせない迫力を伴っていた。

　事情は分からないが、話をするためにそれが絶対条件だというのなら……従うほかにない。

「……わかった」

　僕はエッチに背中を向けて、そして、先にベッドへと潜り込んだ。

掛け布団をかぶるように、頭まで隠して中に入っていても……エッチが服を脱ぐ衣擦れの音は妙に生々しく耳に届いてくる。

生唾《なまつば》を飲み込んで、ぎゅっと身体を丸くした。

捜査のためとはいえ……女性経験などまったくない僕には、あまりに刺激的すぎる状況だった。

一体どうして、こんなことに……。

そんなことを考えていると、ごそごそ……という音がして、背中側に、人の気配を感じた。

「はい……あたしもお布団入ったよ」

「……あ、ああ……」

「なに、お話するのに背中向けたままなの？」

「いや、でもそっち向いたら……」

「ふふ、普通女の子の裸って見たいものなんじゃないの？」

くすくす、とエッチが笑う振動が、布団を通して直に伝わってくる。

「暗いし、下を見なければ平気だよ。ほら、こっち向いてよ」

「……」

これ以上強情に抵抗しても時間を無駄に消費するだけになってしまう。

観念して、僕はもぞもぞと身じろぎをして、エッチの方へ身体を向けた。

すると、思った以上の至近距離にエッチの顔があり、僕ははずみでびくりと身体を跳ねさせてしまった。

「あはは、ほんとに女の子に慣れてないんだね」

「当たり前だろ……」

「そんななのに、二万円も握りしめてこんなとこまで来たんだ」

エッチが可笑《おか》しそうに身体を揺するたびに、視界の中で彼女の鎖骨がちらちらと動いて、僕は生唾を飲み込んだ。

「それで？」

少し先ほどよりも声を潜めて、エッチが訊いた。

「あたしに聞きたいことって？」

「ああ……」

想定外の出来事にどぎまぎとしてしまったが、そうだ、本題はそこにある。

僕は、努めて彼女の目を見て、ゆっくりと訊いた。

「どうして……高校生の君が、こんなところで、こんなことをしてるんだ……？」

僕の質問に、エッチはあからさまに表情を曇らせた。

「……それが聞きたくて来たの？」

「そうだ。いなくなったクラスメイトがこんなところで働いてると知ったら、いても立ってもいられなくて」

思った以上にスルスルと嘘の言葉が口から出てきたことに驚いた。

いや、実際に自分の知る〝越後優美〟がどういう経緯でこんな境遇になっているのかということに関心がないわけではないけれど、僕は自発的にここにやってきたわけではない。ハチに命令されて、エッチに会いにきただけなのだ。

しかし、そんなことをそのまま伝えるわけにはいかないことくらいは、素人《しろうと》の僕にだって分かっていた。

「もう学校には来られないのか……?」

なるべく、「学校」という身近な環境に紐《ひも》づけて話を進めると、少しずつ、エッチの顔に張り付いた「警戒心」の色がほどけていくのを感じた。

「うーん……学校……学校ね……うん……」

エッチは曖昧《あいまい》に相槌を打ってから。

「もう……学校に通うことはないと思う」

と、はっきり言った。

その言葉と同時に、胸がズキリと痛むのを感じる。状況からして、どう考えてもエッチがそう簡単に復学できるはずがないことは予想がついていた。

だから、この胸の痛みは、きっと、〝彼女のもの〟だ。

僕は鈍痛に表情が歪《ゆが》みそうになるのをこらえながら、質問を続けていく。

「どうして……急にいなくなったんだ?」

僕がそう訊《き》くと、エッチは困ったように視線を泳がせた。

「……それは、あたしもよく覚えてないんだけどさ」

エッチはそう前置きしてから、ぽつぽつと語り始める。

「〝お父さん〟がね、とんでもない借金をしてたみたいなの。それで、首が回らなくなって夜逃げしたみたいなんだけど……」

息がかかるほどの距離で、目を伏せながら話すエッチ。

僕はそれを聞きながら、どんどんと胸の中で違和感が膨れ上がっていくのを感じていた。

その理由はシンプルで、「どうして一年前のことをこんなにも覚えていないのか」ということだ。

彼女が急に学校に来なくなったのは、高校一年生の夏のころだったはずだ。ちょうど一年ほど前程度の記憶が、そこまで欠落するものだろうか。ましてや、自分の生活がガラリと変わってしまうような出来事のことを、だ。

僕のそんな思いをよそに、エッチは淡々と語る。

「それもうまくいかなくて、あたしは親と……えっと……離れ離れになって……今、この仕事をしながら、この仕事を斡旋《あっせん》してくれた人に養われながら生きてるんだ」

「この仕事……っていうのは」

その意味を分かっていながら、復唱するように問うと、エッチはゆっくりと頷《うなず》いて言った。

「身体を売る仕事」

「……そうか」

僕は神妙に相槌を打つことしかできない。

エッチがこの仕事のことをどう受け止めているのか、彼女の様子から推測することはできなかった。そして、淡々と状況を語る彼女の心の痛みは、あまり感じられない。もはや、麻痺《まひ》してしまっているのかもしれないとも思う。

「その……仕事を斡旋してる人っていうのは？」

僕が訊くと、再びエッチの表情が曇った。こちらの意図を測るように、彼女は上目遣い気味に僕を見る。

「……そんなこと聞いてどうするの？」

その質問に、僕は一瞬どう答えたものか迷った。

確かに、この問いは、彼女を警戒させるに足るものだと思う。突然現れた「クラスメイトだ」と名乗る高校生に、今の暮らしぶりを根掘り葉掘り訊かれれば、どうしてそんなことを知りたがるのか疑って当然だろう。

……とは、いえ。

今のところ僕はその「高校生である」という点と、「過去の越後優美を知っている」という点だけで押し切るしかないのだ。

「……どうもしないよ。でも、知りたいんだ……いなくなった元クラスメイトが、今どんな状況なのか」

　僕がそうはっきり言い切ると、エッチの表情が微妙に変化する。

　困ったようにうろうろと視線を動かしてから、小さく吐息を漏らした。

「……詳しいことは言えないよ。でも……うん、そうだね、簡単に言うと、ヤクザの人かな」

「……暴力団員、ってことだよな？」

「そう。でも、あたしのことは一応………それなりに大事にしてくれてるとは思う。毎日ご飯は食べさせてもらってるし……」

　その言葉を聞いて、僕の胸は痛んだ。明確に、自分の胸の痛みだと分かる。

　毎日ご飯を食べる。そんなことは、人間として当たり前のことだと思っていた。食事を与えてもらえることのみを指して、「大事にしてくれてると思う」と言い切ってしまう彼女と自分の価値観の差に戸惑う。

　それは、彼女がこの一年の間に、僕の想像も及ばないほどに過酷な状況に陥っていることを如実に表していた。

　そして、そんな状況に置かれている同年代の少女のことを、僕は想像したことすらなかったのだ。

「ご飯を毎日食べるのなんて、当たり前じゃないか……」

　我慢ならずに僕が言うと、エッチは困ったように笑って、頷く。

「確かに、そうかもね。でも、親と離れ離れになったら……そんな〝当たり前〟すら、誰も保障してくれないんだよ」

彼女の表情は穏やかだったが、その口から出力される言葉は、同い年のそれとは思えぬほどに重かった。

「生きてくために、あたしはこうするしかないの。しょうがないことなんだよ……」

エッチはそう言って、にこりと笑った。その微笑みにはどこかすべてを諦《あきら》めてしまったような色が滲《にじ》んでいて、悲しくなる。

「……親と離れ離れになった、って言ってたけど……両親がどこにいるのかは分かってるのか？」

話題を切り替えるように僕が訊く。

確かに今は彼女は身動きが取れなくなっているのかもしれないが、もし両親の居場所が分かっているのなら、ダイハチが上手く動けば彼女と両親を再会させることだってできるかもしれない、と思った。

しかし、エッチはふるふると首を横に振る。

「……お父さんとお母さんは、死んじゃった」

「え……？」

ずきずきと胸が痛んだ。もはやどちらの心が発する痛みなのかも、分からない。

「ヤクザから借金をして、それを返せないっていうのは……そういうことなんだよ」

「そんな……でも、殺したところでお金になるわけでもないんだし……」

「人間の身体って……いくらになるか知ってる？」

エッチから発されたその言葉に、僕は胃の辺りがひやりと冷えるような感覚に震えた。

「人間の臓器ってね、脳みそ以外はほとんど移植できるんだよ。全部売ったら、四千万円弱にもなるんだって。だから……」

「分かった、もういい」

僕は、エッチの言葉を遮る。体表に脂汗が浮いているのが自分でも分かった。

「……つらいことを言わせて、悪かった」

僕がそう言うと、エッチはくすりと笑う。

「優しいんだね」

「…………」

どうして、そんなふうに穏やかでいられるのか、分からなかった。

もはや僕のものなのか彼女のものなのかも分からないほどに胸が痛み続けている。だというのに、彼女は平気な顔で、両親の死について……話している。

しかし……同情している場合じゃない。そんな生ぬるいことをしにここに来たわけではないのだ。

疑問を一つ一つ、解消していかなければならない。

「……両親がそんなふうになって……どうして君は生きてるんだ？　一緒に殺されて、臓器を売られなかったのは、どうして」

「そんなの簡単だよ」

僕の問いに、エッチは自明のように答えた。

「あたしはまだ若くて……〝使い道〟があるから」

「使い道って……」

「身体を売れるし……それに……」

エッチはそこまで言って、ハッとしたように口を噤《つぐ》む。

「ごめん……これ以上は言えない。君は普通の人だもんね」

僕は突然、自分と彼女の間に一本の線を引かれたような気がして、焦った。

「ふ、普通ってなんだよ。こんなふうに、お金を払って、君を買ってる。これのどこが普通なんだ」

僕が捲《まく》し立《た》てると、エッチはフッと鼻を鳴らした。どこか、小馬鹿にするような空気が漂っている。

「じゃあ、煙草吸ってる？　お酒は飲む？　女の子に乱暴したりする？　意見の合わない人を殴ったり、殺したりする？」

「……ッ」

僕は、言葉を詰まらせてしまう。

未成年は、煙草を吸わない、普通は。酒も飲まない……普通は。

女の子に乱暴することも、誰かを殴ったり殺したりすることも……すべて、〝普通の教育〟を刷り込まれていたら、そうするのに恐怖が伴うものだ。

彼女はとっくに、そんな〝普通〟のタガが外れてしまった人間たちばかりのいる世界で、生きているのだ。

「……しないよね。君がそんな人だったら、あたしきっと今頃めちゃくちゃにされてる」

「…………」

何も、言えなかった。

黙ってしまう僕を見て、エッチは穏やかに微笑んだ。

「ありがとね。心配してくれて」

「違う……僕は……」

「心配しなくて大丈夫。それなりに元気にやってるから。君は、君の日常に戻りなよ。こんな汚い町になんか来ないでさ」

そう言って、エッチは僕の頬を優しく撫《な》でた。

彼女の手は異様に温かかったけれど、そうされることによって僕の胸にはさらなる焦りが生まれるばかりだった。

違う、僕は君を助けるためにここに来た。

なのに、そんなふうに諦めた顔をされたら……どうしたらいいか、分からない。

口に出すべき言葉が、胸の中でぐるぐる回るだけで、一向に出力されない。

こんなことを言っても意味がないのだと、気付いているから。

彼女は受け入れてしまっている。

自分の境遇を受け入れ、適応してしまっている。

そんな相手に、どんな言葉をかけるべきなのか……。

僕があれこれと考えていると、ピピピ！　と電子音が大音量で部屋に鳴り響く。

「あ！」

エッチがびくりと身体を震わせてから、のそりと掛け布団を持ち上げて、上体を起こす。

その際に彼女の一糸まとわぬ上半身を見てしまい、僕はバッと顔を逸らした。

恋仲でもない、元クラスメイトの裸を、こんなふうに見てしまうことになるとは、思ってもみなかった。罪悪感が胸を締め付ける。

エッチはベッドから降りて、無機質に鳴り続けるアラームを止めた。

「ごめん、そろそろ時間みたい……って、あはは」

僕の背中にかけられる彼女の声。

「頑なにこっち見ようとしないね。紳士だなぁ」

「……いいから、早く服を着てくれ」

「ちょっとくらいは見とけばいいのに」

「いいから！」

「……むぅ、頑固だなぁ」

エッチは苦笑を漏らしつつ、背後でもぞもぞと衣擦れ音を鳴らしだす。服を着始めてくれたようで心から安心した。いつまでも裸でいられたら心臓がもたない。

「こんなんでほんとに二万円もらっちゃっていいの？」

エッチがそう言うので、僕は彼女の方を見ないまま頷いた。

「一時間も拘束したんだから、当然だろ」

そう言いながら、僕は胸中で「ハチから小遣いみたいにもらった金で何を偉そうに」と自らに毒づく。

とはいえ、口に出したこと自体は本心だ。僕が彼女の一時間を拘束しなければ、彼女は別の客をとって仕事をすることができたのだ。……本当は、そんなことはしてほしくない気持ちだったけれど、それが彼女の生活を支えるというのなら、僕にどうこういう資格はない。

であれば、内容がどんなものであったとしても、金は払うべきだ。

それに……僕にとって、この一時間はあまりに大きい収穫だった。

途中で一線を引かれてしまったとはいえ、昨日に比べればかなり多くの情報を引き出せたように思う。

ハチは「金で解決できることは案外多い」と言っていたが……その通りになって、なんとも複雑な気持ちになった。

「服、着たよ」

「あ、ああ……」

突然後ろから声をかけられて、僕は一旦《いったん》思考を止めて、振り返る。

すっかり一時間前の服装に戻ったエッチを見ると、なんともいえぬ安心感を覚えた。

そんなことを思いながらぼんやりとエッチを見つめていると、彼女も僕をじっと見つめた。

「……セックスしなくても優しい人って、いるんだねぇ」

「は？」

思わず、乾いた声が漏れる。

エッチは苦笑を漏らしつつ、言う。

「どんな態度の人もさ、セックス終わった後はちょっとだけ優しくなるの。賢者タイム、ってやつなのかな」

「知らねぇよ、そんなの……」

目を伏せながら話す彼女の横顔には、なんとも言えぬ哀愁が漂っていた。

僕は、彼女の「世の中の底の底を見てきた」というような、そういう表情が、嫌でたまらない。

「でも、そういう瞬間だけ、ちょっと安心するんだよね。あたし、今日も許されたんだな、って、思う」

エッチのその言葉に、胸の痛みが伴った。ぎゅう、と、心臓が痛む。

……そんなに、痛んでいるんだったら。さっさと逃げてしまえば、いいのに。そう思った。

「普通は、そんなことで安心したりしない。もっとまともな生活を送って、日々安心しながら過ごすんだよ」

努めて怒りを隠しながら言うと、エッチは、自嘲《じちょう》的に微笑んだ。

「普通は……ね」

そのすべてを諦めてしまったような言い草に、腹が立った。

「どうして、『普通』を求めないんだ！　こんな劣悪な環境から脱出したいと思わないのか⁉」

ついに僕が声を荒らげると、エッチは驚いたように目を丸くして、それから、首を横に振る。

「もう慣れたもん」

「嘘だ！　そんなに胸が痛んでいるくせに！」

たまらず僕がそう言ってしまうと、エッチは虚を衝かれたように口を半開きにした。そして、眉《まゆ》を寄せる。

「そんなの、君には分からないでしょ」

「………………顔を見れば、分かる」

「ふふ、変なの」

エッチは可笑《おか》しそうに笑って、それから、ため息をついた。

「もう……来ちゃだめだよ。お客さんじゃないなら、なおさら」

彼女のその言葉は、僕を突き放すようなものだった。しかし、その瞳《ひとみ》にはどこか優しい光が宿っている。

それが、たまらなく、嫌だった。

君は違う世界の人だから。そんなふうに言われているような気持ちになる。

「……また来る」

僕がそう返すと、エッチは、困ったように苦笑を浮かべて、言う。

「じゃあ、次は余計なお話はしないで、気持ちいいことだけしようね」

慣れ切った様子でそんなことを言うエッチに、僕は何も言い返せなかった。

意地になって「いや、また話を聞かせてくれ」なんてことを言えば、今度こそ強く拒絶されてしまうような気もした。

僕は無力感を抱えたまま部屋を出て、エッチに見送られ、歌舞伎町を出るべく歩き始める。

大通りに出ようとしたとき、背後からじとりとした視線を感じて振り返ったが……僕の方を見ている人は誰もいなかった。

違法だというのに、通りがかる人に声をかけ続ける風俗キャッチ。シャッターの下りた店の前にしゃがみ込んで煙草を吸う、露出の多い女性。スーツ姿で往来をそぞろに眺めながら立っている怪しい男……。

雑多で、落ち着かない街だ。

「……こんなところに、一生いるつもりかよ」

そう呟《つぶや》いて、僕は、歌舞伎町を後にする。

＊

「ふん…………まあ、おおむね、プロファイル通りだな」

僕からの報告を受けて、ハチはチョコミントのアイスキャンディーを舐《な》めながら、そう言った。

プロファイル通り。その言葉に引っかかりを覚える。

僕が今日聞いてきたような内容はすでにハチの耳には入っている、ということなのだろう。であれば、僕は一体なんのためにエッチと接触しているのだろうか。

情報を得る以上の目的があるのか、それとも、もっと深く突っ込んだ話を聞いてこなければならなかったということなのか。

今日の時点ですでに僕は『かなり込み入った話を聞いてきた』という気持ちになっていたため、なんとも言えぬ脱力感を覚える。

「これ。余った金」

僕が財布から三万円を取り出してハチに差し出すと、彼女は紙幣を一瞥《いちべつ》して、またも、まだ半分以上残っているアイスキャンディーをゴミ箱に放り入れた。

「……まだ残ってるのに」

僕が小声で漏らすと、ハチは耳ざとく聞き取って、片眉を上げた。

「だって、溶けてるだろ」

ハチはなんてことない様子でそう言った。

食べ物を粗末にすることに漠然とした嫌悪感があるので、僕は彼女の返事にもやつきを感じるが……これぱかりは価値観の相違でしかない。これ以上何か言っても無駄だろう。

ハチはティッシュで指先に付着したアイスの汁をふき取ってから、ガラリと机の引き出しを開ける。

そこから、また二枚の一万円札を取り出した。

「次は五万円をすべて使って、聞き出せる情報をすべて引き出して来い」

ハチはそう言って、僕にずい、と二万円を差し出してくる。

「君は高校生とは思えんほど金を持っているくせに、妙につつましいな。そろそろ金の使い方を覚えたらどうだ」

その言葉に、思わず眉を顰《ひそ》める。

僕の様子を見て、ハチは可笑しそうに笑った。

「怖い顔するなよ」

こちらをからかうような物言いに、腹が立つ。

「……調べたのか」

僕が訊くと、ハチはスンと鼻を鳴らした。

「調べないとでも？　君を雇うと決めた時点で、君の身辺についてはすべて調べた。戸籍、家族構成、銀行口座、その他諸々……な」

ハチはそこまで言って、僕を上目遣い気味に見つめる。

「君の口座には数千万円も入っているじゃないか。毎月毎月、海外から百万円ずつの振込み。あと数年もしたら君は口座に『億』入っている男子高校生になるわけだ」

「仕送りだよ。親からの」

「もちろん分かっているとも。〝宝石商〟の母親からの仕送りなんだろ？　君の母親は愛が深いんだな。一緒にいられなくても、金にだけは困らないようにしてくれる」

ハチの言葉に、激しい苛《いら》つきを覚えた。

「……他人みたいなもんだよ。顔だって、もうほとんど覚えてない」

「それでも、家族だ」

ハチは〝家族〟という言葉を妙に強調したが、それも、鬱陶《うっとう》しく感じた。

家族。僕にはあまり縁のない言葉のように耳に響く。

父親は、僕の物心がつく前に蒸発した。記憶の中にすら、存在しない。

そして、母親は、海外で宝石商をやっているらしい。僕が小さいころからずっと海外にいて、もはやどんな顔をしていたかもおぼろげだ。

小学生の頃は、学校が終われば学童に行き、夕方には家に送られた。親戚《しんせき》らしい親戚もいない僕は、ずっと一人で過ごしていた。中学生になっても、高校生になっても、一人で住むには広すぎる一軒家で暮らしている。

寂しいと感じたことはない。僕にとって親がいない環境はもはや当たり前であったし、人と関わらないことは、〝痛みを感じない〟ことと等しい。

毎月振り込みがあり、何不自由ない暮らしを送って来た。そこにだけは、感謝している。

しかし……それだけだ。

さっき口にした通り、毎月他人のような誰かから振り込みがあり、それを使って、なんとなく生きている。そんな感覚。

ハチは僕のことを〝金持ち〟というような言い方をしたが……金なんて、あっても使い方が分からない。いち高校生が大金を持っていたって、飯を食う以外に何に使ったらいいのか見当もつかなかった。

「普通、そんなに金があったら、いろいろ使ってみたくなるものなんじゃないのか」

僕の心を読んだように、ハチがそう言う。見透かすなら、もっと奥底まで見透かしてほしいものだ。くだらない会話の手間が、増えるから。

「生活に必要な金以外の使い道が分からない」

「欲のないヤツだな、君は。女子からモテたくて、ギターを買うためにバイトをする学生が何人いると思ってるんだ」

「知るかよ。そいつの人生だろ」

吐き捨てるように言うと、ハチはくつくつと笑う。そして、打って変わって、真面目な表情に変わった。

「まあ、少年の好きにしたらいいが……金っていうのは〝ツール〟だよ」

ハチはそう言って、手元の二万円をひらひらと振った。

「使ってこそ価値がある。山のように積んでいても、それはただの紙屑《かみくず》でしかない」

「だから、その使い方ってのが！」

「分からないなら、考えろ」

ハチは僕の言葉を遮って、きっぱりと言う。

「君は頭が良いくせに、すぐに考えるのをやめて、現状維持を選択する。つまり馬鹿ってことだ」

「な……」

「私は馬鹿な助手を使い続ける気はないよ。だから……手始めに、これを使え」

ハチは椅子から立ち上がり、僕の胸にぐしゃ、と二万円を押し付ける。

「必要ないなら、必要のある人間に回すだけだ。そうやって金は社会を循環してる。多くの人間は金のために働くが、君は目的のために金を使う側になれ。生まれながらに、〝そういう立場〟にいるのだから」

「………」

僕は黙って、ハチから金を受け取る。

彼女からかけられる言葉のすべてが、腹立たしかった。

生まれながらに、そういう立場にいる。それは、母親から多額の仕送りがあることを指して言っているのだろう。確かに、金に困らないという意味では僕は恵まれているのかもしれないが、この立場を〝誰かより上にいる〟と思ったことなど一度もない。

そして、〝金のために働く〟という言葉は、否応なしに、エッチのことを思い浮かべてしまって、嫌だった。

彼女は、生きるために……金を稼ぐために、あんな街に滞在して、高校生らしい生き方を放棄してしまっている。そして、彼女自身が、その状況に、納得してしまっている。それが彼女の〝生き方〟になってしまっているのだ。

そんなふうに懸命に生きる人間に対して、「僕は金を与える側だ」などと思えるはずもなかった。

「君はいつも、不満げな顔だな」

ハチは鼻を鳴らし、僕を横目に見た。

「ひとまず、満足に仕事をしたまえ。エッチとやらからは、もっと引き出せる情報があるはずだ。現状君が握っている五万円はただの紙切れなわけだが、正しく使えば黄金の〝情報〟になるだろう」

ハチはそう言いながら悠々と僕の前を歩き、再びオンボロ椅子に腰かけた。ギシ、と不快な金属音が鳴る。

「期待しているよ、少年」

ハチがどこか挑発的な視線を僕に送ってくる。

僕は舌打ちが漏れそうになるのをこらえながら、くしゃくしゃになった二万円を財布の中にしまって、ハチに会釈を返す。

そして、踵《きびす》を返し、事務所を出ようとすると。

「おーい、待て待て」

ハチから声をかけられた。

「なんだよ」

「明日《あした》は、休め」

「は？　情報を集めるんだろ」

「歌舞伎町には行くな」

「だから、なんで」

ハチはゆるゆると首を横に振りながら、言った。

「君はもう二日も連続でエッチとやらに接触してる。面が割れてるってことだ。警戒されていてもおかしくはない」

「そんな大げさな。ただの高校生にしか見えないだろ」

「ヤツらの嗅覚《きゅうかく》は鋭い。慎重に事を進めねば命にかかわる」

ハチの物言いははっきりとしていた。僕は返す言葉に詰まる。

確かに、エッチの言葉を信じるのであれば、彼女の背後には暴力団員がいるということになる。危険な仕事なのは間違いない。

しかし、そうなれば、危険なのは僕よりもエッチの方なのではないか。彼女の立場はいつだって弱い。彼女の口ぶりでは、客から乱暴をされることだってあるのかもしれない。それに、いつ暴力団員からひどい仕打ちを受けるかも分からない。

悠長に休んでいる暇があるとは思えなかった。

「いいか。明日は歌舞伎町には行くんじゃない。焦る気持ちも分かるが、何事も慎重に進めるべきだ」

「……」

「分かったね」

「……ああ、分かった」

僕が渋々頷《うなず》くと、ハチは表情を緩めて、「よし」と言った。

「じゃ、お疲れ。明日は普段通りの学校生活を送って、身体を〝日常〟に慣らしたらいい」

「……お疲れ」

僕はもう一度会釈をして、事務所を出る。

日常に、身体を慣らす。

暢気（のんき）な様子でそんなことを言うハチに、苛立《いらだ》った。

そんなものに身体を慣らして、一体何になると言うのか。

僕のことをコキ使うくせに、彼女は妙にこの一件に関してゆるく構えているように見える。情報だけに目を通し、エッチがいかに危険な状況にいるのかを、深く見つめようとはしない。

ハチは、本当に、エッチを助ける気があるのか？

そんな疑問が、胸の中に湧き上がっていた。

五章

chapter 5

「ねえ、桃矢《とうや》～」

二限目が終わり、昼休みに入るタイミングで、僕の背中がつつかれる。

振り返ると、机に顎《あご》を乗せた亜樹《あき》が、上目遣いでこちらを見ていた。

「なんだよ」

「いや、眠すぎてさ」

「は？」

「だから～、二限目めっちゃ寝ちゃってさ。ノート見してくれよぉ」

亜樹は暢気にそんなことを言った。

思わず、舌打ちが出る。

「うわ、舌打ち？　そんなキレなくてもいいじゃん」

「……授業受ける以外にやることねぇのに、暢気なもんだなと思って」

何かを考えるより先に、そんな言葉が口から出ていた。

亜樹はぽかんとした様子で、まじまじと僕を見つめてから、ゆっくりと眉《まゆ》を寄せた。

「……いや、キレすぎでしょ。ごめんって」

戸惑う亜樹を見て、僕もあまりに語気が強すぎたことに気が付く。

頭をゆるく振ってから、息を吐く。

「いや、悪い。ノートな」

僕はちょうどしまおうとしていたノートを亜樹に渡す。

「次回の授業までには返して」

「分かってる」

亜樹はノートを受け取りながらも、僕の表情を窺《うかが》っているようだった。

僕はその視線から逃れるように、机の傍らに置かれていたスクールバッグの方へ身体を向けて、その中から弁当箱を取り出した。

「今日は、ちゃんと弁当あるんだね」

後ろで、亜樹が控えめな声でそう言う。

「ああ」

僕が頷いて返すと、亜樹は数秒黙ったのちに、「購買行ってくる」とだけ言って、教室を出ていった。

僕は緊張感から解き放たれたように、ため息をつく。

なんだかここ数日、亜樹と一緒にいるとなんとも言えぬ緊張感があるのだ。

彼女はいつも……まっすぐ僕を見つめてくる。

それが、とても……怖いのだ。

ゆっくりと息を吐きながら、机の上に置いた弁当箱を指でなぞる。

昨日は弁当を作り忘れ、亜樹にいろいろと訝《いぶか》しまれてしまったような気がしたので、今日は努めていつも通りの時間に起きて、いつも通り、弁当を作ってきたのだった。

そう……〝いつも通り〟に、だ。

今朝から、その言葉が胸の中に湧き上がるたびに、妙な違和感が拭《ぬぐ》えない。

毎日同じ時間に起きて、弁当を作り、身支度をして、学校へ行く。学校が終われば、家に帰り、適当に作った夕飯を食べ、風呂《ふろ》に入り、宿題を片付けたり、授業の予習をしたりして、決まった時間に眠る。

それが、僕の〝いつも通り〟だったはずだ。

そのはずなのに……どうにも、落ち着かない。

弁当を作っている時も、学校へ向かっている時も、授業を受けている時でさえも……すべて、他人事《ひとごと》のように感じられてしまうのだ。

心のどこかに、「こんなことをしている場合か？」という焦りが、確かにあった。

僕がのうのうと学校生活を送っている間にも、彼女は……エッチは、あの過酷な街で、一人で、生きるために働いている。

身の入らない勉強をしているくらいなら、今すぐ歌舞伎町へ向かい、彼女を捜したかった。

そんなことを考えている間に、僕の机の上には、蓋《ふた》の開いた弁当箱が置かれていた。右手には箸《はし》が握られている。

考え事をしながらも、僕はほぼ無意識に弁当を食べ始める準備を進めていたようだ。

そう、習慣だ。ルーチンに従った、行動。

弁当箱を取り出せば、それを開き、箸を握り、食べる。

それと同じように……きっと、僕の生活も、今まで、ずっとルーチンの上にあった。そのことに、何の疑問も抱いていなかった。

そして、今は何故か……その生活に、苛立っている。

適当に巻いた、形の悪い卵焼きを咀嚼《そしゃく》しながら、そぞろに教室を見回す。

談笑しながら、三、四人で固まって昼食を食べる生徒のグループがいくつもある。本を読みながら、一人で弁当を食べている女子や、スマートフォンで動画か何かを見ながら菓子パンをかじっている男子も、いる。

穏やかだ。今日は運良く、〝胸が痛む〟こともない。

以前は、この中に、エッチ……いや、越後優美《えちごゆうみ》もいたはずだった。

それが、何かが間違って、彼女は別の世界に呑み込まれていってしまった。

ぼんやりと箸を動かしていると、近くで話している男子グループの会話が、聞こえてくる。

「マジ、早く授業終わんねぇかなぁ。俺、部活やりに学校来てるみたいなもんだし」

「んなこと言って、基礎トレの時は文句タラタラじゃん、お前」

「そりゃそうだろ！　基礎トレしたくて部活やってるわけじゃねぇし」

「そういうこと言ってるから川センにしごかれるんだろ。あいつ明らかにお前にだけ当たりきついし」

「いいよ、実力で黙らせる」

他愛のない、部活少年の会話だ。

だというのに、僕は気付けば貧乏ゆすりをしながらそれを聞いていた。勝手に動いていた左脚を手で押さえて、止める。

勉強がたるい。基礎トレが嫌だ。

心底、くだらないと思った。

当たり前に勉強ができて、部活に行ける環境にいるから、そんなことが言えるのだ。

腹が減ったら飯を食って、家に帰れば温かい寝床がある。ぬるい場所で生きているのに、それでも文句を言う甘ったれた精神に腹が立って――

「…………はぁ」

ため息をつき、ぐしゃぐしゃと頭を掻《か》いた。

一体、どの目線で、僕はそんなことを考えているのか。

僕だって、同じだ。当たり前のように学校に通える環境を、享受している。他の人よりも少し学校の外、いや……自分の生活圏の外の環境を知ったくらいで、何を偉そうに。

僕は、日常と、非日常の間にいる。そのどちらかが失われれば、僕はあっという間に非日常の中に呑まれて、前も後ろも分からなくなってしまうような気がした。

ハチが僕を学校に行かせたがる理由が、少しだけ、分かった気がした。

で、あれば……きっと、僕には、このつつがない日常を噛《か》み締《し》めることが必要なのだと思う。

けれど……どうしても、焦りは止められなかった。

こんなことをしていて良いのか。こんなことをしている場合じゃないのではないか。

そんな気持ちが、ずっと、心の中にある。

「安土《あづち》！　いるか～？」

突然、教室のドアが開き、そこから担任の川原《かわはら》が顔を出した。

「はい？」

僕が返事をすると、教室内をきょろきょろと見回していた川原の視線が僕の方に向いた。

「お、いた。ちょっと職員室までいいか。なに、説教とかじゃねえから」

突然担任に呼び出された僕に、クラスメイトからの好奇の視線が注がれる。川原はそのあたりに配慮して「説教じゃない」と言ってくれたのだろうが……それでも、僕に注がれる興味本位の視線は鬱陶《うっとう》しく感じられた。

「はい。行きます」

手短に返事をして、僕は弁当箱に蓋をした。

＊

「お前、警察の人に預かられることになったんだってな」

「……え」

職員室の端にある面談スペースで、担任の川原は小さな声でそんなことを言った。

突然すぎる発言に、僕は思わず間抜けな声をもらしたが、すぐに、ハチの言っていたことを思い出す。

『まあとにかく、大人から何か言われたら、頷いて話を合わせておけ。それですべてが済む』

きっと、これは僕が『ダイハチ』で働くために必要なお膳立《ぜんだ》ての一つなのだろう。

僕は話を合わせることにする。

「まあ……はい。そうなったみたいです」

しかし、余計なことは何も言わない。頷《うなず》くだけだ。

「そうか……前から、高校生で一人暮らしってのも心配だなとは思ってたんだよ、俺も。

母親から仕送りあるっつったって、高校生じゃ、金だけあったってどうにもならんことだらけだしな」

「……まあ、そうかもしれません」

「住所は変わらないんだよな？　定期的に警察の人が、お前の様子を見に来てくれるんだとか、なんとか」

「はい。そういうことになってるみたいです」

「生活が大きく変わらないなら、良かったな。学校もいつも通り通えるみたいだし」

「……はい」

川原の『生活が大きく変わらない』という言葉に、引っ掛かりを覚えた。しかし、返事だけはする。

確かに、生活は変わっていない。放課後に、非日常に片脚を突っ込んでいるだけ。

けれど……僕の中で、明確に、何かが大きく変わってしまった感覚があった。

おかしな話だ。

本当は、あの馬鹿みたいに暑い日、駅のホームで……僕の人生は終わっているはずだった。

それがどうしてか、ハチに拾われ、知らない世界に足を踏み入れ、そして……それでも与えられる〝いつも通り〟に馴染《なじ》めずにいる。

「何か困ったことがあれば言えよ。お前はいつも寡黙で、何を考えているか分からんところがある。強がらず、大人には頼れ」

話をまとめるように、川原がそう言った。

「……はい、ありがとうございます」

「じゃ、昼飯を邪魔して悪かった。一応直接確認しておきたかったもんでな」

「いえ、大丈夫です。失礼します」

最低限の会話だけして、職員室を出る。

廊下を歩きながら、川原の言葉がもう一度胸の中で再生された。

『強がらず、大人には頼れ』

……頼ろうとした、何度も。

医者も先生も、皆……果たして、僕の苦しみを理解してくれることはなかった。

理解されないことを、理解してもらおうと努力するのにも、疲れてしまった。

だからすべてを終わりにしようと思っていたのに……僕は何故か、今も生きている。

亡霊のように……地に足がつかないまま、生きている。

＊

すべての授業を終え、放課後を迎えた。

スクールバッグの中に忍ばせていた黒いガラケーを開く。着信履歴はなかった。

今日は歌舞伎町に行くなとハチから厳命を受けている。しかし……。

「桃矢」

考え事に耽《ふけ》っている僕の背中が控えめにつつかれる。

「ん？」

振り向くと、すっかり荷物をまとめた亜樹が僕を見ていた。

「この後ヒマ？」

「ああ……ええと……」

訊《き》かれて、僕は言葉を濁す。

歌舞伎町に行くかどうか迷っていた、とは、口が裂けても言えまい。

「特に用事はないけど、なんだよ」

僕が言うと、亜樹は少しほっとしたように表情を緩めた。

「いや、たまには遊びに行かない？　いつもすぐ帰っちゃうし」

「遊びに行くって……どこに」

「ん〜、駅前の喫茶店とか？」

「喫茶店……」

再び、心の中で、「そんなことをしている場合か？」という自らの声が響く。

しかし、そもそも今日はハチに休めと言われているのだ。それでも行くべきなのではないかという葛藤《かっとう》があったが……亜樹からの誘いのおかげで、冷静になった。

「分かった。行くよ」

僕が頷くと、亜樹はパッと表情を明るくする。

「ほんと？　良かった！」

「良かった、ってなんだよ」

「だって、最近の桃矢、いつにも増して暗いんだもん。今日もなんかピリピリしてたし」

「…………そうか」

亜樹のまっすぐな視線を躱《かわ》すように、目を逸らす。

そんなに言われるほど、僕はピリピリとしていたのか。少し、申し訳ない気持ちになる。

「じゃあ……行くか」

「うん！　行こ」

待ちきれないとばかりに教室を出ていく亜樹の後ろに続く。

そういえば、亜樹と一緒に帰るのは久々のような気がした。

廊下を歩いていると、たくさんの生徒とすれ違う。

「ごめん、今日は一緒に帰れないや」

そんな声が聞こえて、ふいに視線を動かすと、同学年の女子二人が目に入った。

「あ、そっか……うん、分かった」

そんなふうに答える女子に目を向けた途端、僕の胸がズキリと痛む。彼女の胸の痛みが、伝播《でんぱ》していた。

一緒に帰るのを断られたくらいで、そんなに胸を痛ませるなよ、鬱陶しい。

そんなことを思って、また、自己嫌悪に陥る。

何に心を痛ませるかなど、人それぞれだ。僕が一番、それを分かっているはずなのに。

どうしてこんなにも、何もかもがくだらなく感じてしまうのか。

唐突に変わってしまった自分の価値観に、僕自身がついていけていなかった。

「桃矢、また怖い顔してる」

「え……いや」

「遊びに行くんだから、もっと機嫌良さそうにしてよ」

「ああ……わ、悪い」

「ったく」

亜樹はわざとらしく唇を尖《とが》らせて見せてから、ニッと笑った。

彼女に聞こえないよう、ため息を漏らす。

亜樹にもすっかり気を遣われてしまっている。みっともない。

校門を出て、人通りがまばらになると、安心する。

不意に誰かに意識を向けてしまって、胸が痛むこともないからだ。

「桃矢ってさ」

僕の隣を歩いていた亜樹が、ふと口を開く。

「人混み、苦手なの？」

「え？」

「いや、なんかさ……学校だといつも、こう……縮こまってる感じがするんだよ。でも、外に出るとさ、ちょっと空気が変わるっていうか、気の抜けた感じになるっていうか」

「……そう見えるか」

僕は相槌《あいづち》を打ちながら、思わず苦笑を漏らしてしまう。

亜樹というヤツは、どうして、こうも人をよく見ているのだろうか。

僕の〝特殊な体質〟には当然気付いていないだろうが、それでも、それ以外のことはすべてバレてしまっているような気がした。

彼女の言う通り、人混みは苦手だ。たくさん人がいればいるほど、痛みの発信源は増え、僕がそれを受信する確率はどんどん高くなる。

誰のことも気に留めぬよう、自然と視線は落ちるし、背中は丸まっていく。

人を拒絶することでしか……僕は痛みを感じずにいることができない。

あまりに、社会に適さない、出来損ないの人間だ。

「確かに……人混みは苦手だ」

「やっぱりそうなんだ」

「なんなら……人と関わるのも、苦手だよ」

僕がそう言うと、亜樹の丸い目が僕の方に向いた。

「そうなの？」

亜樹が首を傾げながら僕を見つめる。

そこでようやく、僕は自分の失言に気が付いた。

「あ、いや……亜樹と一緒にいるのが嫌、とかそういう話じゃ」

「あはは、分かってるよ、そんなの」

フォローを入れる僕を、亜樹は笑いながら軽く受け流した。

「意外だな、って思っただけ」

「意外？」

「うん。桃矢って、人と話すのは好きなんだと思ってた」

「……え？」

僕は思わず、素《す》っ頓狂《とんきょう》な声を上げてしまう。

そんな風に思われているとは、つゆほどにも思わなかったのだ。

「どうして」

僕が訊くと、亜樹は何度か首を縦に振ってから、続ける。

「桃矢と初めて話した時、覚えてる？」

「ああ……まあ、なんとなくは」

確か、亜樹と話すようになったのは、いつだったかの席替えで、席が隣になったからだった。

クラスの中でも努めて存在感を出さないようにしていた僕にも、亜樹は何も気にせずよく話しかけてきたものだった。

「あんまり目も合わなくて、声もぼそぼそしてて……なんというか、ちょっと迷惑そうっていうか……あんま声かけない方が良かったのかなって思ったりしたんだけど……」

亜樹がそう言うので、僕は当時のことを思い出しながら苦笑を浮かべるしかない。

そう、僕は怯《おび》えていたのだ。誰かと会話をし、意識を向け、その痛みを感じることに。だから、確かに、最初は亜樹から話しかけられることを鬱陶《うっとう》しく思っていた。

「でもさ、それでも話しかけ続けてたら、なんかちょっとずつ、変わってきたっていうか。口数も増えてきて、笑うこともあって。だから、『あ〜、人と話すこと自体が嫌いなわけじゃないんだなぁ』って、思ってたの」

「……そうだったのか」

「でも、桃矢自身は、苦手だと思ってたんだねぇ」

「……まあ、そうだな。自分では」

「ふぅん」

亜樹は「そっか、そっか」と呟《つぶや》きながら、何度も頷いてみせた。

「でも、あたしとは普通に話せてるじゃんね」

そう言って、亜樹は猫のように目を細めながら僕を見る。口角がにんまりと上がっていた。

「あたしのこと結構好きだったりする？」

そう続ける亜樹に、僕は鼻を鳴らして返す。

「わ、鼻で笑った！　失礼なヤツ」

「言わせようとするからだろ」

僕が茶化すのに、亜樹はけらけらと笑った。

ちらりとその横顔を盗み見る。

亜樹はいつも肩に力が入っていなくて、自然体だ。いろいろなところで力を抜いてゆるりと生活しているが、かといって退廃的なわけでもなく、いつだって朗らかだ。

クラスでも多くの友達がいて……別に、僕なんかと関わらなくても良いだろうに、妙にこちらを気にかけてくれる。

それだけ仲が良いと思ってもらえているのだろうとも思うが、どうしても、いつも不思議に思えるのだ。

彼女はどうして、僕と関わろうとしてくるのだろうか。

「ん、なに？」

気付けば、僕は亜樹を横目に見たまま物思いに耽ってしまっていた。僕の視線に気づいた亜樹が居心地悪そうに身をよじった。

「黙って見てくんの怖いんだけど」

「いや……なんでもない」

「え〜！　なにさ!!」

「なんでもないって」

不満げに頬を膨らませる亜樹。

こういうやり取りも、いつも通りだ。

そして……今日ずっと感じていた〝いつも通り〟への抵抗も、今だけは、何故か忘れられていた。

＊

「甘い～…………」

テーブルを挟んで向かい側で、亜樹がぎゅうと眉間に皺《しわ》を寄せて、舌を出した。

駅前のチェーン喫茶店に入り、亜樹は期間限定の、生クリームとイチゴソースのたっぷりかかったフローズンドリンクを、そして僕はホットコーヒーを飲んでいる。

亜樹は「甘そ～」と言いながらそれを注文して、案の定甘すぎて顔をしわくちゃにしていた。

「もうちょい甘くなければ完璧《かんぺき》なんだけどなぁ」

「甘いのが飲みたいんじゃなかったのか」

「にしたって限度はあるんだよ」

「まあ、分からないでもない」

僕も一度ここで期間限定の甘いドリンクを頼んでみたことがあったが……あまりに甘くて、亜樹と同じように顔をしかめたのを覚えている。

僕は一口、ブラックコーヒーを啜《すす》って、息を吐く。苦みの後に、少しだけ酸味が口の中に広がる。ちょうど良いブレンドだ。

「桃矢はブラックでしょ。オトナだねぇ」

「飲み物に大人も何もないだろ」

「そうかなぁ。あたしブラックコーヒーは苦すぎて無理。ブラック飲んでる人見ると『オトナだなぁ』ってなるよ」

「そういうもんか」

もう一口コーヒーを啜って、鼻から息をゆっくりと吐いた。

クラスメイトと、喫茶店で雑談。なんと穏やかな放課後だろうか。

……越後優美にも、きっと、こんな生活があった。

彼女はいつも人の輪の中にいた。いつも柔らかな微笑みを浮かべていて、たくさんの生徒に好かれていた。

それでも、彼女の心は時々〝痛み〟を訴えていた。僕には、その理由が分からなかった。

今でも……分かっていない。

彼女は、両親が借金で首が回らなくなっていたことに、薄々気が付いていたということなのだろうか。それとも……他人からは分からぬ、人間関係の悩みを抱えていたのだろうか。

　こうして僕が一人で考えていても、その答えは出ない。

　いずれにせよ、彼女はこういった穏やかな生活から遠ざかってしまった。だというのに、いつだって、〝エッチ〟は薄く微笑んでいる。

　僕は、彼女のちぐはぐな表情に、どうしても、疑問を覚えずにはいられない。

「桃矢？」

　亜樹に声をかけられて、ハッとする。

「な、なに」

「最近、そんな顔ばっかり」

「そんな顔って、どんな」

「ここじゃないどこかを見て、そのことばっかり考えてる顔」

「…………」

　僕は、何も言えなかった。

　亜樹にはなんでも見透かされているようで、なんだか落ち着かない。

「桃矢さ…………最近、なんかあった？」

　亜樹のまっすぐな視線が僕に注がれる。

　僕は咄嗟《とっさ》に、視線を手元のカップに落とした。コーヒーの液面に、僕の陰鬱《いんうつ》な顔が映っている。

「別に、何も？」

「ほんとに？　前はいつもぼーっとしてたけど、最近はずっと、なんか考え込んでるみたいだったからさ」

「僕にだって、そういう時くらいあるさ」

「じゃあ、何悩んでるわけ？　部活も入ってないしさ。勉強で悩むこともないでしょ。桃矢、成績いいし」

亜樹が並べる〝悩み〟の種が、すべて学校のことで、僕はなんと答えたらよいか分からなくなる。

学校での僕の悩みは、もはや解決できない。それは僕の性質がもたらすもので、どうしようもないともう割り切っていた。

いや……割り切りきれず、死を選ぼうとしていたわけだが……。いずれにせよ、解決できないことで悩んでいても仕方がないのは変わらない。

そして、今は、僕の頭の中は歌舞伎町にいるあの少女のことでいっぱいだった。

普通の生活から一転して、闇の中に転落していった、元クラスメイト。

僕はどうしても、彼女を助けたかった。薄い微笑みの奥に潜む痛みを、感じずにはいられないから。

しかし、そんな話を亜樹にするわけにもいかない。

そんなことを考えていると、ふと……心の中に一つだけ、どうしても、もう一度亜樹に訊《き》いてみたいことが生まれた。

「……なあ、亜樹はさ、自分の名前、忘れたことってあるか？」

僕が思ったままそう口にすると、亜樹はぽかんと口を開けて、数秒間僕を見つめていた。

そして、「え？」と声を上げた。

「それ前も訊いてきたよね。あるわけないじゃんって、答えたよ」

亜樹は訝《いぶか》し気に眉《まゆ》を寄せながら、そう答える。

「そう……だよな」

当たり前すぎた。何度もこんなことを訊いて、一体それ以外のどんな返事が欲しかったというのか。少し恥ずかしくなる。

亜樹は数秒なんとも言えぬ表情を浮かべていたが、すぐに僕をからかうように笑う。

「なに、桃矢、記憶喪失にでもなったの？　自分の名前忘れちゃったり？」

「そんなわけないだろ」

「あはは、そうだよね。じゃあ……」

亜樹の表情が、スッ、と、真面目なものに変わる。

「なんでそんなこと訊くの？」

「…………いや、なんでもない。ちょっとした、言葉遊びというか」

「ううん、違う。訊きたくて訊いたんだよ。なんで？」

亜樹は僕を逃がすまいと、力強く僕を見つめた。

僕は狼狽《ろうばい》しながらちょろちょろと視線を動かして、言葉を選んだ。

エッチのことは、話せない。でも、適当に言い逃れるのも、難しいと思った。

「……昔、僕の生活の中にいた人のことを、思い出してたんだ。そいつ、いつの間にか、いなくなってて。この前、久々に会ったんだよ。そしたら、僕のことも……自分の名前のことも、忘れてた。絶対、そいつなんだよ。間違いなく、本人だって分かるのに……そいつは、別の名前を名乗るんだ。だから……名前を忘れることって、あるのかなって……」

肝心なところをぼかしながら話す。最後の方で顔を上げると、真剣な面持ちの亜樹と目が合った。

「……その人は、桃矢にとって、大切な人だったの？」

亜樹がそう訊くので、僕はゆっくりと首を横に振った。

「いや……そんなことはないよ。むしろ、僕はあの子のことを、なんにも知らなかった」

亜樹は丸い瞳《ひとみ》で、僕をじっ、と見つめていた。

そして、おもむろに、小さく首を傾げる。

「知らなかったことを、後悔してる？」

「………いや、それは」

言葉に、詰まった。

後悔している、だなんて、そんな大げさな感情は持ち合わせていない……と、思う。

けれど、突然消えた彼女のことを、少しずつ忘れて行っていたことに、漠然と、自責の念があった。

行方不明になった、などという物騒な報道があったにもかかわらず、その行く末を具体的に想像することもなく……ゆっくりと、記憶の奥へと追いやっていたことが、たまらなく……嫌だった。

「知らなかったことよりも……忘れていたことが、悔しかった」

心の中の言葉が、そのまま、口から出て行って、僕は驚いた。

亜樹はスッと目を細めて、「そっか」と頷《うなず》く。

「分かるよ」

静かに、しかし力強く、彼女はそう言った。

「記憶とか、思い出とか……そういうものってさ。目の前に迫ってくる現実に、少しずつ搦めとられて、ゆっくりと風化していっちゃうんだよね」

亜樹はどこか遠くを見るような目で、言葉を続ける。

「昔とっても仲良かった子のこととかさ、学校が変わったりすると、気付いたら忘れてたりするじゃん。で、ふと、思い出してさ、ドキッとするの。あれ、なんで忘れてたんだろう、あんなに仲良かったのに……って」

亜樹はそこまで言って、フッ、と薄く微笑んだ。

「それが、普通だと思うよ」

「普通……か」

「うん。結局、手の届く範囲のことしか分からないし、少しずつ、忘れてっちゃう。でもさ」

　亜樹は、ちゅう、と甘いドリンクを飲んで、少しだけ顔をしかめる。

　そして、言った。

「その人の人生は続いてたんでしょ。で、桃矢は思い出した。だったら、それでいいんじゃないかな」

　亜樹はそう言って、微笑む。

「これからまた、始めればいいんだよ」

「……………そうか。そうだな」

　僕は数度頷いて、コーヒーを一口飲む。

　少し時間が経って、さっきよりも酸っぱかった。身体の芯《しん》が引き締まるような感じがする。

　思わず、口元が緩んだ。

　ここに来る前よりも、少しだけ、物事を前向きに考えられるようになったような気がしていた。

「ありがとう」

「へ？」

　僕が言うと、亜樹は驚いたように声を上げる。

「少しだけ、胸が軽くなった。お前はすごいな」

「え、いや……な、なに、急に？　桃矢がそういうこと言うの、なんかキモいんだけど……」

亜樹は顔を赤くしながら、挙動不審に身をよじった。

案外、ストレートに褒められるのには弱いタイプなのかもしれない。

それからは、いつものように、他愛のない亜樹の話に相槌《あいづち》を打っていると、どんどんと時間が経った。

そろそろ日が暮れようという頃に、僕と亜樹は解散する。

「じゃ、また明日《あした》ね。桃矢」

「ああ。また」

軽く手を上げて、別方向のホームへと向かう亜樹を見送って、僕も駅のホームへの階段に足を踏み出した。

これからまた、始めればいい。

亜樹の言葉が、胸に響いていた。

「……やっぱり、行くべきだ」

小さく、呟《つぶや》く。

エッチは……越後優美は、元の生活に戻るべきだ。いや、戻ってほしい。

久々に平穏な日常に肩まで浸かって、強く、そう思った。

今、彼女に手を伸ばせるのは、ダイハチしかない。

この仕事が、彼女を闇から引き戻す足掛かりになるのであれば、できることはなんでもやるべきだ。

財布を開く。

ハチから渡された五万円が確かに入っていることを確認して。

僕はもう一度、歌舞伎町へと向かった。

＊

完全に日の沈んだ時間帯の歌舞伎町は、人通りも多く、いつも以上に雑然として見えた。

路上に立って客引きをするスーツ姿の男性の数も、倍近くに増えている。

しかし、皆僕を見ると気まずそうに目を逸らす。

制服のまま歩いている僕は、客引きの対象外なのだろう。

僕は辺りに注意深く視線を動かしながら、風俗街を歩いた。

エッチの〝仕事場〟の位置も、彼女が連日立っていた場所も覚えているが、なにしろ時間帯が違う。別の場所にいるのを見逃したら、見つかるものも見つからなくなってしまう可能性がある。

神経を張り巡らせながら歩いていると、突然、僕の肩が叩《たた》かれた。

「君、ちょっと止まって」

険しい声がかけられて、僕が慌てて振り向くと、そこには訝し気に僕を見つめる二人の警官がいた。ぞくり、と胃の辺りが縮こまる。

「高校生がこんな時間になにやってんの」

「……まだ、補導されるような時間じゃないと思いますが」

時刻は二十時を過ぎた頃だ。まだ、高校生が出歩いて怒られるような時間帯ではないはずだった。

しかし、警官の表情は険しい。

「夜に、こんなところを出歩いてたら危ないよ。一応、学生証見せてもらえる？」

「いや、あの……」

「確認させてもらうだけだから。ほら、早く」

面倒なことになった。

こんなところで足止めを食っている間に、刻一刻とエッチを捜す時間が減っていく。

しかし、逃げるわけにもいかないし、素直に学生証を見せるのも、学校に迷惑をかけそうで嫌だ。

「………………あ」

そういえば。

ハチから渡されていたものがあったことを思い出す。

僕は慌ててスクールバッグを漁り、その中から黒い革の二つ折り手帳を取り出した。

そして、それを開いて二人の警官に見せる。

「そ、捜査中です」

僕がそう言うと、警官はぎょっとしたように手帳を見つめてから、顔を見合わせた。

そして、片方が、大きな舌打ちを漏らす。

「正気かよ。どう見ても高校生だぞ……」

眉を顰《ひそ》めながらそう言う警官。もう一人が、僕の方を険しい表情で見つめて、言った。

「君。上司の名前を教えてくれないか」

訊かれて、僕ははっきりと答える。

「ハチ、です」

「…………」

警官は苦い表情を浮かべて、しぶしぶ、頷いた。

「……そういうことであれば、こちらに邪魔する権限はない。足止めしてすまなかったな」

「……いえ、それでは」

僕は手帳をバッグにしまい、警官を横目に、また歩き出す。

首だけ動かして後方を見ると、忌ま忌まし気な表情で二人の警官がこちらを見ていた。

ダイハチは、あまり警察からは好かれていないようだった。

しかし……。

「すごいな、この手帳」

ハチが言っていた以上の効力をこの身で実感して、なんとも言えぬ、良い気持ちになった。

そして同時に、ハチの『法の外にいる人間になれる』という言葉の重みも増す。

法の外で動くことができる代わりに……法に守られる権利も失う。

僕は今、ノーガードで歌舞伎町に立っているということになるのだろうか。

通りすがる人々から向けられる視線が、少しだけ、怖くなった。


それから数十分、僕は風俗街を練り歩いて、ひたすらにエッチを捜していた。

これだけ捜しても見つからないということは、仕事中ということなのだろうか。

であれば、仕事に使っているらしいあの建物の前で張り込んでいたほうが良いかもしれない。

と、そんなことを考え始めたちょうどその時に、コンビニエンスストアから出てくるエッチの姿を発見した。

「いた……！」

僕に気付かず背中を向けて歩き始める彼女に、早足で近づく。

そして、肩をとんとんと叩くと、彼女の身体がびくりと跳ねた。同時に、僕の胸がズキりと痛む。

きっと彼女にとって、誰かから声をかけられるということ自体がストレスなのだろう。

おそるおそる振り向いたエッチは、僕の顔を見て驚いたように目を丸くした。

「きょ、今日も来たの……？」

それから、困ったように眉《まゆ》を寄せる。

僕はおもむろに頷いた。

「昨日は、あんまりゆっくり話せなかったから」

「もう来ないでって言ったのに」

「お金はちゃんと払う。だから……」

僕が折れぬ姿勢を見せると、エッチはきょろきょろと辺りを確認するように視線を動かす。

そして、ゆっくりとため息をついた。

「分かった。ちょうどお客さんもいなかったから、いいよ」

エッチは何故か僕に身体を寄せて、小さな声でそう言った。

「ありがとう」

「もう……今日で絶対最後だからね」

「……」

少し怒った様子でそう言うエッチだったが、僕は返事をしなかった。捜査もいつまで続くか分からない。約束のできないことを、その場しのぎで口にしたくはなかった。

とはいえ、今日でハチにも認められるような証拠を得て、エッチを保護できる状況に持っていきたいところだ。

エッチの後に続き、例の殺風景なビルへと足を踏み入れる。

エレベーターを待つ間に、エッチは小さな声で僕に言った。

「今日は、全部、あたしの言うとおりにして」

「え?」

「あたしの言うことにいちいち驚いたりしないで、自然にやってほしい」

「……わ、分かった」

エッチの表情は真剣だった。

彼女が何を指してそういうことを言っているのかは分からなかったが、二人きりで会話をする条件がそれなのだとすれば従うほかない。

エレベーターに乗り、エッチの〝仕事部屋〟へと向かう。

相変わらず生活感のないワンルームに通されて、僕は昨日のことを思い出し、緊張した。

「じゃ、脱ぐね～」

先ほどの少し緊張した声色とは異なり、いつものほんわかした様子でエッチはそう言った。

やめてくれ、と言いそうになるが、こらえる。

「わ、分かった……」

背後で生々しい衣擦れの音が聞こえている。

「君も脱いで？」

「は？」

「脱いで」

エッチははっきりとそう言った。

それから、小さな声で「パンツは穿いたままでもいいから、とにかく脱いで」と言う。

「ひ、必要なことなのか？」

「だってセックスするんでしょ？　脱がないの、ヘンだよ」

「いや、それは……」

「早くして」

強く言われて、僕は言葉を詰まらせる。

彼女の言う通りにするとは言ったが、まさかこんなことまで要求されるとは思わなかった。

しかし、ここで拒否すれば会話の機会さえ失われてしまうかもしれない。それだけは避けたかった。

「……ッ」

僕は意を決して、ブレザーを脱いだ。

そのまま、シャツのボタンを一つずつ開けていく。シャツを脱いだら、次は肌着を。

そして……ベルトをはずし、スラックスを脱ぐ。

「ん、いいね。じゃあこっち向いて」

「え、いや、それは……」

「はーい、向いてね」

後ろから僕の腕がぐいと引っ張られ、あっという間にエッチの方を向かされる。

彼女はすっかり衣服を脱いで、下着姿になっていた。

黒いレースの、一部が薄い素材になっている艶《なま》めかしいものだった。

「どう？　いいでしょ？」

「い、いや、そんなこと言われても……」

「じゃあ、次はキスしよ」

「は⁉　んぶっ……！」

僕が異を唱えるよりも先に、エッチの顔が僕に迫り、そのまま唇を奪われた。

「……ッ！　…………！⁈？」

彼女の柔らかい唇が、僕のそれと重なっている。

鼻孔には彼女の身体の匂いか、それとも髪の毛の匂いか……よく分からないが、とにかく甘くていい匂いが流れ込んできて、くらくらする。

エッチが鼻から息を吸ったり吐いたりする音が妙に大きく聞こえてくる。

「ちょ、ちょっと……待っ……んんっ……!?」

彼女を止めようと僕が口を開くと、エッチがもう一度彼女の口で僕のそれを塞《ふさ》ぐ。

そして、言葉を発そうとして開いた唇の間に、彼女の舌がにゅるりと侵入してきた。

「……んん!?」

僕の舌を搦めとるように、彼女のそれが艶めかしく動いた。

僕の腰が引けているのに気付いてか、彼女の腕が僕の背中に回り、ぎゅうと抱きしめてくる。

ただただ混乱して、困惑して……だというのに、訳が分からないくらいに官能的だった。

脳が正しく機能していないことが分かる。

「んはぁ……キス、気持ちいいね？」

ようやく僕から唇を離して、至近距離で、エッチが言った。上目遣いな瞳《ひとみ》と、あまりに近くで目が合った。

「いや、なんでこんな……」

「じゃあ、下着脱がせて？」

「えっ……」

「ね、早く」

エッチは誘うような目つきでそう言った。およそ冗談を言っているような表情ではない。

彼女の目が細まり、小さな声で、付け足される。

「言うとおりにしてくれないと、話はできないよ」

「……ッ」

殺し文句だった。

僕は小さく頷《うなず》いて、彼女の背中におずおずと手を回す。

ブラジャーのホックに手をかけるが、思ったよりもホック部分が小さい上に数が多くて、戸惑う。縦に三つ、そして、横に二列。

かりかりと指先で引《ひ》っ掻《か》いてみても、どうやってはずしたらいいのか分からなかった。

「焦らないで？　どこでもいいからぎゅってつまむの。で、ちょっと力入れて、内側に引っ張って」

「あ、ああ……」

言われた通りに、右手の指でホックの近辺をぐっと摑《つか》み、内側に引っ張る。上側のホックがぱつり、と音を立ててはずれる。

なんとなく感覚を摑んで、僕は今度は左手も使って、両サイドから内側に生地を寄せた。

すべてのホックが外れ、つまんでいる生地が両側に引っ張られる。

エッチが蠱惑《こわく》的な視線を僕に向けた。

「ホック、取れたね。あとは、こっち」

「………」

彼女は視線で、肩紐《かたひも》を指した。

僕は大きく息を吸いながら、彼女の肩ひもに手をかける。

エッチは僕がそれをはずしやすいように、肩をすぼめてくれた。

ゆっくりと手前側に引くと、ブラジャーがするすると彼女の腕を通り、ついにははずれた。

僕は視線を下げぬよう努力したが、それでも、視界の下端に、彼女の豊満な乳房が見えてしまっている。

「じゃあ、下も――」

「し、下は、無理だ!!!」

たまらず僕が言うと、エッチは驚いたように目を丸くしてから、はじけるように笑った。

「あはは!　なんかウブで可愛い!」

「か、からかってるんじゃないのか!?」

「違う違う、ふふ……まあ、下は、ベッドの中で、脱げばいいもんね？」

エッチはくすくすと笑ってから、僕の手を引いた。

「じゃあ、続きは、この後で……ね」

エッチはそう言いながら、ベッドの掛け布団をめくり、先に中に入っていく。

僕も馬鹿みたいにうるさい鼓動を静めようと深い呼吸をしながら、ベッドに入った。

すると、エッチは突然僕に馬乗りになった。

「きゃー!　あはは!」

「い、いや、だから、何を！」

抗議しようとする僕を押さえつけて、エッチは思い切り掛け布団を頭にかぶった。

急に視界が暗くなり、僕たちは布団の中で密着する。

エッチの顔が、目の前にあった。

彼女は小さな、小さな声で、言う。

「これで、やっと二人きりになれた」

先ほどまでのいたずらっぽい表情は消えている。

「いや、こんなことをしなくても……別に……」

「ううん、ダメなの。やっぱり、昨日のは怪しまれちゃったから」

「怪しまれた……？」

誰に？　という疑問が浮かんで、僕はハッとする。

「……もしかして、この部屋って」

僕がそこまで言うと、エッチはおもむろに頷いた。

「監視カメラがついてるの」

その返事に、僕は嫌な汗が分泌されるのを感じた。

彼女が身体を売る仕事をしていると分かっていたものだから、つい、この部屋の中にそんなものがあるという状況を除外して考えてしまっていた。

ここはラブホテルではない。他人の行為を撮影することになんの抵抗もない人間に、彼女は使われているということだ。

「……録音は？」

声まで聞かれていたら、言い訳すらできない。僕の昨日の会話も筒抜けだったというのか。

そう思い訊《たず》ねるが、録音までされている線は薄いとも思った。もし昨日の会話が聞かれていたのだとしたら、〝怪しまれる〟どころでは済まないはずだ。

思った通り、エッチは首を横に振った。

「昔はしてたらしいんだけど、会話まで残ってると不都合なことも多いみたいで……なくなった。だから、データとして残るのは映像だけ」

「不都合なことって、なんだよ」

僕が訊《き》くと、エッチは、困ったように押し黙る。

そして、今までぴったりとくっついていた上半身を起こし、ベッドの上に両手をついた。

布団が彼女の背中に押し上げられて、少し外からの光が入ってくる。

彼女のたわわな上半身が視界に思い切り入ってしまって、僕は顔を逸らした。

「……動くね」

「は？　…………!?」

エッチは僕の上にまたがったまま、股間《こかん》を前後に動かし始める。

「な、なにを……」

お互いパンツは穿いているから、布一枚ずつ隔てているとはいえ……股《また》同士がこすれて、背中にぞわぞわと変な感覚が湧き上がる。

「してるフリ、しなきゃだから」

「いや、でも……これ……」

「ふふ、大丈夫。あたしは嫌じゃないよ、気にしないで」

「…………」

僕の言わんとしていることを察したように、エッチが言う。そうやって察されるのが一番恥ずかしいのだと、分かっているのだろうか。

人と深く関わる機会もなかった僕が童貞を捨てているはずもなく。全身柔らかい女の子に馬乗りになられて、下半身をこすりつけられたら、否応なしに反応してしまう。

とはいえ、もじもじするためにこんなところまで来たわけじゃない。

努めて自分の下半身の状態を気にしないようにしながら、僕はもう一度訊いた。

「録音したら都合が悪い会話って……なんなんだ」

僕が訊くと、エッチは依然として身体を前後に動かし、悩ましい吐息を漏らしながらも、難しい顔をしている。

逃がしてはいけない。

「それに、〝怪しまれる〟っていうのもおかしな話だ。カメラがついてるのは分かった。でも君は金を稼ぐためにここで身体を売ってるんだろ。別にセックスをしてなくたって、金さえ入れば問題ないはずだろ。なのに、セックスをしないでこそこそ話してたら、何を〝怪しまれる〟って言うんだ」

畳みかけるように訊ねる。

しかし、エッチは戸惑うように僕にちらちらと視線を送るだけで、口は真一文字に結んでいた。腰を前後に動かすのに合わせて、少し荒い鼻息だけが漏れている。

たまらず、僕はエッチの腕を摑んだ。彼女の身体がびくりと跳ねる。

「なあ、頼む。今日は昨日よりも多く払う。五万円だ」

僕がそう言うと、エッチは一度動きを止め、訝《いぶか》し気に僕を見つめた。

「……なんで、そんなに、あたしのこと知りたがるの？　もしかして、け、警察の人だったりするの……？　でも、君、高校生で――」

「違う!!」

僕が声を上げると、怯《おび》えたようにエッチの言葉が止まった。

僕は何度も首を横に振り、言った。

「君は覚えてないかもしれないけど……僕は、君のクラスメイトだったんだ。確かに、そうだったんだ」

そう告げると、エッチはハッと息を吸って、丸い目で僕を見つめる。

「行方不明になった君のことを、僕は今まですっかり忘れていた。でも、またこうして会えたんだ。……だから、今度は……」

僕はそこで言葉を区切った。口の中が、妙に乾いている。

自然と、彼女の腕を掴む手に力が入った。

「助けたいんだ、君を……。それだけなんだ」

僕がそう言い切ると、エッチは一度息を深く吸い込んでから、ちらちらと視線を動かし、何度も僕を見た。

そして……ゆっくりと、ため息を吐く。

「気持ちは嬉《うれ》しい……けど、さ」

エッチは小さな声で、言った。

「無駄だと思うよ。君一人に助けてもらえるなんて、そんな夢、見れないよ」

彼女の瞳には、いつものように、重く、深い〝諦観《ていかん》〟が浮かんでいるように見えた。

「それでも！　少しでも君を助けるヒントが欲しいんだ。やれることは全部やりたい。だから……」

自分でも、何をこんなに必死になっているのか分からない。

あの日死に損なって、ハチに拾われて……そして、彼女に言われるままに仕事をしているだけだ。

それだけのはずなのに、エッチがすべてを諦《あきら》めてしまったようなことを言うたびに、胸が痛かった。まぎれもなく、僕自身の胸が痛んでいるのが分かった。

どうにかしてやりたい。そう思うのだ。

「頼む。すべてやりきるまで……諦めないでくれよ」

僕が必死に言うと、エッチの瞳《ひとみ》が揺れた。

彼女は僕の両の目を交互に見つめて……そして、ついに、ゆっくりと首を縦に振った。

「もう……調子狂っちゃうな。…………他の誰にも、言っちゃダメだよ？」

「分かってる」

「うん……じゃあ、まず……」

エッチは再び、僕の上で前後に動き始めた。

そして、彼女の口から出たのは……。

「あたしが売ってるのは、身体だけじゃないの」

そんな言葉だった。

＊

「そんな………そんな危険なことを、未成年の女の子にやらせてるのか!? そんな馬鹿なことが……ッ！」

一通り話を聞いて、僕は憤ることしかできなかった。

「生きていくためには、しょうがないから」

「しょうがないはずがあるか!!」

「お、落ち着いてよ……落ち着いて」

エッチは上半身を倒し、僕に密着した。

僕の胸に頭を乗せて、言う。

「君は自分のことみたいに怒ってくれるね。なんか、それだけでも、嬉しい」

エッチはそんなことを言うが、僕は歯がゆい気持ちでいっぱいだった。

彼女を慰めるためにここに来ているわけじゃない。彼女の問題を解決するために、僕はここにいるのだ。

だというのに……思った以上に、問題は根深かった。


彼女の話をまとめると、こうだ。

エッチは、ここで一人〝二万円〟という金額で、身体を売っている。しかし、その仕事はもう一つの仕事を隠すためのカモフラージュに過ぎなかった。

彼女の本当の仕事は……〝麻薬〟の売り子だ。

エッチを雇っている……というより、飼い殺している暴力団員は、このあたりの麻薬の売買を取り仕切っているらしく、彼女は売人の一人として使われているようだった。

一見客ＮＧの商売で、他の客から紹介のあった者だけが薬を買えるようにしているらしいが、その一環として、エッチとセックスをしにこの部屋に入るように見せかけて、その実ここで薬の売買を行っているわけだ。時間に余裕のある客は、彼女とセックスをしたうえで、薬も買って行くのだという。

もちろん、客のすべてが薬を買うわけではなく、純粋に彼女といやらしいことをするためだけに来る客もいる。そうでなければ、カモフラージュとして成立しないからだ。

……ただ身体を売らされるのとは、全然話が違う。

つまるところ、エッチはすでに犯罪組織の〝商売の仕組み〟を知ってしまったうえで、それに加担しているというのだ。

簡単に足を洗うことができないのは、想像に容易い。

「……どうして」

思わず、低い声が漏れた。

「どうして、こんなことに加担することになる前に、逃げなかったんだ」

僕が言うと、エッチは困ったように眉《まゆ》を寄せた。

そして、こくり、と首を傾げる。

「逃げるって……どこへ？」

「え……」

その純粋な疑問に、僕は言葉を詰まらせた。

「パパもママも死んじゃって、それで、どこに逃げればいいの？」

「いや、それは……養護施設とか、他にも……」

「そんなことを考えられる状況じゃなかったよ」

エッチの口調は優しかったが、どこか冷たくもあった。その視線が僕から逸れて、当時のことを思い出すように、目が細められる。

「周りには黒いスーツのオトナたちがいて、銃を持ってて……あたしに、選択肢なんてなかった。あの時、生きるための選択を、したの」

エッチはそう言って、薄く、微笑んだ。

まただ。

また、その笑顔だ。

「だから……もう、こうやって生きていくしかないんだよ」

すべてを諦めて、すべてを受け入れてしまったような顔で、彼女は笑う。

でも、そういう微笑みを浮かべるたび、彼女の胸は激しく痛んでいるのだ。僕にだけは、それが分かる。

苦しかった。

彼女が苦しんでいるのが、分かっていた。

そんなに苦しいのに、どうして本気で逃れようとしないのか……分からなかった。

そして、暗闇に首まで浸かってしまった彼女を救い出す方法も、分からない。

嚙《か》み締《し》めた奥歯がギリ……と音を立てる。

考えて、考えて……それでも、糸口が見えない。

今日聞いたことをハチに報告すれば、彼女は動いてくれるだろうか。それすら、僕には分からないのだ。

歯がゆくて、歯がゆくて、仕方がない。

「…………はっ……はっ…………はぁっ……」

ふと、エッチの息が上がっていることに気が付く。

ベッドの上についた手がぶるぶると震えている。

様子が、おかしかった。

「はぁっ……はぁっ……はぁっ……はぁっ……！」

「ど、どうした……？　具合でも悪いの――」

「はっ……！」

僕の言葉を遮り、エッチが突然掛け布団をバッと取り払った。

急に視界が明るくなり、思わず目を細めてしまう。

エッチはよろよろとよろけながらも、不自然なほどに焦りながらベッドを降り、部屋の隅に置かれた彼女のバッグへと駆け寄った。

そして、がさがさと中身を漁り、化粧バッグを取りだす。

手が震えすぎて、ファスナーを開けるのに何度も失敗するエッチ。異常なまでに息が上がり、瞳孔《どうこう》が開いていた。

「……………まさか……」

ようやく開いた化粧バッグから彼女が取り出したのは、パステルピンク色の、丸い、錠剤だった。

「……だ、ダメだ！　飲むなッ！」

ベッドから飛び起きて彼女を止めようとしたが、もう遅い。

彼女は錠剤を口に入れ、唾液《だえき》だけでそれを飲み込んだ。

「ふーっ……ふーっ……………ん……………ふぅー………」

荒かった息が少しずつ整い、エッチの瞳がとろんと焦点を失ったように開いていく。

そのまま壁に寄り掛かって、天井を見つめだす彼女を見て、僕はこらえようのない怒りに見舞われた。

パンツ以外何も身にまとっていないエッチに、僕は掛け布団をベッドから引きはがして、かけてやる。

「………君も、薬をやってるんだな」

絞り出すように僕がそう言うと、エッチは何も言わずに、脱力した表情のまま、頷《うなず》いた。

定まらぬ視点で天井を見つめる彼女の口角は、不自然に上がっていた。その視線の先に、この世で一番美しいものを見ているようなその表情に、ゾッとする。

「………最悪だ………どうしてなんだ」

強く握りしめた拳《こぶし》が震えた。

どうしてこんなことになっている？

まだ大人にもなっていない一人の女の子が、尊厳を捨て、身体を売り、さらに薬物にまで手を出してしまっている。

「なんでこんなものに手を出したッ!!」

エッチの肩を摑《つか》み、叫ぶ。

彼女の視線がゆっくりと動いて、僕を見た。

「この……このお仕事をね、はじ、始めるときにね……飲まされたんだよぉ」

だらしなく笑いながら、エッチは言った。

飲まされた。それは、彼女の雇い主に、ということだろうか？

「びっくりしたんだぁ……なんにも嬉しくないのにね、な、なんにも幸せじゃないのにね。身体の奥から、ぎゅう、ぎゅぎゅ～……ってね、し、幸せな気持ちがね、湧いてくるの。わけわかんないくらい、気持ちがいいんだよぉ」

「馬鹿、そんなのはまやかしだ。本当の気持ちじゃない。本当の幸せじゃない！」

「本当かどうかなんて……分かんないよ。本当の幸せなんて……もう、手に入らない」

「だからって……ッ！」

「このお薬!!」

僕の言葉を、エッチは叫ぶように遮った。

「一粒いくらすると思う？」

「……そ、それは」

「あたしね、もう、これがないと生きていけないんだぁ。それでね、このお仕事をしている限り、ず〜っと、これが貰《もら》えるんだよ。だからねぇ」

「……ッ！　もういい！」

僕は思わず、エッチを抱きしめた。彼女がハッと息を吸い込んだ音が聞こえた。

「もう………喋《しゃべ》るな………」

悔しくて、涙が出た。

ずきずきと胸が痛んでいる。これは、まぎれもなく、僕の胸の痛みだった。

明らかに悲惨な状況にもかかわらず、薬でトリップしている彼女の胸には痛み一つないというのか。そのこと自体が、どうしようもなく、悲しかった。

元同級生の裸も、薬でトんでいる姿も、見たくなどなかった。でも、目を逸らすことのできぬ、現実だ。

僕があの日死のうとしなければ……あるいは、死ぬことに成功していたならば。

僕はエッチと再び出会うこともなく、彼女はこのまま一人で、ゆるやかに奈落《ならく》の底《そこ》に落ちていったのだろうか。

記憶の中で微笑んでいた彼女が、醜悪な現実を伴って目の前にいることが……そして、それをどうにもすることができない自分が、嫌で嫌で仕方がない。

「……泣いてるの？」

「………」

「泣かないで」

僕の頭の後ろに、彼女の腕が回される。そして、優しく、撫《な》でられた。

「君が泣くこと、ないじゃん。あたしは大丈夫」

「大丈夫なわけあるか……！　これのどこが大丈夫だっていうんだ」

「これがあたしの人生なんだよ。自分で選んだ、人生なの」

「選んだ？　違う、選んでなんかないだろ！　君はわけも分からないうちに暗闇に叩《たた》き込《こ》まれて、そこから出る方法が分からないだけだ！」

「でも、他に生きていく方法が分からないもん」

エッチは穏やかな声でそう言った。

そして、小さく、付け加える。

「……生きてる意味も、分からない」

胸に、鈍痛が走る。

それが僕のものなのか、彼女のものなのか、分からなかった。

「それでも、死ぬのはこわいから……だから、ただ、生きてるだけなんだ。仕事をしてる時と、薬を飲んだ時だけは、細かいこと全部忘れられるの」

「これからもずっと……そうやって、生きていくつもりなのか？」

僕が訊《き》くと、再び、エッチが息を吸い込む音が、耳元で聞こえた。

そして、彼女はゆっくりと息を吐いて、言う。

「……うん。きっと、これからも」

「……ダメだ。そんなのは。そんなの間違ってる」

「正しい生き方なんて、分からないもん」

「諦《あきら》めるなよッ！」

僕は彼女から身体を離し、その肩を摑んだ。

「君の生活が少しでも良くなるよう、僕もやれる限りやってみる。だから、君も……諦めるなよ」

彼女の目を見つめて、言う。

エッチは困惑したように僕の両の目を交互に見つめた。

それから、困ったように微笑んだ。

「君って、ヘンだね。こんなに必死になってくれる人、初めてだよ」

「だって、君は……」

「元クラスメイト、なんでしょ。ふふ、ヘンなの」

エッチはくすくすと笑ってから、僕の肩をぐっ、と押した。そして、ゆっくりと立ち上がる。

掛け布団に隠れていた乳房が再び目の前で露わになって、僕は慌てて目を背けた。

「大丈夫。死ぬのも殺されるのもこわいから。今まで通り、生きてくよ。だからさ……」

エッチはそう言って、柔らかく微笑んだ。

「君はもう、あたしのことなんて、忘れてよ」

彼女の言葉と同時に、けたたましいアラームの音が鳴った。

時間だった。

「もう、来ないでね」

床に落ちたままになっていたブラジャーを拾いながら、エッチが言った。

「次来ても、もうこの部屋には通さないから」

エッチは優しい表情ながらも、はっきりとそう言った。

「必死になってくれて、嬉《うれ》しかった。ちょっと、グッと来たよ」

エッチはブラジャーをつけながら、少し上機嫌に言う。

「もうちょっと時間あったら、楽しくセックスしたかったなぁ」

「………………ふざけんな」

「本気だよ？　同年代の子とイチャイチャする機会なんて、もう、ないんだから」

「そんなの……諦めなければ、これから何度だって、あるはずだ」

「んふふ……」

僕の言葉を笑って受け流すエッチの表情は、どこか寂しそうだった。

彼女と会うたびに、無力感だけが募っていく。

今日得た情報が、少しでも捜査を進展させ、彼女を救うことができたらいいと願いながら、僕は彼女に金を払い、部屋を後にした。

「じゃあね。元気に過ごしてね」

ビルの前で、エッチは僕に手を振った。

「さようなら」

そう言って笑うエッチには、有無を言わせぬ雰囲気が漂っていた。「また来る」などと言えそうにもない。

僕は何を言ったらいいか分からず、「ああ」とだけ頷いて、力なく背を向けた。

何歩か、無言で歩いて。

振り返ると……もうそこには、エッチの姿はなかった。

あたりをきょろきょろと見回しても、彼女は見当たらない。

なぜか、とても不安な気持ちになった。

もう二度と、彼女には会えないのではないか……と、そんなネガティブな想像をしてしまう。

「……いや」

彼女は「今まで通り生きる」と言っていた。

であれば、今日の情報を持ち帰り、捜査を進展させることができれば、彼女を救うこともできるはずだ。

僕にできることは、今から急いで帰り、ハチにすべてを伝えることだけだ。

気持ちを新たに、歌舞伎町を出るべく歩き始めた、その時。

「おい」

僕の肩が後ろから乱暴に引かれた。

慌てて振り返ると……そこには、黒いスーツを着た男が三人、立っていた。

明らかに、〝カタギ〟ではない雰囲気が漂っている。

胃のあたりがツンと冷えるような感覚。

「な、なんですか、あなたたち――んぐぁッ!!」

一瞬、何が起きたのか分からなかった。

肺の空気がすべて抜けてしまったような感覚ののちに、腹の奥に激痛が走る。

黒服の男の拳が、僕の腹にめり込んでいた。

「……ッは――」

喉《のど》がピー、と高音で鳴った。

「クソガキが。……おい、そっち摑め」

「ちょっ……待っ……おぶッ！」

二人の男に、両腕を摑まれ、暴れようとしたところにもう一撃、腹にパンチを叩き込まれる。鳩尾《みぞおち》に激痛が走り、声が出なくなり。

「暴れんなガキ！　黙ってついてこいや」

何も分からぬまま、男たちにズルズルと引きずられて、暗い路地へと向かっていく。

助けを求めるように周りに視線を送っても、皆遠巻きにこちらを見ているだけだった。

何が起きているのか、分からない。

けれど……………何か、致命的なミスをしてしまった。

それだけが、分かっていた。

＊

暴力の雨が、降り注いでいた。

「こそこそエッチのこと嗅《か》ぎまわりやがって、クソガキ!!」

惨めに地面に転がった僕に、容赦なく男の蹴《け》りが入る。革靴のかかとが肉にめり込んで、体表も、身体の内側も激痛を訴えていた。

「サツとも話してたよなぁ!! おい、誰から雇われてんだ!? 吐け!!」

言われて、そういえば、数時間前に警察に呼び止められたことを思い出した。そうか、そんなところから見られていたのか。

ハチの言葉が脳裏に蘇《よみがえ》る。

『君はもう二日も連続でエッチとやらに接触してる。面が割れてるってことだ。警戒されていてもおかしくはない』

彼女の言う通りだった。

僕は今日、この街に足を踏み入れた時点で監視されていたということなのだろう。

もしかすると、すでにエッチとのやりとりの映像も、確認されているかもしれない。

僕は彼女が薬を飲んでいるところを見てしまった。

そして、そんなところを僕に見せてしまったエッチも、もしかしたら何かしらの罰を受けているかもしれない。

事態は、最悪だった。

「オラッ!! 黙ってるとマジで殺しちまうぞ、ガキィ!!」

「んぶッ……!! げほっ……ごほっ…………おえ……」

腹を革靴の爪先で蹴られ、僕はみっともなく嘔吐《おうと》した。

今まで生きてきて受けたこともない激しい暴力に、身体がついていかない。

体表が燃えるように熱くて、そして、体内は驚くほど冷え切っているような感覚だった。

声も、上手く出せない。

髪の毛を乱暴に摑《つか》まれ、顔を持ち上げられる。

「誰に、雇われた？」

「…………な、い」

「あ？」

「……雇われてなんか、ない……僕はただ………あの子を……」

「わけわかんねぇこと言ってんじゃねぇ!! ただのガキがあいつのことを見つけられる時

点でおかしいんだよッ!!　本当のことを、言えッ!!」

「ぐあッ!!」

今度は顔面を殴られる。ぐしゃ、と地面に倒れ伏す。

身体の力が抜けていく。

「いい加減吐きやがれ！　本当にぶっ殺すぞ!!」

僕を蹴りつけている男のうちの一人が、そう吼《ほ》えた。そして、腹部に猛烈な衝撃が走る。

同時に、内臓が異状を訴え、喉を熱い物質が通過した。「おえぇ」とみっともないうめき声を上げながら、胃液を吐き出す。

ハチと出会い、自殺を止められ……生き永らえた。

でも、やっぱり僕は、死ぬ運命だったのかもしれない、と、そう思った。

男たちの声が、どんどんと遠のいていく。

身体の感覚も、鈍くなってきていた。

どうせ捨てようとした命だ。

ここで散らしたとしても、何の悔いも残らない。

そんなことを考えていると、脳裏に、一人の少女の顔が浮かんだ。

教室の中で、数人の友達に囲まれながら、楽しそうに話す、越後優美の姿だ。

そして……繁華街の中で、寂しそうに佇《たたず》む、〝エッチ〟の姿。

僕が、このまま死んでしまったならば。

今日聞いた内容をハチに伝えることができず、そのまま捜査が難航してしまったならば。

彼女は、これからも、暗闇の中をさまよい続けることになってしまう。

結局、誰の痛みも、どうにもすることができないまま……僕はここで、物理的な痛みに殺されるのか。

であれば……僕は、一体、なんのために。

「う…………ぐう…………」

「あ？　なんだガキ、話す気になったか？」

「……う…………うぅ……」

「聞こえねぇぞ……オラッ！」

「がっ！」

なんとか、この暴力に抗いたかった。

重い身体を持ち上げ、男の脚にしがみつこうとするが、思い切り蹴とばされてしまう。

頭がくらくらした。

前もよく見えていない。視界がぐるぐると回っていた。

「…………なきゃ」

「あァ⁉」

「……帰らなきゃ……」

「帰れると思ってんのかッ‼」

「んぶっ……」
少しでも前に進もうと身体をよじらせても、途中で男の蹴りが僕を襲う。
死ぬわけにはいかない。
ハチのところへ帰らなければいけない。
エッチを、救わなければ、いけない！
けれど……。
もう、身体が動かなかった。
「……あ、ぁ……」
死ぬのか。僕は。
何もできずに、痛みを抱えたまま……。このまま……。
「おい、テメェら、何してやがるッ!!」
「ゆ、ユダさん!?　いや、このガキが――ッチのことを嗅ぎま――ってたもんで
――から――」
誰かが駆け寄ってくるのが見えた。
視界が白と黒でちかちかとして、周りの音も、聞こえなくなる。
身体の感覚がすべて消え……僕はついに、意識を手放した。

六章

chapter 6

暗闇の中を、一人、歩いている。

何も見えない。

自分がどこにいるのかも分からない。

胸が痛かった。

痛くて、痛くて、身体がバラバラになりそうだ。

怖い。

怖い、と、思った。

暗いことが？　それとも、痛いことが？

いや、どちらも違う。

この暗さも、痛さも、自分ではどうにもできないということを知っているのが、怖かった。

うずくまって、膝《ひざ》を折って、立ち止まってしまいたかった。

けれど、そうしてしまったら、僕は本当に終わりなのだという予感があった。

足を引きずりながら、歩き続ける。

身体は重く、胸はずきずきと痛み続けている。

気が付けば、駅のホームにいた。

特急電車が通過するアナウンスが、ホームに流れている。遠くには、少しずつこちらへ近づいてくる列車の姿があった。

蟬の声が、やけにうるさい。

ふと、少し離れたところに、人影を感じた。視線を動かすと、少女が立っている。

越後《えちご》優美《ゆうみ》だ。

風に吹かれて、彼女のショートヘアーがさらさらと揺れている。

優美は僕を見て、言った。

「胸が痛いの。痛くて痛くて、苦しいの」

同時に、胸が痛む。激しい、痛みだった。

「もう、痛いのは嫌。だから、終わりたいの」

力なく微笑んで、優美は線路へと飛び込んだ。

「待っ……！」

手を伸ばしても、もう遅かった。

特急電車はホームに滑り込む。けたたましい警笛の音が聞こえた。

「はっ……はっ…………？」

僕はいつの間にか、線路の上に寝転がっていた。

ガタンガタン、と、地響きを感じる。

頭ごと視線を動かすと、遠くに、また、電車が見えていた。猛スピードでこちらに向かってきている。

「う……うあぁ……」

逃げなければ。

起き上がろうとしても、身体に力が入らない。地面に縛り付けられているようだった。

電車が、近づいてくる。

「ひっ……うぅ……うがぁ……ッ！」

それでも、身体は動かない。

蟬の声が、響いている。

心拍数がドクドクと上がっていき、胸が痛んだ。

痛い、痛い。

「痛いか？」

痛い!!

「死んだほうがマシか？」

ホームの上から、ハチがこちらを見下ろしている。

白いワンピースを着て、いつものように、薄ら笑いを浮かべていた。

その通りだ。

この痛みから解放されるなら……もう、死んでもいいのかもしれない。

「どうして痛みから逃れようとしない？」

痛みを感じないことなんてなかった。

不必要な痛みを感じ続けて、僕はおかしくなってしまった。

「越後優美には『諦《あきら》めるな』と言っておいて、君は痛みに耐えかねてあっさり死ぬわけだ」

どうしようもない痛みに苦しみながら、この痛みをどうしようもできないことに絶望した。

だから、もう楽にしてほしい。

それなのに。

電車がごうごうと音を立てながら近づいてくると、恐ろしかった。

「ああ……ッ！」

死にたくない。

こんな痛みを抱えたまま、死にたくないと思った。

「死にたくない！」

どこかで、優美の声がした。

死にたくない、この痛みを、どうにかしたい!!

それは、優美の叫びなのか、僕の叫びなのか分からなかった。

近づいてきた電車が、消えていた。

蟬の声だけが……聞こえている。


『痛みとは、なんでしょう』

突然、声が聞こえた。

さっきまで動かなかった身体が、嘘のように軽かった。

僕は、真っ白な空間の中に立っていた。

果てのない白。なぜか、暗闇の中にいるよりも孤独を感じた。

『所詮《しょせん》、痛みなどというのは、生物的シグナルでしかありません。身体が破壊されないよう、危険を察知するために備え付けられた機能です』

誰かの声が、白い空間に響いている。

その声は平淡《へいたん》で、男性のものなのか、女性のものなのかすら、分からない。

『生物は、痛みに危険を感じるように、できているのです。ただそれだけのことなのですよ』

謎の声が、淡々と、語りかけてくる。

『痛みを感じるということは、それだけ、生存の力が強いということです。あなたは特別なのです』

「特別？　他人の痛みまで感じることが、特別だっていうのか」

憤りから、ようやく声を発することができた。

『その通りです。みな、シグナルを発しています。痛みというシンプルなシグナル。普通の人間は、それらを、表情や、仕草という単純な紋様《パターン》でしか受け取ることができません。情報を受け取る器官が発達していないのです』

『しかしあなたは違う。他人の痛みを自分のもののように、精密な情報として受け取ることができる。受け取ることができるということは、発信することもできるということです。情報は常に、相互に発信受信されているのですよ。あなたが目の前にある「りんご」を見て、それがりんごであると理解できることと、同じです。あなたはりんごの発する情報を受け取って、処理しているのです』

真っ白な空間の中に、いつの間にかりんごが出現していた。

赤い色が目に刺さるようで、頭が痛い。

『痛みから逃れる方法を教えましょう』

「痛みから逃れる……方法？」

くす、と笑う音が聞こえたような気がした。

『支配するのです、痛みを。痛みとは、本能的防衛であり、弱点です。あなたは人の痛みを知ることができ、それをさらに他人に伝播《でんぱ》させることができるはずです』

「そんなことはできない」

『今はできなくとも、いずれできるようになります。あなたの〝器官〟が発達すれば。処理するんです、痛みを、適切に』

「それが……そんなことが、なんになるっていうんだ」

『痛みを支配することは、他人を支配することに等しいのですよ。あなたは特別に生まれ、人間を導く存在になるのです』

「意味が分からない」

『いずれ分かります。あなたが痛みを処理できるようになるころには、きっと――』

気付けば、目の前のりんごは消えていた。

そして、声も止む。

「おい」

呼びかけても、返事はない。

「おい!!」

少しずつ、辺りが暗くなり始める。

真っ白から、真っ黒へ。

暗転していく世界の中で、僕は恐怖を感じた。

また、あの暗闇の中に戻るのは嫌だった。

軽かった身体が、重くなっていく。

そして、全身がずきずきと痛み始めた。

また、痛みだ。

僕はいつまでも……痛みから、逃れられない。

＊

「クラブジャムをご利用の皆さま、こんにちは～！」

重い瞼《まぶた》を開けると、薄暗い部屋にいた。

部屋には大きなテレビがついていて、アイドルグループが朗らかにカメラに向かって手を振っていた。

カラオケボックスに、いるようだった。

頭が重い。意識が朦朧《もうろう》としていた。

身体を持ち上げようとすると、上半身に激痛が走った。

「うっ……！」

思わずうめき声を上げてしまう。

「お、気が付いたか」

突然近くで声が聞こえて、驚いてそちらを向くと、黒い革ジャンを羽織った屈強な男がこちらを見ていた。

「…………ぁ……」

声を出そうとしても、うまくいかなかった。

そうだ。僕は歌舞伎町の路地裏で、黒服の男たちに襲われて……。

それから、どうなった？

生きているのか？

「ああ、ああ。無理して喋《しゃべ》んなくていい」

男が立ち上がって、僕の背中に手を回し、もう一度ソファの上に横たわらせた。

そして、僕の顔が見える位置に座り直す。

「悪い。ウチのもんが、乱暴しちまったみたいだ。この通り」

そして、男は膝に手をついて、深々と頭を下げた。

男にしては長い金髪。そして、その頭頂を覆い隠すような黒いニット帽。

ギラついた雰囲気とは対照的に、その目はどこか優しかった。

「……あんたは……」

ようやく、か細い音量でありつつも、声を出すことができた。

息を吐くと、肺のあたりが痛む。

「俺は由田《ゆだ》。このあたりのチンピラを仕切ってる。お前を殴る蹴《け》るしたのは、俺の仲間だ。

本当に悪かった」

「あんたの仲間……じゃあ、どうして、止めた……？」

「そりゃあ……どう見てもお前がカタギだからだ」

由田はそう言って、チッと舌打ちをした。

「いつもカタギには手出すなって釘《くぎ》を刺してたんだけどなぁ。俺の言うことよりも本郷《ほんごう》の締め付けにビビっちまうとは、うちのヤツらも骨がねぇ」

「本郷……？」

初めて聞く名に僕が反応すると、由田はおもむろに頷《うなず》いた。

「〝エッチ〟の飼い主だよ。お前、ホントに何も知らねぇんだな」

そういえば、そうだ。

彼女が何者かに〝飼い殺し〟にされていることまでは摑《つか》んでいたものの、その名前を訊《き》くのをすっかり忘れていた。調査として、片手落ちが過ぎる。

「なあ、お前。どうしてエッチに近づいた？」

由田はそう訊《たず》ねながら、僕をじっと見つめた。

暗いカラオケボックスの一室の中で、何故か、彼の瞳《ひとみ》が青く光ったような気がした。目を逸らすことができない。

「……た」

「ん？」

「……助けたいからだ、彼女を。一年前は、同じ教室にいたんだ」

明らかに言う必要のないことまで口にしてしまい、驚いた。心のどこかで、『嘘をついても無駄だ』という強い強制力が働いたようにも思える。

由田は数秒僕の目を見つめた末に、ため息を吐く。

「嘘はついてねぇらしい。なるほど、知り合いだったわけだ」

彼は僕が嘘をついていないと断定したが、何を根拠にそんなことを、と、思う。しかし、口には出さなかった。

「あいつらな、お前が警察関係者なんじゃないかと思ったらしい。にしたって、警察関係者をボコったらそっちの方がヤバイだろって話だけどな。それに……」

由田は僕を横目に見て、鼻を鳴らした。

「警察関係者なんてのは、いくら隠してもそれっぽいオーラを出してるもんだ。お前からは微塵《みじん》もそれを感じない」

「…………」

実際は警察関係者なわけだが……こうも面と向かって「オーラがない」と言われると、複雑な気持ちになる。

しかし、いらぬことを言って敵視されても困る。ここは口を噤《つぐ》んでおくことにする。

「じゃあ、純粋にエッチを助けたくて、近づいたわけだ。三日も連続で、こんな汚ぇ街にやってきて」

「……そうだ」

「はぁん。惚《ほ》れてんのか？」

「そんなんじゃない」

「ただのクラスメイトを、命懸けてまで、助けようとするかね？」

「命を懸けてるつもりなんてなかった」

「ははっ馬鹿だなお前。実際こうして、死にかけてる」

由田は僕を指さして笑った。それからスッと真顔になる。

「普通な、理不尽な暴力に襲われたら、ぶるぶる震えて、もう何もしたくない！　ってなるもんだろ。なのにお前は、起きてすぐ、『本郷』の名前に反応してやがる。自分のことよりあの女のことの方が大事なわけだ」

自分よりも彼女のほうが大事。

そういうふうに言葉にされると、どこか違和感があった。

しかし……何よりも今は、彼女を助け出したい。そこに相違はない。

「お前、ヘンなガキだな」

由田はそう言いながら僕を見て、笑った。

「面白ぇ。エッチのこと、教えてやるよ」

「……え？」

「助けてぇんだろ。お前みたいなガキが人を助けようってんなら、情報がいる。ここ数日みたいに、露骨なトツりかたしてたら命が何個あっても足りねぇよ」

由田は何が楽しいのか、言いながら愉快そうに身体をゆさゆさと揺すった。

「……そんなことをして、あんたになんの得があるんだ」

僕が訊くと、由田は「おっ」と声を上げて、頬を緩める。

「それなりに警戒心はあるんだな。いいことだ。でも、そんなのはお前が気にすることじゃねえんだわ。もちろん、俺にとってもいいことがありそうだと思ったからお前に情報をやろうとしてる。でも、その詳細まで丁寧に教えてやる必要がどこにある？」

「……それは、まあ」

「それに、突然オトナにボコられるっつー怖い思いをさせたんだ。その詫《わ》びくらいはしないとな」

由田は捲《まく》し立《た》てるようにそう言って、ニッと歯を見せて笑う。

そして、僕の隣にわざわざ座り直して、話し始めた。

「いいか。本郷ってのは歌舞伎町の〝薬屋〟を実質ほとんど仕切ってる。そのシノギの一部を、エッチが担っているんだ」

由田は順序立てるように説明を始めた。

エッチは本郷という暴力団幹部の下で、薬物の売人として働いている。

彼女は衣食住を与えられる代わりとして、彼女自身も薬物を投与され、逃げられない環境に置かれているというのだ。

本人からすでに聞いていた話とはいえ、改めて説明されても、あまりの理不尽に眉《まゆ》を顰《ひそ》めてしまう。

「おいおい、いちいちキレてたらキリないぞ」

由田は肩をすくめて見せたが、僕は表情を取り繕うこともできなかった。

「しかし、だ。エッチ、っていう存在も、あまりに異質なんだよな」

首を捻《ひね》ってから、由田は少し低い声で言った。

「本郷は、基本的に〝外部からシノギに介入される〟ことをとことん嫌がる。慎重なヤツなんだよ。そんなあいつが、何故か、突然高校生の女を仕事の歯車にし始めた。そもそも、高校生に身体を売らせて、しかも薬も売らせるなんてのは、警察やらなにやらに目をつけられたら何の言い訳もできない犯罪だ。それが一年前までカタギだった人間なら、なおさら」

由田は人差し指を立てる。

「わざわざあんなガキを使わなくても、出自の知れねぇ孤児なんてのはいくらでもいる。そういうクソ溜《だ》まりで生まれたヤツがそのあと何して生きてようが、社会は感知しない。だが、もともとカタギの世界で生きてたヤツとなれば話は変わってくる。明確に〝社会から消える〟瞬間があるからだ。そういう細かい綻《ほころ》びから、裏社会にガサが入っていくんだよ」

由田はひとしきり喋ってから、僕に視線を寄こした。

「現に、お前みたいなガキが、エッチを見つけ出して、助けようとしてる」

由田の視線からは、明確に「どうして知った？」という意図が感じ取れた。

僕は答える。

「……たまたまだ。歌舞伎町に来て、路上で彼女を見つけた。それだけ」

すらすらと、嘘が言えた。ここで本当のことを言うのは得策とは思えなかった。

由田から返事がないので、視線を上げると、彼は細い目で僕の方を見ていた。

「ふぅ～ん、な、る、ほ、ど」

由田はゆっくりと何度も首を縦に振りながら、ニヤついてみせる。

「ま、いいか。根本に嘘がねぇなら、問題はない」

彼のその言葉に、ドキリとした。

今の言葉が嘘であったことを、見破られている？

僕が挙動不審に視線を動かしてしまうのを、由田はただただ口角を上げながら見つめてきた。

「ヤツの両親は本郷のサブビジネスである〝闇金〟から金を借りて、首が回らなくなった。で、ぶっ殺されたみたいだな」

「……ああ、それも、本人から聞いた」

「そうなのか？　随分信頼されてるんだな」

由田は片方の眉を上げて僕を横目に見た。彼は「まあ、いいや」と付け加え、言葉を続ける。

「だがなぁ……さっきも言った通り、エッチだけ生き残ってるのが不思議でならねぇんだわ。恐怖と薬物で支配して、わざわざコマとして使うほどの価値があの女にあるか？」

由田のその言葉に、思わず眉間《みけん》の皺《しわ》が濃くなってしまう。

助けるのを手伝う、と言う割に、この男も随分とエッチのことを下に見ているようだった。

「おーおー、怒るなって。この世界は、リスクとリターンの計算が大事なんだ。何も『人間としての価値』なんて大仰な話がしたいわけじゃない」

「……別に、怒ってない」

「それがキレてねぇ顔かよ」

由田はスンと鼻を鳴らしてから、ビッと人差し指を立てた。

「つまりだな。あいつが軟禁されてコキ使われてんのには他にも理由があると思うんだよな。多分、そこが本郷のウィークポイントだ」

その物言いに、僕は眉を寄せる。

「……その理由は、まだ分かってないのか？」

「そんな顔すんなよ。俺だって本郷にはなかなか近づけないんだ。それに、ウィークポイントを簡単に曝《さら》け出《だ》すようなヤツが、薬屋を仕切れると思うか？」

由田は参ったというようにやれやれと首を横に振る。

「本郷に頭が上がらねぇこの状況に、俺たちも嫌気が差してるわけよ」

「なるほど。つまり、エッチが救出されて、本郷とやらのシノギの一部が潰《つぶ》れた方が、あんたらにとっても都合がいいわけだ」

彼にとっての『メリット』がようやく分かり、少し気が楽になった。

タダでもらう情報ほど、怖いものはないのだ。

「お前もなかなか、話が分かるヤツだな。でも、俺はそんなこと一言も言ってねぇから」

由田はヘラヘラと笑って、言葉を続けた。

「本郷は人格破綻《はたん》者だ。シノギのためならなんだって犠牲にする。そんなあいつがわざわざ〝女子高生〟を囲ったのには、必ず理由がある。そして、それがお前にとっての突破口になるはずだ」

由田は翻って真剣な表情で、言った。

「なんにしろ、今までみたいな単純なやり方を続けてたら、お前マジで殺されるぞ。もっと慎重に動け」

由田にはっきりと言われ、僕は頭を垂れることしかできない。

確かに、彼に助けられていなければ、僕は今頃本当に死んでいたかもしれないのだ。

別に、僕などという人間は死んでも構わないと思っていた。

でも、もともと日の当たる場所にいたはずの女の子が、理不尽の内で闇に沈んでいくのを、ただただ眺めていることは、できない。

命を賭《と》してでも、助けたかった。

それが、僕にできる唯一の、自分の存在意義の証明だと、思った。

「彼女を……エッチを、日のあたる場所に帰す。それまでは、死ねない」

僕は顔を上げて、由田を見た。

「だから……助けてくれて、ありがとう」

僕が深々と頭を下げると、由田は数秒、ぽかんとしたように僕を見つめていた。

それから。

「はっ!! こりゃいいや」

愉快そうに、笑った。

「本当にいるんだなぁ、他人のために命を懸けるヤツが。嫌いじゃないぜ、そういうの」

由田はひとしきり笑ってから、僕の肩に手を置いた。

「だが、気を付けろ。お前は今闇の淵《ふち》に立ってるんだぜ」

その声は冷たく、重かった。

「皆、光と闇を勘違いして生きてる。あの〝エッチ〟だって同じだ。ずっと光の世界にいた。でも、ある日突然、闇に転落したんだ」

「でも、それは、あの子自身の選択じゃない」

「そうかもな。でも、そんなのは関係ないんだよ。光の上に立っている人間は、『闇は隅っこの方に寄り集まっているから、近づかなければいい』なんて心のどっかで思ってる。でも本当は違う。闇はいつでも光のそばにあって、光の上で生きるよりもずっと楽に生きられるぞ、と光の上で生きてるヤツらをそそのかす。そんな甘い気持ちで闇に入り込めば、そのあと待ってるのは綱渡りだ。上手く綱を渡れないヤツはあっという間にくたばっちまう」

由田はそう言って、不敵に微笑んだ。

「エッチは、本当に、死ぬ気で、この環境から逃れようとしてるか？　光の世界に戻る勇気も力もなくて、自分から闇に向かう綱を渡ってるんじゃないのか？」

由田の言葉に、僕は何も言い返せなかった。

それは、ずっと僕が感じていた疑問でもあったからだ。

彼女は、闇の中に留まることを、自分で選んでいるように見える。

薄く微笑んで、すべてを受け入れてしまっている。

「そんなヤツを、お前一人で救うことが、本当にできるのか？」

その質問に、僕はすぐに答えることができない。薄く開いた口から、息を吸い込むことしかできない僕に、由田は畳みかけるように言う。

「お前は光の上で生きてたところをわざわざこんなところにやってきて、この後生き残っていく覚悟はできてんのかよ」

覚悟なんて、ない。

僕はただの死に損ないで、人間として壊れていて、ただ、目の前にある〝痛み〟をどうにかしたいだけだった。

「……分からない」

ようやく出力されたのは、そんな、弱々しい言葉だった。

由田は、黙って僕を見つめ、続く言葉を待っていた。

「ただ、あの子を助けたいだけなんだ。あの子の痛みに……耐えられないだけなんだ」

僕は、胸の中の整理をつけるように言葉を吐きだした。

「僕に、他人を助けるような力がないことは分かってる。それでも……助けたいんだ。そんなふうに願うのが傲慢《ごうまん》なことは分かってる、それでも……」

僕の言葉はそこで止まった。

それ以上に、言うことが、なかった。

僕が黙ってしまうのを見て、由田は失笑する。

「ははっ、傲慢結構！」

由田はもう一度、僕の肩を叩《たた》いた。

「本気で命懸けてるヤツに、文句言える人間なんて一人もいねぇ。好きにやったらいいじゃねえか」

由田はそう言って、「よし！」と椅子から立ち上がる。

「俺は立場上お前を直接手伝うことはできねぇが……お前がもうちょい慎重に立ち回れるなら、手伝えることもあるかもしれねぇ。何か困ったら、俺を頼れ。ほれ、俺の番号」

由田はまるで用意していたかのように、ポケットから電話番号の書かれた紙切れを取り出して、僕の制服の胸ポケットに入れた。

「今後エッチと接触するなら、お前自身が薬を買う客になるのが手っ取り早い。紹介が必要だと言われたら、ユダからの紹介だと言っていい」

「なんで、そこまで……」

そこまでしてもらう義理はない、と、思った。

しかし、由田はパチ、と下手くそなウィンクをして、言った。

「突然湧いて出たガキが、どこまでやれるのか見てみたいんだよ。覚悟もねぇのに、命張ってるガキの、行く末をな」

由田はそう言って、僕の背中をバチンと叩いた。

「本気で助けたいんだろ？　じゃあこの後は、綱渡りだ。頑張んな」

彼はそれだけ言って、カラオケボックスを出ていく。

独りになると、現実が一気に思い起こされるような感覚があった。

数時間前までエッチと一緒にいて、それから、屈強な男たちに襲われ……目が覚めたら、由田という男と接点を持つことになった。

あまりに急展開だったが……それでも、少しだけ、物事が前に進みだしたような気がする。

「綱渡り……か……」

命を懸けている自覚など、なかった。

そして、闇の淵に立っているという自覚も。

しかし、理解したなら、あとは腹を括るだけだ。

命を懸けて……エッチを救い出す。

そう決めた。

「痛っっっっっ‼」

立ち上がろうとすると、全身に激痛が走って、身悶《みもだ》える。

どれだけ心の痛みに耐えてきたと言っても、物理的な痛みは抗いがたい。

『痛みなど、シンプルな電気信号に過ぎませんよ』

脳の中で、声が聞こえた気がして、頭を振る。

「うるさい……黙っていろ」

強引に身体を起こし、僕はよろよろと、カラオケボックスを後にした。

会計は済んでいると言われ、僕は満身創痍《まんしんそうい》の身体を引きずりながら、ダイハチ事務所へと向かったのだった。

＊

「おー、少年。こんな時間にどうし…………君、歌舞伎町に行ったな？」

事務所の扉を開けると、椅子に座っていたハチがじとりとした目で僕を見つめた。

僕は黙って頷《うなず》いて返す。

「おーおー、派手にやられて、まあ……。だからやめておけと言ったのに」

ハチはため息一つ、椅子から立ち上がり、ソファの上に山と積まれていた書類を乱雑に床に落とした。

「ほら、座りたまえ」

「書類が……」

「そんなものは一度読んだら用済みだ。それより、怪我だ、怪我！　よくもまあそこまでボロボロになれたものだ！」

ハチはソファの座面をボンボンと叩いて、目で「早く座れ」と催促してくる。

言われたとおりに、僕は身体を引きずり、ソファに座った。

ハチはいろいろなものをなぎ倒しながら机の横の棚を漁り、中から救急箱を取り出した。

「必要ないと言ってたんだが……たまにはオヤジの言うことも聞いておくもんだな」

「親父？」

「犬養《いぬかい》だよ。親みたいなもんだ、彼は」

言いながら、ハチはがさごそと救急箱を漁り、中から消毒液とガーゼを取り出した。

なんてことはない、というふうに言ったが、彼女の本当の父親が犬養とはどうも思えなかった。「親みたいなもんだ」という発言からも、肉親ではないことが窺える。

　そして、僕は彼女の本名すら、知らない。

　ハチは自分の名前を「記号」と言った。存在を言い表すためだけに必要なだけのもの、そういう意味だ。

　では、「ハチ」という記号が表すそのものは、一体……どんなものだというのか。

　僕は……彼女のことを、何も知らない。知らぬままに、彼女の下で、働いている。

　びゅう、と明らかに多すぎる量の薬液をガーゼに染《し》み込ませ、ハチはそれを乱雑に僕の顔の傷に押し当てた。

「痛っ……」

「ふふん、痛いか。だが少年がいつも感じている痛みよりはシンプルなはずだ」

　ハチのその言葉に、僕は思わず息を深く吸い込んでしまう。

　カラオケボックスで眠っていた時に聞こえた声を、思い起こしてしまったからだ。

「……なんだ？」

「いや……なんでも……痛いっ！　もう少し優しく……」

「言いつけを破った罰だ。殴られるよりは痛くないだろ、我慢しろ」

　ハチは軽口を叩きながらも、真剣に僕の傷口を見つめていた。

　そうだ。僕は、上司の命令を無視して独断で動き……そして、危うく死ぬところだった。

「……悪かった。命令を無視した」

僕が頭を下げると、ハチは数秒間無言で僕を見つめたのちに、ため息を吐いた。

「悪いと思ってるなら、良し。二度とするな」

ハチは端的にそう言ってから、ガーゼを置く。

そして、僕のよれたネクタイを丁寧にほどいた。そのまま、シャツのボタンを開けていく。

「い、いや……身体はいい」

「いいわけがあるか。君、明日《あした》は病院に行けよ。内臓や骨もやられてるかもしれない。人間の身体は思ってるよりずっと脆《もろ》いんだ」

ハチは捲《まく》し立《た》てるように言い、有無を言わせず僕のシャツを脱がせていく。

「あー、あー。こりゃ、ひどいな。半殺しじゃないか」

ハチは僕の数多《あまた》の青痣《あおあざ》を見てぎょっとしたように顔をしかめる。

そして、おもむろに、訊《き》いた。

「……何があったか、話してくれ。まさか、何の手柄もなしに、ボコボコにされたわけではあるまい？」

ハチの視線が、まっすぐ僕の瞳《ひとみ》を捉《とら》えた。

「……分かった」

僕は頷き、今日の歌舞伎町で起こったことを、すべて、彼女に話し始めた。

「なるほど………本郷と来たか。随分前に潜伏したと思ったら、そこまで勢力を強めていたか」

すべてを話し終えると、ハチは重々しくため息を吐く。

そして、おもむろに、僕の頭に手を置いた。そして、くしゃくしゃ頭を撫《な》でる。

「よくやった。今回の君の仕事は、五万円以上の価値がある」

「………」

ハチに褒められるために仕事をしたわけじゃない。そもそも、彼女の命令に背いたのだ。ただただ、エッチを助けたいがための行動だったはずだ。

だというのに、彼女にまっすぐ褒められると少し嬉《うれ》しくなってしまう自分が、なんだか嫌だった。

そんなことよりも、気にすべきは〝次の展開〟だ。

「この情報で……エッチを助けに行けるのか？」

僕が訊くと、ハチは何かを考えるように数秒、黙りこくった。

それから、おもむろに首を横に振った。それに合わせて、彼女のさらさらとした黒髪が揺れる。

「まだ……決め手が足りない。ガサ入れは無理だ」

「そんな……どうして。彼女をコマ使いにしている張本人まで分かったんだぞ」

「証拠がない。まだ〝聞いてきた話〟の域を出ないだろう」

「だからって！　このまま放置したら彼女がいつ危険な目に遭うか――」

「落ち着け！　そもそも君はそんな身体でこれ以上何をしようっていうんだ」

ハチが厳しい声で僕を制した。

「少年の持ってきた情報は無駄にしない。これから私が情報の裏取りを始める。だから君は数日休みたまえ」

「休むって、そんな悠長な……痛っ!!」

僕の言葉の途中で、ハチが僕のあばらの辺りをぐい、と押した。

「触れただけで悲鳴を上げるような身体で、捜査に協力できるとでも？　君はここまで滅茶苦茶にやられておいて、まだこの捜査の危険性を理解していないのか」

ハチに言いくるめられ、僕は苦し紛れに言葉を返す。

「それを言うなら……ハチだって……」

僕がもごもごと言うのに、ハチは片眉《かたまゆ》を上げた。

「私がなんだって？」

「いや……そんな小さな身体で、危険な捜査ができるとは、到底……」

「はっ！」

ハチは鼻を鳴らして、自分の腕をパシンと叩《たた》いてみせた。

「少年とはくぐってきた修羅場の数が違いすぎる。こう見えて私は強いんだ」

「…………」

　無言で、彼女の腕を見る。

　それはあまりに細く、簡単に折れてしまいそうだった。

　今日のように大勢の男に取り囲まれてしまったら、抵抗できるとは思えない。

「腹立たしい視線だな。まあいい、いつか分かるさ」

　ハチは飄々《ひょうひょう》と笑い、僕の胸にペシッ！　と乱暴に湿布を貼り付ける。

「痛っっっ!!!」

「とにかく君は明日病院へ行け。その痛がりようでは、肋骨《ろっこつ》の一本や二本、いかれているかもしれないぞ」

「……そんなの、別に」

「別にいい？　痛むのにか。君の言うことには一貫性がないな」

　ハチは「処置は済んだ」とばかりにすっくと立ちあがり、乱暴に救急箱の蓋《ふた》を閉めた。

　そしてそのまま、ボロ椅子へと向かっていき、腰掛けた。

　ギシ、と金属音が事務所に響く。

「君は痛みに苦しんでいた。長い、長い間だ。それこそ、自分で死を選ぶほどに」

　ハチはそう言って、上目遣い気味に僕を見た。

「だが、君はどうも、〝自分の痛み〟には無頓着《むとんちゃく》に見える。そんな大怪我をして、『別にいい』わけがあるか。君の痛覚は正しく機能していない」

「痛さは感じてる」

「痛みに危険を感じなければ、痛覚などあっても意味がないんだよ」

ハチは妙にはっきりと、そう言った。

「火が熱いと感じなければ、人間は簡単に火傷《やけど》を負う。同じように、痛みに危険や恐怖を感じなければ、そのまま身体に致命的な損傷を受けて、死んでしまう。だから人間は痛みを感じるんだ」

「なんだよ、保健の授業か？」

「違う。君の話をしてるんだ」

茶化そうとする僕を、ハチは厳しい言葉で制した。

彼女の真剣な瞳から、逃れられない。

「少年は……他人の痛みに〝奉仕〟し続けている。君は、君自身の発するシグナルをもっと受け取るべきだ。他人のそればかりではなく」

「そんなことは」

「ないと言えるか？　君は逃げることができたはずだ。そのために必要な金だってあった。誰もいないところに行き、身を守ることができた。だがそうしなかった。なぜだ？」

「なぜって、そんなの……」

言葉を返そうとして、何も言えなかった。

独りでどこかに逃げるなんて、そんなの、現実的とは思えない。

ただ……そのための金がある、と言われてしまうと、返す言葉がなかった。

『それは、あなたに素質があるからです』

脳内で、中性的な声が響く。

『あなたは自覚しているのです。自らが、他人を導く存在であると。他人と関わり、他人を支配する力を持っていることを』

頭を振る。

まるで自分の思考のように響くその声が、不快だった。

突然聞こえ出した、主も分からぬ声に、ただただ困惑している。

脂汗が身体に浮かんでくる。

それでも、ハチは言葉を続けた。

「他人の痛みばかりを気にして、君は自分の痛みを無視している。他人の痛みと自分の痛みの境界線を曖昧《あいまい》にしているんだ」

『些末《さまつ》なことです。本来、生物の個体一つ一つに意味などありません。それらの作り出す大きな紋様こそが、美しい世界そのものとなっていくのですよ』

「痛みは君の神か？　違う。君の身体の機能の一部でしかない。そんなものに殉ずるのが、君の人生なのか？」

『だからこそ、利用価値があるのです。身体的機能に、生物は抗うことができないのですから』

「もっと他人と自分を切り分けろ。そうでなければ、君は——」

『あなたは、世界を調停する力を持っています。個体としてしか生きようとしない人間たちを、痛みで支配することができるのです。私を恐れないで。あなたの生まれてきた意味を、私は知っています。ですから、私に——』

「うるさいッ！！！！！！！」

気付けば、僕はソファから立ち上がり、叫んでいた。

息が上がり、全身に大量の汗をかいている。

ハチが、目を丸くして僕を見ていた。

「……せ、説教臭すぎたか？」

ハチは珍しく狼狽《ろうばい》したように視線をちょろちょろと動かし、咳《せき》ばらいをする。

「いや、気に障ったなら謝るよ。悪かった……」

「…………いや、僕の方こそ」

僕は息を整えながら、ゆっくりとソファに座り直す。

脳内の声は、止んでいた。

……なんだったんだ。

ハチの言葉と、脳内に鳴り響く言葉だけが、僕の思考の中で渦巻いていた。

まるで自分の思考がすべて支配されているような感覚だった。他人の言葉に満たされて、ゆっくりと溺死《できし》していくような……。

「なあ、少年……」

ハチが、おもむろに、言った。

「もしかして……声が聞こえているのか？」

その言葉に、ハッとして、顔を上げる。

「……そうなのか？」

ハチの表情は真剣だった。

でも、僕は……。

「今、ハチ以外の誰かが喋《しゃべ》ったか？　変なこと言うなよ」

何かを考えるよりも先に、そう答えていた。何かに命じられるように、そうしていた。

「…………そうか。なら、いい」

ハチはどこか煮え切らぬ様子でありつつ、頷《うなず》く。

「とにかく、だ」

ハチは話を仕切り直すように、パン、と手を叩いた。

「少年が、少年自身の痛みに鈍感なのは困る。そんなんでは、いくら命があっても足りないということだ」

「ああ……今日のことは、悪かった」

「反省しているなら、数日、休みたまえ。病院に行き、学校で普段の感覚を思い出せ」

ハチはそう言って、ため息をついた。

「……自分の立っている場所を、見誤ってはいけない」

その言葉には、多くの意味が込められているような気がした。

「どういう意味だ？」

僕が訊《き》き返すと、ハチはスン、と鼻を鳴らした。

「そのままの意味だ。君はダイハチの捜査員になり、法の庇護《ひご》を外れ……非日常を感じていることだろう。だが、それは君のすべてじゃない。君には学生としての日常があり、そうであるからこそ、捜査に非日常性を感じることができる」

ハチはそう言って、僕をじっ、と見つめた。

「少年は、光の世界に生きていた。そして、闇を知った。それだけのことなんだ」

彼女はおもむろに立ち上がり、窓際から外を眺める。

「明るい部屋の中にいるから、こうして夜の景色を眺めると、暗く感じる。それと同じだ。君は、闇に溶け込んだわけじゃない」

ハチは窓の外を眺めたまま、口ずさむように、言った。

「光を忘れるな。少年の胸の内のそれが、闇を照らすことも、あるだろう」

その横顔には、なんとも言えぬ哀愁が漂っていた。

そう言うハチは、今、どこに立っているのだろうか。

彼女は何者で、何を成し、どこへ行こうというのか。

僕は何一つ、分からないのだ。

「……ハチは、どうして……この仕事をしてるんだ?」

僕は自明のように、そう訊いていた。

知りたいと思った。

彼女の瞳《ひとみ》の先に、何があるのか。

ハチはふっと視線を動かし、僕を横目に見た。

そして、どこか寂しそうに、笑う。

「これしか、ないからだよ」

彼女は薄い微笑みをたたえながら、そう言った。

そして、すっ、と鼻から息を吐く。

「すまない、また説教臭くなってしまったな。君は危なっかしくて、つい、つい」

ハチはくすくすと笑いながら、僕のそばに寄ってくる。

そして、僕の肩に優しく手を置いた。

2022
5
May
スニーカーNAVI
その特異《イレギュラー》が、
君を凡人では
いられなくする。
新作
イレギュラー・ハウンド
いずれ×××になるだろう
しめさば　イラスト/はくり
私の気持ちは
「本当」の気持ちですか？
後藤愛依梨の
恋の行方を描く外伝。
ひげを剃る。
そして女子高生を拾う。
Another side story
後藤愛依梨　上
しめさば　イラスト/ぶーた
KADOKAWA NEW BOOKS INFORMATION
スニーカーNAVI(2022年5月1日発行) 発行:株式会社KADOKAWA
〒102-8177東京都千代田区富士見2-13-3
電話:0570-002-301(ナビダイヤル)
イラスト/はくり(「イレギュラー・ハウンド いずれ×××になるだろう」より)
ぶーた(「ひげを剃る。そして女子高生を拾う。Another side story 後藤愛依梨　上」より)
Art Direction/AFTERGLOW

TVアニメ放送中!
盾の勇者の成り上がり
SEASON 2
Cast
岩谷尚文:石川界人
ラフタリア:瀬戸麻沙美
フィーロ:日高里菜
Staff
原作:アネコユサギ
(MFブックス「盾の勇者の成り上がり」/KADOKAWA刊)
原作イラスト:弥南せいら
監督:神保昌登
シリーズ構成・脚本:小柳啓伍
キャラクターデザイン:諏訪真弘
音響監督:郷文裕貴(グルーヴ)
音楽:Kevin Penkin
アニメーション制作:
キネマシトラス/DRMOVIE
制作:盾の勇者の
製作委員会S2
On Air
AT-X 毎週水曜 22:00~
※リピート放送:毎週金曜 10:00~/毎週火曜 16:00~
TOKYO MX 毎週水曜 25:05~
KBS京都 毎週水曜 25:05~
サンテレビ 毎週水曜 25:05~
テレビ愛知 毎週木曜 26:35~
BS11 毎週木曜 23:00~
※放送開始日・放送時間は変更となる場合がございます。予めご了承ください。
©2021 アネコユサギ/KADOKAWA/盾の勇者の製作委員会S2
異世界からは 逃げられない
劇場版
異世界かるてっと
~あなざーわーるど~
6月10日(金)公開決定!
cast
アインズ:日野 聡
アルベド:原 由実
カズマ:福島 潤
アクア:雨宮 天
スバル:小林裕介
エミリア:高橋李依
ターニャ:悠木 碧
ヴィーシャ:早見沙織
岩谷尚文:石川界人
ラフタリア:瀬戸麻沙美
©劇場版異世界かるてっと/KADOKAWA
KADOKAWA
※仕様・特典は変更がある場合がございます。

「今日はよく頑張った。後のことは一旦《いったん》置いて、君は休め。私の方で、やるべきことはやっておく。いいね」

「………………」

「返事がないな。次独断で行動するようなことがあれば、もし生きて帰って来たとしてもクビにするぞ」

「……分かった」

「よし」

ハチは数度、僕の肩をぽん、ぽん、と叩いて。

「それじゃあ、お疲れ」

優しく、微笑んだ。

幕間

interlude

「なあ、このバッグの中に、いくら入ってるか分かるか？」

部屋の灯りを照り返して、ギラギラと光るバタフライナイフの刃を眺めながら、本郷《ほんごう》が言った。

「分かるよなぁ？　あんたはさぁ、中に入ってる小袋一つ一つの値段を知ってるはずだもんなぁ。ほら、言ってみろよ。いくらだよ。ん？」

椅子にくくりつけられたスーツ姿の男の人は、何も言えずに、ぶるぶると震えている。口の端から、よだれが垂れていた。

「怖くて言えねぇかぁ。俺もさぁ、あんたが怖ぃよ。お互いにWin─Winでやってきたじゃあないか。それをさぁ、突然こっちの売り物をパクろうとするんだもんなぁ。スーツなんか着て、真面目な顔して、ネクタイをキュッと締めてよぉ、怖いことするよなぁ」

本郷はゆっくり、ゆっくりとスーツ姿の男の人へと近づく。そのたびに、男の人の震えが大きくなっていくのが、遠目に見ても分かった。

「ほら、言ってみてくれよ。あんたがパクろうとしたこのバッグの値段をさぁ」

「か、勘弁してください……許してください……！」

「言えねぇかぁ。じゃあ代わりに言ってやってくれよ、なぁ、エッチ？」

「えっ……」

突然、本郷の視線があたしの方に向いて、胃の辺りが冷たくなる感じがした。

本郷のギラついた瞳が、あたしを見つめていた。

「えっ……じゃねぇんだよクソボケ!!! オメーがぼやぼやしてパクられそうになったモノの値段を言えっつってんだッ!!!」

「いっ、いっ、一千万円!! です……ッ」

「おー……そうだよ、一千万円。言えたじゃねぇか……いい子だ。テメーと違ってなッ!!」

「あぁぁ――――ッ！！！！！」

本郷は唐突にスーツの男の人の方へ振り向き、手に持っていたバタフライナイフを彼の太腿に突き刺した。男の人ごと、椅子ががたがたと揺れる。

あたしは小さく悲鳴を上げる。

「ああッ……あぁぁ……ッ！ ごめんなさい、ごめんなさい!! 許して……許してください……ッ」

「おー、おー……許してやりたいよ、俺もさぁ。でも、人のモン盗ろうとしといてタダで許してもらおうってのも虫が良すぎるんじゃないのかぁ？」

「な、なん、なんでもします！ なんでもしますから!!」

「ほぉ〜、なんでも……ねぇ！」

「ぎゃあぁ!!」

本郷がにやりと笑い、男の人の太腿《ふともも》からナイフを引き抜いた。黒いスラックスに、じわじわと血が染みわたっていく。

「じゃあさぁ、あんたが『松永組《まつながぐみ》』に流してる金、今度からこっちに流してくれよ」

「なっ……！　それは！」

「お、できないかぁ？　なんでもやるって言ったよなぁ」

「そんなことをしたら、松永組の組長に殺されます！」

「じゃあ、こっそり、こっちにも同額流してくれりゃいいじゃあないか。あっちもハッピー。こっちもハッピー。なんにも問題はねぇだろ」

「そんな……！　き、金庫が破綻《はたん》します!!」

「あはは……あんたさぁ」

本郷の纏《まと》う雰囲気が一気に鋭利なものに変わる。スーツの男の人は「ひっ」と声を上げた。

「立場分かってるか？　選ばせてやるっつってんだよ。生きるか、死ぬかをさぁ。松永組にあんたが殺されようと知ったこっちゃねぇよ。今日死ぬよりはマシなんじゃねぇのか？」

「そ、それは……でも……！」

「『はい』か!!! 『いいえ』で答えろッ!!!」

「は、はい!! やります!! やらせてください!!」

スーツの男の人が絶叫すると、本郷は満足したようににんまりと笑った。

「……そういうことだよ。あんた、次の〝出金〟まで逃がさねぇからな」

「ひっ………うぅ……わ、分かりました……」

全身をぶるぶると震わせながら、スーツの男の人は何度も、何度も頷いた。

「よし……。おい、エッチ。こいつの血止めとけ」

本郷はあたしの方へ振り向いて、ジャケットのポケットにしまっていた包帯をあたしの方へ放り投げた。

突然のことに反応できず、キャッチし損ねた包帯が、床にぽて、と転がる。

「ちっ、どんくせぇなぁ」

本郷があたしの方へゆっくりと歩いてくる。

あたしは慌てて包帯を拾い上げた。

「そんなんだから、ブツをパクられそうになるんじゃねぇのか……あぁッ!?」

バチン！ という音と共に、視界が明滅した。

遅れて、左の頬がひりひりと痛みだす。平手打ちされたと気付いた頃には、涙でじわりと視界がゆがんでいた。

「使えねぇ子だよ、お前はさぁ!!」

「ご、ごめんなさい！　ごめんなさい……！」

あたしは震えながら、何度も頭を下げる。

「なあ、お前のそのふくよかな身体を維持してやってんのは誰だよ？　痩《や》せちゃわないようにたっぷり食わせてやってんのは誰だ？　なぁ？」

「ぱ、パパ、パパです……！」

「そうだよなぁ！　身体とクスリ売る以外になんにもできねぇ〝娘〟を、大事に育ててやってんのは俺だよなぁ！　で？　オメーはそんな俺をこれ以上困らせるってのかよ。あ!?どうなんだよ!!」

「しっかりやります！　もうミスしません！　だから、許してください……」

あたしが懇願するようにぺこぺこと頭を下げるのを見て、本郷はにやりと頬を緩めた。

「おー……そういうことだよ。お前はいい子だ。な？　叩《たた》いて悪かったよ。次からちゃんとしてくれればいいからさ」

本郷はあたしの頭をくしゃくしゃと撫《な》でてから、椅子にくりつけられたままのスーツの男の人を顎《あご》で指した。

「じゃ、あいつの止血、ちゃんとやっといてくれよな」

そう言って、部屋を出て行こうとする本郷の腕を、あたしは何か考えるよりも先に摑《つか》んでいた。

「あ？　どうした？」

本郷が立ち止まって、あたしを振り返る。

「あ……あの……その………」

あたしは口ごもり、それから、小さな声で、言った。

「く、薬を……ください……」

それから、「へぇ～」と声を漏らしながら、本郷は驚いたように目を丸くした。

あたしがそう言うのを聞いて、本郷は驚いたように目を丸くした。

「そうか、そうか……薬が欲しいか。そうだよなぁ」

本郷は下卑た笑みを浮かべながら、あたしの頬に右手を添え、顔を撫でる。

そして。

「このクソアマッ!!」

「…………ッ！」

もう一度、あたしの左頬が平手で打たれた。脳が揺れる。

「薬が欲しいだと!?　馬鹿がッ！　オメーが仕事中にラリってヤク食ったせいでこんなことになってんだろうが!!」

本郷は怒りに任せて怒鳴り散らしてくる。

そう、今椅子に括りつけられている男の人は、あたしから薬を買おうとして〝あの部屋〟に入り……その途中で、あたしに離脱症状が起きた。

身体が激しく震え、おびただしい量の汗をかき、喉《のど》がからからに渇く。それを止めるには薬を飲むしかないと、身体が理解している。そういう状態にあたしが陥って、薬を飲もうとしていた時に、彼は突然、薬物の入ったバッグを持って逃げ出そうとしたのだ。

そして、歌舞伎町を出る前に、本郷の手下たちに取り押さえられてしまった。

だから、この騒動の発端はあたしにあったと言っても過言ではない。

でも……あたしだって好きで薬をやってるわけじゃない。

身体が小刻みに震えている。

心が〝要らない〟と叫んでも、あたしの身体は、もう薬物なしでは正常に動かない。

「分かってます、反省してます……！　でも……！」

「でもヘチマもあるか!!　テメーは数日、仕事もメシも薬も抜きだ!!　部屋の隅で丸まって震えてんのがお似合いなんだよ!!」

「そ、そんな……！　無理です、そんなの！」

縋《すが》りつくように彼のジャケットを摑むけれど、振り払われてしまう。

そして本郷は意地悪い笑みを浮かべた。

「大丈夫だ。数日薬抜いたくらいじゃ死にやしねぇよ。それじゃあな」

「まっ……待って！　待ってください!!」

「血、ちゃんと止めとけよ～。そいつ死んだら、責任取ってもらうからなぁ」

「パパッ!!」

絶叫も虚しく、本郷はあたしを置いて部屋を出ていった。

「………そんなぁ」

あたしはその場でずるずると膝《ひざ》からくずおれた。

信じられないほど、喉が渇いている。

息が上がって、苦しい。

今すぐ、薬が欲しいのに。

「数日……数日？　数日って何日……？」

ぶつぶつと、呟《つぶや》く。

薬のことしか考えられなかった。

あと何日も、こんな苦しみが続くのかと思うと、おかしくなりそうだ。

「は、早く……血を、止めてくれ……！」

後ろで、椅子にくくりつけられた男の人がうめいた。

あたしはゆっくりと振り向いて、彼を睨《にら》んだ。

一体誰のせいで、こんなことになったと思ってるんだ。

憎悪の感情が、胸の中に渦巻く。

あたしはゆっくりと彼に近寄って、椅子の前に片膝《かたひざ》をついた。

包帯をしゅるしゅるとほどき、彼の太腿に巻いていく。

そして、最後の最後で、ぎゅっ、ときつく縛ると、スーツの男の人は低いうめき声を上げた。

「き、きつすぎる……鬱血《うっけつ》しちまうだろ」

さっきまでぶるぶる震えていたくせに、男の人はあたしに上から指示してきた。

「……死ぬよりいいでしょ」

あたしが彼を睨みつけながら答えると、男は目を吊《つ》り上《あ》げる。

「ヤク中の売女《ばいた》がよ。何が『パパ』だよ、気色悪い」

そして、暴言を吐き散らす。

本郷には逆らえなかったけれど、あたしにはなんでも言えると思ってる。

下に見られていることが無性に、腹立たしかった。

あたしは立ち上がり、彼のくくりつけられた椅子の背もたれをガッと摑んだ。

椅子の前脚が浮き、男は慌てる。

「お、おい！　何する！」

「椅子、倒してやろうかと思って。座ったままじゃ寝づらいでしょ？」

「や、やめろ！」

「頭打ったら、そのままよ〜く眠れるかもよ？」

「わ、悪かった！　謝る！　やめてくれ、落ち着いてくれ！」

「ヤク中の売女に謝っちゃうんだ。かわいそう」

「やめてくれ！　やめてくれ！　悪かった！」

あたしは鼻を鳴らし、背もたれを摑んでいた手を離し、椅子を元に戻した。

男は安堵《あんど》したように、深く息を吐く。
あたしみたいな人間に命乞《いのちご》いをするこの人は、可哀そうだと思った。
惨めで、みっともなくて、可哀そう。
可哀そうな人間は、一生強いものに搾取されながら生きていくしかない。
そういう世界なんだ。

「……ッ」
頭痛がした。
女の子の、笑い声がする。
同じくらいの歳の、女の子たちが、あたしの周りで、楽しそうに笑っている。
机と椅子が等間隔に並んで、やわらかい日差しが、教室を照らしている。
そう、そこが、あたしの居場所だったはずなんだ。
可哀そうじゃなくても、生きていられる場所。
戻りたいのに、戻れない場所。

『諦《あきら》めるなよッ！』

〝彼〟の声が、聞こえた気がした。
あたしは、一人、自嘲《じちょう》的に微笑んだ。

そして、呟く。

「無理だよ……そんなの」

七章

Chapter 7

　歌舞伎町で集団リンチに遭った翌日、僕はハチの言いつけを守り、病院に行った。医者からは「喧嘩《けんか》？　ダメだよぉ」と暢気《のんき》に言われ、骨やら筋肉やら内臓やら……全身を検査された。

　結果、骨や内臓は奇跡的に無事だった。

　しかし、筋肉の損傷がひどいと言う。特に重傷なのが右太腿《ふともも》の筋肉で、同じ部分を蹴《け》られすぎたせいか、酷使すると断裂してしまうほどに損傷が激しいと言われた。

「松葉杖《まつばづえ》貸すから。数日は右脚に体重かけないようにしてね。あと喧嘩は厳禁。動物性たんぱく質……あ〜、肉とか、魚とかね、を、よく摂って。で、よく寝る。数日後にまた経過を見せに来て」

　医者が捲《まく》し立《た》てるようにそう言って、検査は終了となった。

　検査は思ったより時間がかかったが、それでも朝イチに病院に行ったので、まだ時刻は十二時を回らないくらいだった。

「……学校、行くか」

家にいても、やることがない。

眠ければ一日寝ていても良かったが、昨日は帰宅してすぐに泥のように眠ってしまったので、今は眠気一つない。

ハチも学校へ行き、日常に身体を慣《な》らせと言っていたし、今からでも学校へ行くことにした。

とはいえ急ぐ必要も感じず、少しいつもの通学路からはずれて、河川敷横の遊歩道を歩いている。

慣れない松葉杖をつきながらの歩行は、妙に身体に力が入って気持ちが悪かった。腋《わき》の下《した》もやけに擦《こす》れて、痛い。

しかし普通に歩こうとすると右脚が「みしり」と音を立てるように激しく痛むので、杖《つえ》に頼るほかなかった。

平日昼の河川敷は人が少なく、なんとも気楽だった。

ふと誰かの痛みに気が付いて、そそくさと歩くペースを速くする必要もない。のんびりと、自分のペースで歩くことができる。

だというのに、今度は、自分の身体の痛みに気を取られていた。

他の誰のものでもない痛みに苛《さいな》まれるのも久々の感覚で、なんだか苛《いら》ついてしまう。

『他人の痛みばかりを気にして、君は自分の痛みを無視している。他人の痛みと自分の痛みの境界線を曖昧《あいまい》にしているんだ』

ハチの言葉が脳内に蘇《よみがえ》る。

別に、自分の痛みを無視しているわけではない、と、思う。

ただ、僕自身の胸が痛むことが、少ないだけだ。

他人と関わらなければ、胸が痛むことなどない。一人で胸を痛めるほど、僕の感受性は豊かではない。

だから、僕にとっての痛みとは、『他人の痛み』と同一のように思えた。

他人に近寄れば、心が痛む。

だから……一人で、生きようとしてきた。

でも、ついに、それにも限界を感じ始め、僕はすべてが面倒くさくなってしまったのだ。

『君は逃げることができたはずだ。そのために必要な金だってあった。誰もいないところに行き、身を守ることができた。だがそうしなかった。なぜだ？』

再び、ハチの声が脳内に響く。

あの時はうまく答えられなかったが、僕の口座に溜《た》まっていく金を使う気にはならなかった。

あの金は、〝母親だということが分かっている人〟から毎月振り込まれる金であって、僕の金だと思って自由に使う気には到底なれないのだ。

それに……そもそも、高校生身分の僕に、あの金を使ってどこかでひっそり暮らそうなどという発想自体が、なかった。

エッチに「どうして逃げようとしない？」などと言った割には、僕自身も、本気で逃げ出す気がなかったのかもしれない。

『あなたが逃げないのは、その必要がないと理解しているからですよ』

誰かが、そう言った。

僕は頭を、強く横に振る。

『力を持つ者には、使命があります。あなたには力がある。その力を以て果たすべき使命を、あなたは心のどこかで自覚しているのです』

こんな力のどこに使い道があるというんだ。使命ってなんだ。

『人間を正しく支配し、導く使命です。あなた以外にも、そういった使命を持って生まれて来た存在が、何人もいます。太古から、そういった者が、世界の紋様を作ってきました』

僕の胸が痛むのも、その使命とやらのせいってことか。くだらない。僕はそんなことを望んだ覚えはない。

『望む望まないの問題ではないのです。然るべき存在に、力は与えられます。あなたにはその資格があったということです』

もう喋《しゃべ》るな。僕の頭から出ていけ。

『私が消えることはありません。私はただここに〝在る〟だけなのですから。そういう意味では、あなたの生きる地平に存在する生物と同じとも言えます』

『地球の裏側にいる生物に思いを馳《は》せたことはありますか？　あなたが具体的に知覚できぬほど遠い遠い土地にいる生物のことを。あなたが認識しなくとも、その生物はのんびりと草を食んだり、睡眠をとったりしているでしょう。そう、存在するのです。ただ、あなたが知覚しているかどうか、それだけのことなのです』

『あなたは私という存在に〝気付いて〟しまいました。私と会話ができること自体、とても特別なことなのですよ。それこそ、地球の裏側で昼寝をする生物を、リアルタイムで知覚するようなものなのです。とてつもない能力です。あなたは力を持つ者の中でも、飛びぬけて〝器官〟を発達させつつあります。良い傾向です』

お前はなんなんだ？

どうして僕の頭の中で勝手に話す？

お前が消えたら、僕の胸の痛みも消えるのか？

もしそうなのだとしたら、今すぐ消えてほしい。僕を解放してほしい。

くすり、と笑い声が聞こえたような気がした。

『私はあなたの〝使命〟です。あなたに寄り添い、その〝器官〟を正しく使えるようにサポートするために、ここに在るのです。私と会話できるようになったことが、あなたの〝器官〟の成長の証しです。素晴らしいことです』

そんなぼんやりとしたことを訊《き》いてるんじゃない。

僕は頭がおかしくなってしまったんじゃないのか？　こうして脳裏に響く声は、本当はおかしくなった僕の空想なのでは？

『そうとも言えるし、そうでないとも言えます。まだ、私とあなたは別の意思を持ち、完全な融和を果たせていません。しかし、あなたの〝器官〟がより発達すれば、私はあなたの〝意思〟を汲《く》み取《と》り、よりあなたの〝器官〟を有用に行使するでしょう。私はあなたの手足となり、あなたは私の心臓となるのです』

脳内に響く声の言うことは、曖昧で、意味不明だった。

僕の脳みそで考えつくようなことは、一切喋らない。気味が悪かった。

『どうして私を拒絶するのですか』

こうして声が聞こえるようになったのは、そう、昨夜黒スーツの男たちにリンチにされた後だ。それよりも前は、こんなことは一度もなかった。

やはり殴られすぎて頭がおかしくなってしまったとしか、思えない。

『今まで受けたことのない身体への痛み、そのシグナルを受けた脳が、あなたの生存本能を呼び起こしたのです。強烈な生存本能こそが、〝器官〟をより成長させます』

僕の思考に割り入るな。

それに、僕はあのまま死んだっていいと思っていた。

『あなたがどう思うかは関係ありません。生物の身体は、自らが絶命することを良しとしません。それが本能というものです。それに、あなたはあの時、確かに〝生きたい〟と思ったはずです』

うるさい。

『生きようとすることは、良いことです。あなたは一度自らの思考で本能を疑似的に殺し、自死しようとしました。しかし、あなたは死ぬ運命ではなかった。使命を担っているからです』

うるさい。うるさい。

『あなたはこれからもしばらく痛みを感じ続けるでしょう。しかしそれも、〝器官〟の発達によって薄れてゆくはずです。あなたはいずれ、痛みを支配する〝アンテナ〟になるのです。私がそれをサポートします。だから、私を受け入れてください』

うるさい、うるさい、うるさい！

『あなたの力が、いずれ、世界を導き――』

「桃矢《とうや》？」

瞬間、世界の音が戻ってくるような感覚があった。

蟬の声、風が木々の葉を鳴らす音、川の水がゆっくりと流れる水音。

そして、振り向くと。

「……なに、してんの？　脚、どうしたの？」

そこには、僕を見て呆然《ぼうぜん》と立ち尽くす与謝野亜樹《よさのあき》がいた。

数秒、ぽかんと僕を眺めていた亜樹が、一歩、一歩、ゆっくりと歩き始め。早足になり、そして駆け足になり、僕の横までやってきた。

「ねえ、どうしたの？　なに、その怪我！」

「亜樹こそ、なんでこんなとこに。授業中だろ」

「寝坊したの！　それより！　この怪我なに！」

亜樹は僕の脚と顔に視線を行ったり来たりさせた。

こんなに大慌てしている彼女は、滅多に見ることがない。心配させてしまっているようだった。いや……そりゃ、突然松葉杖を突いていたら、心配するに決まっている。

でも……本当のことなど言えるはずもなかった。

「いや、昨日の夜、ぼーっとしてたら、家の階段から落ちてな」

僕は首の後ろをぽりぽりと掻《か》きながら、そう答えた。

亜樹の表情が歪《ゆが》む。

「階段……？　そんなわけないじゃん。階段から落ちたくらいで、そんなに顔ぼこぼこにならないよ」

「もみくちゃに落ちたんだよ」

「そんなにどこもかしこも強くぶつけるわけない」

亜樹は信じなかった。

どうして信じてくれないんだよ、と、心の中で思う。そしてすぐに、こんなに苦しい嘘じゃあな、とも、思った。

「……ねえ、桃矢、最近、変だよ。何か危ないことしてるんじゃないの」

「なんだろう。風呂《ふろ》でのぼせたまま階段上って、途中でふらついて落ちるとか」

亜樹がたまらぬ様子で、僕の胸を軽く叩《たた》いた。

「痛っ………」

「……胸も怪我してるの？」

「ぶつけたから」

「もうそれはいいよ。見え透いた嘘つかないで、ムカつくから」

「本当のことなのに」

嘘だ。

バレていると分かっていても、撤回はできない。本当のことは、言えない。

「殴られたんでしょ。いや、蹴《け》られたのかも。とにかく、暴力振るわれたんでしょ」

亜樹が捲し立てるように言う。

なんだか、耳鳴りがした。

全身に鳥肌が立つ。

亜樹を見ると、彼女の纏《まと》う雰囲気が、どこか、いつもと違うように感じた。

彼女は僕を見つめたまま、口を半開きにしている。

亜樹の瞳孔《どうこう》が、少しずつ、開いていく。

「昨日あの後、帰らなかったんだ。電車に乗って、どこかに行ったんだ。人が多い街。誰かを捜してる。捜してるのは、女の子……顔はよく見えないけど、ショートカットで、桃矢はその子の口元を見てる。その子が笑うと、桃矢は悲しそうにする」

「亜樹……？　何言ってるんだ？」

様子がおかしかった。

亜樹の瞳孔はまるで興奮した猫のように丸く開いて、僕を見つめるその瞳《ひとみ》は、僕よりもずっと奥、ずっと遠くの方を見つめているような気がした。

何かが、起こっている。それだけは分かる。でも、それ以外のことが何も分からない。

「桃矢はその子と狭い部屋に入って、服を脱いで、何かを話してる。でも、二人とも、ずっと悲しそう。苦しそうに、話してる。女の子はそのあともっと苦しそうになって、何か、薬……みたいなのを、飲んで。二人は、部屋を出る」

「亜樹」

「その後、怖そうな男の人に声をかけられて、桃矢は路地裏に連れ込まれて、それで――」

「亜樹!!!」

僕が亜樹の両肩を摑《つか》むと、彼女はハッと息を吸い込んだ。彼女の瞳孔が、閉じる。額に、玉の汗をかいていた。

そして、彼女の鼻から、つぅっ、と赤い筋が垂れた。

「わ……わっ！」

鼻血がぽたりと亜樹のブレザーの胸のあたりに落ちて、彼女は慌てたように鼻を手で押さえる。その間にも鼻血は出続けて、亜樹の手はあっという間に血まみれになった。

「てぃ、ティッシュ……」

「カバン貸せ。出してやるから」

「う、うん……」

亜樹の肩にかかっていたスクールバッグを受け取る。

しかし、バッグの内ポケットなどを見てもポケットティッシュは見当たらない。

亜樹の方を見ると、左手で鼻の付け根をぎゅうとツマミながら、右手を皿のようにして鼻血を受けている。

視線だけをこちらに寄越して、バッグの中を顎《あご》で指した。

「化粧バッグの中」

「……開けていいのか？」

「あんま見ないでね」

「わかった」

スクールバッグの中から、彼女の化粧バッグを取り出す。黒地に白の水玉模様。シンプルながらに可愛いデザインで、いかにも亜樹が使っていそうなものだと思った。

それを開け、あまり中身をまじまじ見ないようにしながら、ポケットティッシュを取り出した。
二、三枚取り出して亜樹に渡してやる。
「ありがと」

亜樹はティッシュをくしゃくしゃに丸めて、右手で鼻の下に当てた。

左手は相変わらず鼻の付け根を押さえている。

なんだか、鼻血の止め方に慣れている様子だ。

「……ちょっと、休んでくか」

ちょうど、河川敷が近い。

遊歩道から数歩はずれれば川に向けての傾斜があって、芝生になっているから、寝転がっても問題ないだろう。

僕が言うと、亜樹は少し恥ずかしそうに、頷《うなず》いた。


芝生に寝転がって空を見上げると、嘘みたいな快晴だった。

読んで字のごとく、雲一つない空だ。

こんなに天気が良いことを今の今まで気が付いていなかったのが、なんとも自分の余裕のなさを感じてしまって嫌だった。

「鼻血、止まった」

隣で同じように空を見ていた亜樹が、鼻に当てていたティッシュをコンビニ袋の中にぽいと入れながら言った。

それから、ウェットティッシュを取り出して、鼻や手についた血を丁寧にふき取っている。

「慣れてるな」

「え？」

「鼻血。よく出るのか？」

「んー……よく出るってほどじゃない。でも、たまに」

亜樹はどこか歯切れ悪そうに、そう答える。

僕はその言葉の続きを考えるように、言った。

「たまに、さっきみたいな感じになって、その後、鼻血が？」

僕の言葉に、亜樹は明らかに緊張したような表情を浮かべた。

亜樹の視線が僕の横顔に刺さる。僕は彼女の方を向いても良かったけれど、空を見つめたままにした。なぜか、その方がいいと思った。

「ごめん、気持ち悪かったよね」

亜樹は少し震える声で、そう言った。

「別に、気持ち悪いとは思わないけど。急に、瞳孔開いてよく分かんないこと言って、しかも鼻血出すもんだから。まあ、びっくりはした」

「よく分かんないこと、じゃないよね」

亜樹が少し不満げにそう漏らすのを、僕は無視する。

『……普通の人間にはない「特別な力」を持って生まれてくる人間っていうのがときどきいるんだ。〝我々〟はそれらの能力者のことを「イレギュラー」と呼んでいる』

初めてダイハチ事務所に行ったとき、ハチがそう話していたのを覚えている。

先ほどの亜樹の様子は明らかにおかしく、僕の顔を見つめながら昨日起こったことを言い当てたのは、およそ普通の人間のやることとは思えなかった。

彼女も、〝イレギュラー〟なのだろうか。

そんなことを考える。

「桃矢はさ、『教室』って場所のこと、どう思う？」

亜樹が言った。

教室のことを考える。

何十人もの生徒が同じ部屋に集まって、共同体として生活している。

冗談を言い合って笑い、面倒だと思いながらも仕方なく授業を受け、昼休みはわいわい話しながら飯を食う。

「平和な場所」

僕が答えると、亜樹の視線がまた、僕の横顔に刺さった。

「うそ。桃矢がそんなこと思ってるはずない」

亜樹はそう言って、含みのある失笑をした。

「まあ、確かに？　みんな〝平和なフリ〟はしてるよね。楽しくやりたいから。でも、その〝平和〟の裏に、たくさんの悪意があるじゃん」

亜樹は空を見上げながら、どこか切実な声で話す。

「みんな、自分の席を守るのに必死なの。あの子は自分より上、あの子は自分より下。そんなことばっか考えて。人より下に見られないように、居心地のいいポジションを守れるように、必死に、自分を大きく見せようとする」

「そういうものなのか」

「桃矢は気付いてる。そうやってとぼけて済ませようとするとこ、ちょっと嫌い」

亜樹は憤った声を僕にぶつけた。

知ってる。いつだって彼女は、僕の本音を聞きたがる。でも、僕はそれを、誰にも話したくないのだ。どれだけ親しいと思える相手であっても。

亜樹の言う通りかもしれない。

僕も、自分の席を守りたいのだ。

いろいろなことに目を瞑《つぶ》って、何も気づいていないふりをしていれば、誰かと深くかかわる必要が生まれないから。

そうすれば、自分の心を……他人の痛みを察知していちいち苦しいと感じるそれを、守ることができるから。

「石川《いしかわ》さん、分かるでしょ？」

「ああ。〝クラスで一番カワイイ〟あの子だ」

石川さん、というのは、僕と亜樹のいる『二年B組』の中心人物ともいえる、オシャレな女子だ。

明るい茶髪を毎日綺麗《きれい》にカールさせて、ばっちりメイクを決めている、ファッションリーダー。

女子からも男子からも大人気。

僕は彼女が苦手だ。

なぜなら、彼女の周りにいる人間が、しょっちゅう何かに胸を痛めていると知っているから。

亜樹の言葉の続きがないので横目で見ると、彼女は不満げに頰を膨らませている。

「なに」

「……桃矢も石川さんのこと可愛いって思ってるんだ？」

「ちげぇよ。みんながそう言ってるのをなぞっただけだ」

「ふぅーん……」

「で、石川さんが何？」

僕が訊《き》くと、亜樹は「ああ、そうだ」と、もともと言おうとしていたことを思い出したように呟《つぶや》く。

「石川さんにね、この前、『亜樹ちゃんって、化粧品何使ってるの？』って訊かれたの。ひどくない？」

亜樹は憤慨したようにそう言う。

僕はよく分からず、首を捻《ひね》った。

「それの何がひどいんだよ」

「全部分かってて訊いてくるとこ」

亜樹はため息一つ、言葉を続けた。

「ほら、石川さんのお家ってお金持ちじゃん」

「そうだな。毎月十万円小遣いもらってるって言ってた。でかい声で」

「そう。だからね、あの子は化粧品も全部、デパコスなの」

デパコス、というのは、デパートなどで売られる高級な化粧品のことだ。高いものだから、当然安いものに比べたら見栄えが良いのだろう。僕にはよく分からないが。

「それに比べて、あたしは普通の……というか、どっちかといえば貧乏寄りの家でさ。バイトもしてないし。だから、あたしがプチプラの化粧品使ってることくらい、分かるに決まってるのに」

プチプラ、というのは、安価で手の出しやすい化粧品のこと。

なんとなく、亜樹の顔に視線を向けた。

彼女の化粧はとても薄いけれど、別に、それをどうと思ったこともない。きっと、元の肌が綺麗なのだ。

「な、なに……あんま見ないでよ」

「ああ……悪い」

「プチプラで悪かったね」

「何も言ってないだろ」

女子の気にすることはよく分からない。

「だからさ、わざわざみんなの前で言わせたかっただけなんだよ。プチプラの化粧品使ってるってこと。で、あたしがそう答えたらさ、ニコニコ笑いながら、『え～？　全然そう見えなーい』とか言うんだよ。最悪だよ」

「言葉のまま受け取ったらいいだろ」

「そんなわけないもん」

「そうか？　亜樹は顔がいいから、化粧なんて気にしたこともなかった」

「はぁ？　何？　ウザ」

「言葉のまま受け取れよ」

亜樹は調子が狂ったように「うーん」とか唸《うな》りながら身体をよじった。

「とにかくさ。そういう小っちゃい〝悪意〟がいっぱい渦巻いてるんだよ。教室の中では」

言いたいことは分かったけれど、話が読めなかった。

「それで？　それがなんだっていうんだよ」

　結論を急かすように僕が問う。

　亜樹はそこで少し言葉を選ぶように視線を彷徨《さまよ》わせた。

「……だから、なんというか。ときどき、思うの。『なんで？』って」

　亜樹はそう言って、戸惑いがちに僕の方を見た。

「『なんでそんなこと言うの？』って……思うの。言葉の奥に潜む気持ちが、知りたくなるの」

　亜樹の表情は、硬い。

「そうするとね、その人の後ろ……というか、周り……というか、上手く言えないけど。とにかく、その人を見てると、『どうしてそんなことを言うのか』っていう理由にまつわる情景が……イメージとして浮かんでくるの」

　亜樹は自分の肩を抱くようにして、少し震えていた。

「いつからこんなふうになったのか分からないけど……ときどき、こういうことが起こるの。キモいよね」

　僕の表情を窺《うかが》うようにこちらを見る亜樹。

　僕はゆっくりと息を吐き、首を横に振る。

「気持ち悪くはない。そういうこともあるんじゃないか？　よく分からんが」

「こんなの普通じゃない」

「じゃあ、なんで話したんだよ。気持ち悪がった方がいいのか？」

「……それは」

「言葉通り受け取れよ」

さっきと同じ言葉を言うと、亜樹は困ったように眉《まゆ》を寄せて、ふいと僕から視線をはずした。

川の傍で、二人の小さな子供が、駆けまわっている。少し離れたところで、その母親らしき人が、二人をにこやかに見守っていた。

僕も亜樹も、しばらく、遊んでいる子供たちを眺めていた。

「……桃矢が見え透いた嘘つくから、『なんで？』って思っちゃって」

「……そうか」

「勝手に見ちゃって、ごめん」

「お前が見たものはデタラメだから、気にするな。僕は昨日、亜樹と別れた後そのまま家に帰って、風呂上《ふろあ》がりに、階段から落ちたんだよ」

僕が言うと、亜樹は批難するような視線を僕に向ける。

「どうして嘘つくの」

「嘘じゃない」

「嘘!!　どうせ、また誰かのためなんでしょ」

亜樹が妙にはっきりとそんなことを言うので、思わず眉を顰《ひそ》めてしまう。

「なんだよ、それ」

「桃矢っていつもそう」

亜樹はそう言って、下唇を噛《か》んだ。

それから、口ずさむように言った。

「……『植物係』がサボって、教室のお花に水をやらないから、いつも桃矢がこっそり水をあげてるの、知ってる」

「暇だからな」

「一年の時の体育祭、桃矢、クラスリレーで三回も走ってた。走るの嫌いな癖に」

「二人欠席が出たんだからしょうがない。足の速いヤツが代走するのなんて当たり前だ。僕はたまたま、あのクラスで一番足が速かった。陸上部がいなかったから」

「そのあとこっそりトイレで吐いてた」

「なんでそんなことまで知ってるんだよ……ちょっと気持ち悪いぞ」

「隣の席の女子が文房具隠されてるの知ってて、わざと自分のシャーペン落として、『使っていいよ』とかキザなことやってた」

「使いづらかっただろうな。落として、シャー芯《しん》バキバキに折れてたから」

「多分あの子、桃矢のこと好きだよ。いつも見てるもん」

「マジ？　告白されてないけど」

「告白されたら付き合う？」

「どうだろうな。顔も覚えてないし」

「嘘ばっか」

亜樹は鼻から息を漏らし、僕の肩を優しく小突いた。

「桃矢はいつも、誰かのために、なんかやってる。でも、絶対他人にバレないようにやろうとするじゃん。どうして？　なんで自分からクラスの端に行こうとするの？」

「なんでだろう。照れ屋さんなのかもしれない」

僕が薄ら笑いを浮かべながらそんなことを言うと、亜樹が僕の肩を摑《つか》んだ。

真剣な瞳《ひとみ》が、こちらを見つめていた。

「はぐらかさないでよ。……知りたいの」

僕の奥底を覗《のぞ》き込もうとする、その視線が怖かった。

「……なんで、知りたいんだよ。僕なんかのこと」

「桃矢は優しいから」

「優しいヤツは見え透いた嘘なんてつかない」

「ううん、人を傷付けないための嘘なら、平気でつくんだよ。桃矢はそういうヤツ」

「そんなことないし、そうだとしたら何なんだよ」

「人に優しいのに、一人になろうとするから。ほっとけないんだよ」

「一人になりたいことに気付いてるんだったら、ほっといてくれよ」

僕がそう言うのを聞いて、亜樹は悲しそうに眉を寄せて……力強く、首を横に振った。

「嫌だ！　だって……」

亜樹は少し潤んだ瞳で、僕を見る。その双眸《そうぼう》から、逃れられない。

「ほっといたら……どっかに消えちゃいそうで、こわい」

その言葉と同時に、僕の胸が痛んだ。

ちくり。じくじく。

針のように刺さる痛みの後に、心臓が何か柔らかい布に締め付けられているような、持続的な痛みを感じた。

どうして、そんな顔をするんだ。

どうして、僕なんかのことを考えて、胸を痛ませるんだ。

じわじわと心臓を締め付ける痛みから、逃れたかった。

「……別に、僕がいなくたって……亜樹には他にも友達がいるだろ。大丈夫だ」

突き放すようにそう言うと、さらに激しく胸が痛んだ。僕は思わずうめいてしまう。

「……ダメだよ。授業中に居眠りできなくなる」

「ノートなんて、他のヤツに写させてもらえばいいだろ」

「もう桃矢のノートじゃないと無理だよ」

「なんだよそれ」

「まだとぼけんの⁉」

亜樹が叫んだ。ぎゅう、と心臓を掴まれたような痛みが走る。

もう、やめてくれ。

「桃矢のノート、色分けしてあって、難しい単語には全部注釈が入ってて！　ただ板書写してるだけじゃないじゃん！」

「それが……なんだよ……ッ」

胸が、痛い。

「桃矢があんなに丁寧にノート取らなくたってテストの点数取れることくらい、あたしは知ってんだからね！」

亜樹はついに、鼻声になり始めた。

「初めてノート貸してくれた時は、あんなに丁寧にノート取ってなかったもん。あたしに貸すようになってから、どんどん綺麗《きれい》になったんだもん！」

「それが、なんだよ。どうせ授業は受けなきゃいけないから、暇つぶしみたいなもんだよ」

「だとしても！　あたしは嬉《うれ》しかったの！　そうやってさりげなく気を遣ってくれるところが、好きなんだもん！」

大げさだ。

日々のルーチンの中で、痛みから逃れる生活の中で……僕は、いつだって、やることを探しているだけなんだ。そうしないと、いよいよ、生きている意味を感じられないから。

何をそんなに声を荒らげているんだ。いつもだるそうで、無気力な彼女のことを、僕は気に入っていたのに。

滅多に心が乱れなくて、一定で……だから、関わっても、僕の胸も痛まない。

だから、彼女のことを拒まなかった。それだけのことだ。

彼女がそのことにどれだけの〝特別な価値〟を感じていたとしても、僕には関係がない。

こんなに激しい痛みを感じなければならないなら、僕は、亜樹とだって、関わりたいとは思わない。

「なのに、桃矢はいつも、何もかも、どうでもよさそうで……いつか急にいなくなっちゃいそうで……ずっと……こわいんだよ……」

「じゃあ、僕から離れろよ」

僕が言うと、ぎゅう、と亜樹の眉根《まゆね》が寄る。

「馬鹿！　そういうことじゃない！」

「僕にとっては、そういうことだ！」

亜樹が声を荒らげるのにつられるように、僕も叫んでしまう。

「僕はな！　誰とも関わりたくなんてないんだ！　面倒なんだよ!!　人と関わって、いったいどんないいことがあるんだ？　人の気持ちなんて分からなくて、お互い傷つけあうばっかりだ。そうだろ？　僕は君のこと傷付けたいと思ってるわけじゃないのに、今まさに、亜樹は傷付いてる！　もううんざりなんだよッ!!」

僕が叫ぶと、どんどんと亜樹の目が開かれていった。

そして、丸くなった瞳が、きゅっと細められる。彼女は憤っていた。

「そんなこと言うなら、なんで他人に優しくするの⁉　植物なんて、枯らしちゃえばいいじゃん！　リレーなんて、遅い人に走らせて、負けてもいいじゃん！　いじめられてる子なんて、ほっとけばいいじゃん！　ノートだって、適当にとっとけばいいじゃん！　貸さなきゃいいじゃんッ！」

「その方が丸く収まるからだよ‼　わざわざ波風立てないほうが、平和だろ‼　平和な方が、普通だろッ‼」

「桃矢はその〝平和〟の犠牲になってるじゃん‼」

亜樹は絶叫するように言った。

川の傍で遊んでいた親子が、こちらを見ている。

「その〝普通〟の中に、桃矢が、いないじゃん……」

亜樹は震える声で、そんなことを言った。

僕は、上手く答える言葉が思いつかない。

「それは……そんなの……僕がいない方が、上手く回るから……」

「あたしは、いてほしいんだよ」

「……ッ」

まっすぐに言われて、僕は言葉を詰まらせる。

僕は、痛みから逃れたいだけだった。

そのためにはいつだって、〝僕自身〟が……邪魔だった。

他人の感じる心の痛みをどうにかする方法なんてないということを、知っていた。人が集まれば、軋轢《あつれき》が生まれるし、それは必ず形になって表れる。いじめなんてものはない方が良いとみんな理解していても、誰かを上から押さえつけなければ成り立たない関係性がある。

他人を傷付けてはならないと大人から教わっても、他人の気持ちなど、分からない。分からなければ、いつか必ず、傷付ける。

小さかった僕はそのすべてをどうにかしようと奔走して、失敗して……ただただ、消えることのない痛みを受け続けた。

そして、いつしか……ぽっきりと、折れてしまった。

皆、自分の痛みだけを感じて、生きている。

だったら、僕は、共同体の端に佇《たたず》んで、そこにいない人間として、ときどき自分に向けられる感情だけを処理するほかにない。

他人の痛みに目を向けず、壁の方を向いて……ただ、時が過ぎるのを待つように、生きていくしかない。

そんなふうに人から離れようとする僕に目を向ける人間がいるなんて、思ったこともなかった。

そうだ。亜樹の言うとおりだ。

僕は……。

「…………消えてしまいたい」

気付けば、僕は、そう呟《つぶや》いていた。

「痛いんだ。人と関わると、胸が、痛むんだ……それだけなんだ」

こんなこと、亜樹に話したくなんてない。

なのに、ずきずきと痛む胸を押さえながら、言葉を吐きだしている。

涙の代わりに、言葉が溢《あふ》れだしているようだった。

「胸の痛みを消したいんだ。でも、そんなものは、本当はないんじゃないかとも思うんだ。あるのかないのか分からないものに苦しんで、僕は人と上手に関われないんだ。だから、誰もいないところに行きたい。消えてしまいたい……それが一番だって、分かってるんだ」

『その通りです。胸の痛みなど、本当は存在しないのですよ。本来、痛みは生物の身体を損傷から守るための防御機能です。しかし、人間は他の生物とは異なり、文明や文化を作り上げ、原始的な生き方から脱却することを選びました。同種族との交流、交渉……そうして、なるべく同種を殺さずに共に発展することを選んだのです』

「人に優しくしていれば、ひとまず目の前の人の心の痛みを感じずに済むんだ。だからそうしているだけなんだ。僕は臆病《おくびよう》で、他人から逃げているだけなんだ。優しくなんてない。ただ、自分を守っているだけだ……」

『ですから、胸の痛みなどというものは、人間自身の作り上げた幻です。本当は存在しないものを感じることで、他人との関わりを円滑にしている。お互いがそれを持っていると錯覚することで、他者に優しくあることができるのです。すべては進化のための礎、詭弁《きべん》ともいえます。あなたは、その〝幻〟を自在に操ることができます。他人の感じる痛みを感じ、それを自分のもののように扱うことができます。それは、他者を支配することに繋《つな》がるのです。あなたは支配者です。特別で、崇高で……』

「僕は、惨めだ……。他の人が普通にやっていることを、真似することができない。人の皮をかぶった、もっと醜い、生き物なんだ」

『あなたは孤独ではない。孤高なのです。他者と違うことは、特別である証しです』

「だから、僕みたいなヤツは、一人で消えた方が……」

『いいえ、あなたは他者を導くべきです。それが、あなたの──』

「桃矢」

亜樹の声が、僕の脳内で響く声を、かき消した。

僕の言葉も、止まってしまう。

亜樹は僕を見つめて、言った。

「やっぱり桃矢は、優しいよ」

その言葉を聞いて、なぜか、僕の視界はじわりと歪《ゆが》んだ。

つう、と頰を涙が伝って、驚く。

「ずっと苦しんできたんだね。桃矢も、普通とはどこか違うんだね。だから、消えてなくなっちゃいたいんだね」

亜樹は僕の手を、そっと握った。

「……なのに、まだ、誰かを助けようとしてるんだね」

僕は、深く、息を吸い込んだ。

「全身を殴られても、普通の顔して、あたしに嘘ついて……それでも守りたいものが、あるんじゃないの？」

優美《ゆうみ》の顔が頭に浮かんだ。

日の差し込んだ、暖かい教室の中で微笑む彼女。

そして、白い顔で薬物を摂取し、すべてを諦《あきら》めたように笑う、彼女。

痛かった。

彼女を見ていると、胸が痛かった。

それは僕の心が作り出した幻で、本当はそんな痛みなんて感じていないのかもしれない。

それでも、僕の痛みは、本物だと思えた。

彼女に与えられていたはずの普通の生活を思うと、苦しかった。それが失われたことを考えるだけで、切なかった。

もとの生活に、戻してやりたかった。

それが、それだけが、僕の存在意義だと、そう思えた。

涙が、次々と零れる。

「僕は……」

「うん」

「消えてしまいたいと、思ってた……」

「うん」

「でも……同じくらい、ここに生きてる意味が………欲しかった」

「うん……」

「だから………僕は……」

「桃矢」

亜樹が僕の手を、ぎゅう、と、握った。

「ノート、貸してくれるの、嬉しいんだよ。一緒に休み時間にジュース飲んでくれるのも」

「くっ……ッ」

「いてくれるだけで、いいんだよ。だから……」

「亜樹……」

言わないでくれ。

言ってほしい。

その気持ちが同時に心の中にあった。

「……いなくなったら、嫌だからね」

亜樹は、噛《か》み締《し》めるようにそう言った。

「もし桃矢がいなくなったら……あたし……ずっと、捜すからね。見つけるまで……捜すからね」

僕は制服の袖《そで》で、涙を拭《ふ》いた。

「……そんなことを言うのは、亜樹だけだ」

「そうなの？　じゃあもっと言おうか？」

「言わなくていい」

「ほんとに照れ屋さんなんだね」

「うるさい」

消えてなくなりたい、と、思っていた。ずっと。

あの日、駅のホームで、あのまま電車に飛び込んで死んでいたら。

亜樹は今頃、誰にノートを借りて過ごしていたのだろうか。

休み時間には、一人でジュースを飲むのか、それとも、別の誰かと。

想像しようとしても、難しかった。

僕は思った以上に、亜樹のことを知らない。

「また、ジュース飲もうよ。たまには別のやつ買ったりしてさ」

亜樹は口ずさむように、そう言った。

生きる意味がない。だから、死んでしまってもいい。

そう思っていたはずだったのに。

僕は気付けば、生きることにしがみつこうとしている。

ハチに求められたから。

エッチを助けなければならないから。

亜樹が……僕と過ごしたいと、言うから。

いろんな理由をつけて、「死ぬわけにはいかない」と、思い始めていた。


『あなたは生きるべきです』


脳の中で、誰かが囁《ささや》いた。

うるさい。勝手に喋《しゃべ》るな。

僕は眉《まゆ》を顰《ひそ》め、身体を起こした。

筋肉が悲鳴を上げるのが分かり、僕はうめく。

「ねえ、今日、学校サボっちゃう?」

隣の亜樹が、少し声を弾ませて、そんなことを言った。

僕は、おもむろにかぶりを振った。

「行かないと、窓際の花が枯れちゃうだろ」

僕がそう答えると、亜樹はけらけらと笑う。

そうだ。

教室に帰らないと、亜樹が居眠りできなくなるし、花は枯れてしまうし、今まで『うまく回っていた』ことが、全部ダメになってしまう。

だから……。

僕はまだ生きて、教室に戻らないといけないのだ。

そんなことを考えながら、僕は隣に置いていた松葉杖《まつばづえ》を左の腋《わき》に挟みなおす。

「ねえ、嘘を認めてよ」

亜樹が言う。

「階段から落ちたんじゃないんでしょ」

僕は首を縦に振る。

「ああ。ほんとはエスカレーターから落ちたんだ。すごく長いエスカレーターでさ。ごろごろ転がって、全身打ちまくった。痛かったよ」

「…………あっそ。やっぱ桃矢のこと嫌いかも」

隣で唇を尖《とが》らせる亜樹を見て、僕は思わず、声を出して笑った。

笑うと、上半身のいろんなところが、痛かった。

八章

chapter 8

「おー、少年。身体の方はどうだい」

数日が経って、ようやく杖《つえ》なしで問題なく歩けるようになった。

学校を終え、ダイハチ事務所に顔を出すと、ハチはいつものようにボロい椅子に座って、薄ら笑いを浮かべて僕を出迎えた。

「もう大丈夫だ」

「そうかそうか、それは良かった。学校生活の方は？　何か変わったことはあったかい」

ハチに問われ、僕は少し悩む。

気がかりなのは、亜樹《あき》のことだ。

「……〝イレギュラー〟に、会ったかもしれない」

「……ほう？」

ハチが手に持っていた書類を机の上に置いた。

机の上で手指を組んで、僕の方をまじまじと見つめる。言葉の続きを促されていた。

「僕の方をじっと見て……瞳孔《どうこう》がどんどんと開いた。そして、耳鳴りがして……僕の前日の行動を次々と言い当てられた」

「なるほど……〝追跡系〟か」

ハチは頷《うなず》いてから、小さく首を傾げて見せる。

「どうだ？　捜査には影響なさそうか？」

「ああ……幸い、エッチの顔までは見えなかったらしい」

「なるほど。であれば、問題ないか」

ハチは小さく息を吐き、椅子から立ち上がる。

「アイスでも食うか？」

彼女が突然そんなことを言うので、僕は面食らった。

そんなことより、イレギュラーについて詳しく聞きたかったのだが……。

「まあまあ、アイスを食いながら話そう。裏に自販機があるんだ。心配しなくても、私の奢《おご》りだ」

ハチは有無を言わさず、僕の横を通り抜けていく。

「ほら、早く。時は金なり！」

そんなことを言うなら、アイスなど買いに行かず、ここで話をしたい。

そんなことを考えている間に、ハチは事務所から出ていった。

扉を挟んで向こうから、「置いてくぞ～！」と声が聞こえた。

ため息をついて、僕はハチに続いて、事務所を出た。

階段を下り、一階のガレージを出てすぐ、右側に小さな路地があった。

その端に、自販機が三台並んでいる。

二つは飲料を売っていて、一番端にあるものが、『フィフティーンアイスクリーム』の自販機だった。

ハチは小銭を自販機に投入し、迷わずチョコミントのアイスを買った。

そして、僕の方に視線を寄こしてくる。

「どれがいい？」

訊かれて、正直どれでもいい……と思いながら、なんとなくで選ぶ。

「桃ソルべか。なんだ、桃が好きなのか？　名前にもその字が入っているし」

「名前は自分でつけたわけじゃない」

「……キミ、つまらんヤツだとよく言われないか？　冗談に決まってるだろ」

ハチはぶつくさと言いながら、桃ソルべのバーアイスを購入して、僕に手渡してくる。

「よし」

僕が受け取ると、ハチは満足げに頷いて、またいそいそと事務所の中へ戻ってゆく。

彼女は階段を上りながら、待ちきれないとばかりに、アイスの包装紙をぺりぺりとはがし始めた。

三階の事務所に着くころには、ハチはアイスにかぶりついている。

やけに小さな一口で齧《かじ》り、それをじっくり口の中で溶かしてから、飲み込んでいるようだった。そんな食べ方では、食べ終わるより溶ける方が早いんだろうな、と、思う。

そして、いつも、半分くらい食べたところでデロデロになり、捨てるわけだ。

ハチはボロ椅子に、そして僕は埃《ほこり》をかぶったソファに座る。

買ってもらったのに食べないのも申し訳ないので一口齧ると、思った以上に桃の味が強くて、さっぱりしていた。美味《おい》しい。

思い切り顔に出ていたようで、ハチが鼻を鳴らした。

「気に入ったみたいで良かったよ。食べたくなったらいつでも言いたまえ。上司らしく奢ってやろうじゃないか」

ハチは上機嫌にそんなことを言う。

「……ありがとう」

「礼には及ばん」

とりあえずのお礼にも、とても嬉《うれ》しそうに返事をするハチ。

ちまちまとアイスを食べる姿は、なんだか偉そうな態度と対極にあって、少し可愛らしいと思った。

「で？　その〝イレギュラー〟は？　女か？」

突然話題が元に戻って、緩んでいた気持ちが引き締まる。

「ああ。クラスメイトだ」

「そうか。君とは仲が良いのか？」

「……分からない。ただ、彼女以外に学校で話す相手はほとんどいない」

「……屈折しているな。『仲が良い』でいいじゃないか」

ハチは目を細くして僕を見た。それから、ピッと人差し指を立てた。

「分かっていると思うが。この仕事については他言無用だ。どれだけ仲の良い相手であっても」

「分かってる。何も言ってない」

「怪我のことはどう説明した？」

「階段から落ちた、と言った」

「ははっ、嘘にしてもひどすぎる」

「信じてはなかったけど、とりあえずそれ以上訊かないでくれたよ」

「そうか……良い友人なんだな」

ハチの言葉に、僕は何も答えなかった。

ハチはくすりと鼻を鳴らし、また一口アイスを食べた。

じっくりと時間をかけて飲み込んで、言う。

「〝イレギュラー〟は女性に多いとされている。発見されていないイレギュラーもまだまだいるのだろうが、今のところ、女性が七割、男性が三割というデータがある」

「そんなに女性の方が多いのか」

「理由は分からん。しかし、クラスメイトがイレギュラーとは……意外と近くにいるものだ」

　ハチはなんだか愉しそうにそんなことを言った。

「使えそうな能力なのであればスカウトしても良かったが……まあ、〝追跡系〟であれば、必要があるとは思えないな」

「その……追跡系、っていうのはなんだ」

　僕が訊くと、ハチはおもむろに頷いて、言葉を続ける。

「ああ……イレギュラーにはいくつかの種類がある。我々は便宜上、それらを三分類して呼んでいるのだよ。〝身体強化系〟〝感覚強化系〟〝追跡系〟の三つだ」

「なるほど……」

「〝身体強化系〟は、言わずもがな、身体を強化するイレギュラーだ。運動能力が上がったり、傷の治りが早かったり……そういう能力。スポーツ選手なんかにも多い」

「え……スポーツ選手にもイレギュラーがいるのか？」

「ああ、当然。イレギュラーそのものを罪に問うことはできまい？　特殊な能力であっても、『本人の素養』と言ってしまえばそれまでだ。ドーピングをしているわけでもなし」

「そういうものか……」

　スポーツの世界に、特殊能力者が紛れているんだとしたら、そうでない者にとってはたまったものではないと思ったが……そもそも、〝イレギュラー〟という存在自体が社会に秘されているのだとすれば、確かに不正とは言い難かった。

僕自身、ダイハチに雇われるまでは、自分の性質が『普通のものではない』ことには気付いていたものの、それに〝イレギュラー〟などという名前がついていることも、それを使って犯罪を取り締まっている人々がいることも、まったく知らなかった。

「大々的に『能力者』などという言い方をすれば、そこには差別が生まれる。イレギュラーよりも普通の人間の方が世界には多く存在している。そうなればイレギュラーはマイノリティだ。迫害の対象にもなり得てしまう」

ハチはそう言って、どこか寂し気に微笑んだ。

「だから、〝イレギュラー〟という呼称は、社会には浸透していない。あくまで、個性の一つとして捉《とら》えるべきだ」

ハチは「もちろん、君や、君のクラスメイトのそれも、同じ」と付け加える。

あくまで、個性の一つ。

そういう言い方は個々を尊重するものとして聞こえはいいが……。

「ふふ、理不尽に感じるか？」

ハチは僕の心を読んだように、笑った。

「頼んだわけでもないのに生まれながらに力を与えられ、君はそれに苦しんでいる」

「……ああ」

僕が頷くと、ハチはアイスの棒を軽く左右に振った。

溶け出したアイスの汁が、机に数滴、垂れる。

「では、生まれながらに手足に欠損がある人間のことを考えてみよう。もちろん、本人が望んだわけではない。しかし、他とは違う生活を強いられる。どうだ？　それも個性の一つだと言えるか？」

「……本人にとっては、障害だ」

「その通り。ただ、世間は気を遣って言うんだよ。『それも個性の一つだよね』と」

「それと同じだって言いたいのか」

「そうだ。違うのか？　どう違う？」

「………………」

　正面切って問われると、難しかった。

　確かに、違う、とは言えない。

「皆、少なからず苦しんでいる。身長が高いこと、低いこと。顔の造形が美しいこと、そうでないこと。胸が大きいこと、小さいこと。悩みは尽きない。それと〝イレギュラー〟に違いがあるとすれば……」

　ハチはそこで言葉を区切り、低い声で言った。

「〝イレギュラー〟が、その能力を『悪用』すれば、社会が大きく混乱する……ということだ」

　その言葉に、ぞくりとした。

　ハチはアイスを食うのもやめて、言葉を続ける。

「例えば、他よりもずっと筋肉が発達して、普通ではありえないフィジカルを持った者が、みだりに人を殴ればどうなる？　簡単に、死ぬ。取り押さえるのも難しい。強靱《きょうじん》な筋肉に対して、銃弾も歯が立たないかもしれない。そんなヤツが殺人に快楽を見出しでもしたら、凶悪な連続殺人犯が生まれてしまう」

銃弾の効かない殺人犯。そんなものは想像もつかなかったが、確かに、そんな存在が現れれば、社会は大混乱だろう。未知の生物と戦うようなものだ。

「〝イレギュラー〟は人間の形をしているが、その力の使いようによっては社会の脅威になり得る。だから、イレギュラーにはイレギュラーで対抗する。それが我々の存在意義だ」

ハチはそこまで言って、アイスを一口齧った。「ああ、溶けてるな」と呟《つぶや》く。

「で、追跡系の話だが。幸いうちにはすでに、〝最強の追跡系〟がいるんだよ」

ハチは言いながら、アイスをぽいとゴミ箱に捨てた。今日のはまだ七割くらい残ったままだった。

ティッシュで指先を拭《ふ》くハチに、僕は訊く。

「ダイハチにはハチと僕しかいないんじゃなかったか？」

「ああ……そうだな。〝うち〟という言い方には語弊があったか。言ってなかったが、特殊能力捜査班はダイハチだけじゃないんだよ」

ハチはそう言って、指で「六」の数字を示した。

「第六捜査班。事件現場調査を専門とする班でな。そこに腕利きの〝追跡系イレギュラー〟がいる」

「……なるほど」

ダイハチ、という名前は、ハチがいるから『ダイハチ』というのだと彼女は説明したが、やはり他にも捜査班は存在するようだ。

「だが、前にも言ったように、『ダイイチ』とか『ダイニ』があるわけじゃない。班の名前は、班長が決めることになっている。第六の班長は私と考え方が似てるんだ」

ハチがそう言うのを聞いて、僕は思わず眉《まゆ》を寄せた。

「まさか、班長の名前が『ロク』っていうわけじゃないよな？」

僕が訊《き》くと、ハチはパチンと指を鳴らした。

「冴《さ》えてるじゃないか。その通りだ」

「そんな馬鹿な……」

「前にも言ったろ。名前なんて記号さ。呼びやすければなんでもいい」

「そうは言ってもな……」

『ハチ』や『ロク』なんて名前、聞いたこともない。どういう親がそんな名前をつけるというのだろう。

『ハチ』は犬とかなら、つけることもあるのかもしれないが……。

「まあ、それは、いい。それより、仕事の話に戻ろう」

ハチはいつものようにパン！　と手を打って、話題を切り替えた。

「その〝イレギュラー〟の少女についてだが、君の捜査の邪魔にならない限りは、放っておいて良いだろう。同年代の友達は大切にするべきだ」

「……分かった」

「そして、今度は私の話だな。君が休んでいる間に、情報の裏取りを行った」

ハチの声が先ほどよりも引き締まったものに変わる。それにつられるように、僕も少し緊張した。

「君が摑《つか》んできた情報は、おおむね間違いなさそうだ。エッチは、本郷《ほんごう》が薬を捌《さば》くルートの一つとして、ひそかに機能していた。まさか違法風俗とくっつけているとはな。どうりで尻尾《しっぽ》がつかめないわけだ」

ハチはそこまで言って、ため息を吐く。

「本郷は数年前は、暴力団の中でも末端も末端だった。今と同じように、女を使ったシノギで小金を稼いでいたが、一斉摘発によって一度ムショにぶち込まれてる。出所後潜伏して足取りが摑めなくなっていたが……ここまで大きくなっているとは思いもしなかった。面倒だ」

ハチは忌ま忌まし気に眉を顰《ひそ》める。

しかし、僕の心中はそれどころではなかった。

「それより、どうなんだ。エッチの救出は。もう、できそうか?」

僕が訊くと、ハチは眉を寄せたまま、ため息を吐く。

「まだだ。まだ、証拠が足りない」

ハチがそう言うのに、僕は一瞬言葉を失った。そして、腹につかえていた言葉が、ついに飛び出す。

「これ以上何の証拠が必要だって言うんだ!!」

僕が叫ぶと、ハチは驚いたように目を丸くした。

「エッチを救い出せば、薬物販売のルートを大きく潰《つぶ》せるんだろ？　それで、彼女も助かるわけだ！　なんの問題がある！」

「まあ、まあ、落ち着けよ……」

「落ち着いてられるか！　ここで手をこまねいてる間にも、彼女は――」

「少年！」

ハチが大声を上げ、僕の言葉を遮る。

彼女は重々しく息を吐いて、僕の目を見つめながら、言った。

「いいか、よく聞け。君がどう思っているのか知らないが……」

ハチは事実を突きつけるように、僕を睨《にら》んだ。

「今歌舞伎町に大量に出回っている薬物の売買ルートのすべてを明るみに出して、それをしょっぴくための口実を作るのが私たちの仕事だ」

その言葉に、愕然《がくぜん》とする。

……エッチを助けるのが、仕事じゃなかったのか？

「まだそのための証拠が足りてない。それだけのことだ。分かったらその口を閉じて、君のやるべきことを――」

「騙《だま》したのか？」

　僕は思わず、そう口にしていた。

　ハチは気まずそうに口を噤《つぐ》む。

「何が、『君がどう思っているのか知らないが』だよ。分かってたはずだ。僕はずっと、彼女を助けるために動いてた。そのために情報を集めてた！」

「……ああ」

「そうと知りながら、ずっと本当の目的を明かさずに、僕を動かしてたってことか！　どれだけ情報が揃《そろ》ってもいつまでもエッチを助けないのは、彼女を薬物の流通ルートを探し出すための糸口にしてるからってことか⁉」

　ハチは数秒押し黙ってから、頷《うなず》いた。

「……そうだ」

「…………クソ」

「……最初からそういう話だったはずだよ。君が勝手に、『越後優美《えちごゆうみ》を助ける』という仕事に脳内ですり替えただけだ」

「ふざけるなッ‼　あんたはそんな説明しなかった‼」

　ぽとり、と僕の手に持っていたアイスが床に落ちる。

勢いのまま、ハチに近寄り、その胸倉を掴み上げる。

「人を助ける仕事だと思ってた!!　闇に突き落とされて、動き出すこともできない人を、助けるために、働いてるって……そう思ってたのに！」

「薬物は、人を不幸にする。それを根絶やしにすることは、多くの人間の平和な生活に関わってくる」

「そのために、一人の少女を犠牲にするのが正義か!?　そんな口でよくも〝平和〟なんて言えたもんだな!!」

感情のままに、吼《ほ》えたてる。

ハチは感情の読めぬ表情で僕の言葉を聞いていたが、おもむろに口を開く。

「正義……か。では、正義とはなんだ？」

彼女は、低い声でそう言った。

「暴力団を摘発すれば、少なからず彼らの生活は脅かされる。彼らにも家庭があるかもしれない。暴力団の男を伴侶《はんりょ》とした女や、その子供は路頭に迷うかもしれない。だが、彼らは社会にとっての〝悪〟だ。それを取り締まるのが警察の仕事で、であるから、我々はそうする。それは誰にとっての正義だ？」

「違う……今はそんな話をしてるんじゃ……」

「じゃあ、どんな話だ？　君がやけに入れ込むその〝エッチ〟という女の子は他と比べて特別なのか？　君のあずかり知らぬところで、同じような目に遭っている人間はごまんといるだろう。君はそのすべてを助け、その代わりに他の誰かを不幸にする覚悟ができているのか？」

ハチは冷徹に、話し続ける。

彼女の言葉は薄っぺらい正論でしかないと思った。しかし、返す言葉が、浮かばない。

「状況を、冷静に、見ろ。すべてを救うことはできない。ただ、多くを救うことはできる。そのために、我々は働いている」

「でも……だからって……」

「そう思うのなら、彼女も、救ってやれ。君が、その手で。ただ、今はその時ではない。……分かったか」

ハチに諭すように言われて、僕は彼女の襟から、ゆっくりと手を離す。

「…………すまない」

……納得できない部分も多いが、視野が狭くなっていたことは、事実だ。

僕が力なく頭を下げると、ハチは深く、息を吐いた。

「いいや。私こそ、すまない。君の気持ちを踏みにじり、状況が楽に進むように取り計っていた」

ハチも、姿勢を正し、頭を下げる。

「良くないな……私は、ずっと一人で仕事をしていたから。部下の気持ちを慮る能力が、著しく足りていない。すまなかった」

　ハチはもう一度、深々と頭を下げてみせる。

「いや……僕もあまりに、子供だった」

　僕がそう言うのと同時に、事務所の扉がノックされた。

　そんなことは初めてだったので、僕はびくりと肩を震わせてしまう。

「入れ」

　ハチがノックに答えると、すぐに扉が開いた。

　そこには、黒い軍服のような制服に身を包んだ、小さな女の子が立っていた。

　その眉根《まゆね》には、深々と皺《しわ》が寄っている。

「……人を呼び立てておいて、大喧嘩《おおげんか》しながら待ってるとはとんでもねぇヤツらですね」

　少女はそう言って、僕とハチを交互に睨みつけた。

　ハチは苦笑を浮かべながら、僕の方を向く。

「紹介しよう。第六捜査班、班長の『ロク』だ」

　ちょうど先ほど話題に上がった人物の名前が出て、思わず背筋が伸びる。

　少女は軽く頭を下げてから、僕を見た。

「それがハチの新しい『犬』ですか。随分冴えねぇ顔をしてやがりますね」

「な……」

「で？　その犬を連れて、まずはどこに行けばいいですか」

　ロクと呼ばれた少女はハチの方にじとりと視線を動かす。

ハチは咳《せき》ばらい一つ、言う。

「歌舞伎町の……〝拉致現場〟だ」

九章

chapter 9

「四日前、とある金融屋が歌舞伎町で消息を絶ちやがったですよ。名前は『五条義隆《ごじょうよしたか》』といいます。ヤツは松永組《まつながぐみ》に脅されて資金を横流ししてやがったわけですが……なんと愚かなことか、松永組とツルんでいるくせに、本郷《ほんごう》の所属する『吉岡組《よしおかぐみ》』からクスリを買ってたらしいです。面の皮が厚すぎますね。そして、四日前から消息不明。ヤクザとツルんでるとはいえ、金融屋なんてのはカタギみたいなもんですから、カタギの人間が消えれば当然痕跡《こんせき》が残る。十中八九、本郷のシノギに関係する何かで拉致《らち》でもされたんでしょう。クソ面倒ではありますが、ボクの出番というわけですね」

平淡な口調で不平不満を垂れ流しながら、『ロク』と呼ばれた少女は隣を歩いている。

新宿の駅で電車を降り、彼女は人通りの比較的少ない、細い路地を選んで通過しているようだった。

身長はあまりにも小さく、小学校低学年のように見える。敬語もめちゃくちゃで、本人は丁寧に喋《しゃべ》っているつもりなのかもしれないが、妙に口が悪く感じた。そして、その割に、表情はぴくりとも動かない。

その小さな体躯《たいく》を包み込むように、軍服のような黒い服を着こんでいるものだから、なんだかちぐはぐな印象を受けてしまう。

シャツの袖《そで》はびろびろに余って、地面につきそうな勢いだ。逆にそんなに袖の長い服をどこで買うのだろうか、と疑問に思ったが、口には出さない。

「しかも、こんな新人の犬コロを連れてかなきゃいけないなんて。とんだハズレくじを引かされたもんです」

「……悪かったな」

「心の籠《こ》もらぬ謝罪は不要です。うぜえだけなので。それに、オメー……えー……なんでしたっけ」

「安土桃矢《あづちとうや》だ」

「トウヤも、どうせハチに言いつけられてるだけなんでしょう。お互いハズレくじですね」

いきなり呼び捨てで、思わず「おお……」と声を漏らしてしまう。

そして、彼女の視線がちらりと僕の方に向いた。

「ハチはオメー……えー……トウヤのどこに有用性を見出したんでしょうね。ボクから見ればただの乳臭いガキですけど」

『女児』と言っても良いくらいの少女に正面切って『ガキ』と言われ、僕はただただ面食らった。驚きが勝ってしまい、腹が立つこともない。

そして、彼女の言うことには、僕も少なからず同意だった。

「分からん。捜査に役立つイレギュラーを持っているわけでもない」

「ガキ……えー……トウヤのイレギュラーは〝他人の痛みを感じる〟というものだとハチから聞きました」

「そうだ。あと次ガキって呼んだら怒る」

「確かに、役に立ちそうにはないですね。痛みなんてものは、身体を鈍らせるばかりで、なんの役にも立ちゃしません」

「僕も、そう思う」

「素直ですね。素直なのは良いことですよ。役立たずで生意気な人間など、誰も使いたがりやしませんからね」

生意気なのは君の方じゃないか？　という言葉を飲み込む。

ロクは相変わらず感情の読めない声で、話し続けた。

「とはいえ、ハチもあれでいて人を見る目があります、ヒジョーに腹立たしいことではありますが。やはりトウヤにも有用性があるのでしょう。まーいいです。ボクには関係ないし、興味もないことです」

「ああ、そう」

じゃあ、今の会話はなんだったんだ、と思わないでもないが、そんなところで食い下がっても彼女の機嫌を損ねるだけだろう。

話している間に、少しずつ歌舞伎町が近づいてくる。

「目撃情報があります。五条が数人の男に、黒塗りのバンにぶち込まれやがるところを見たというものです。場所も割れていますから、今日はそこを調査するです」

ロクは事実確認のように、淡々と話した。

「調査、か。ヤクザの仕業だったとしたら、証拠が残っているとは思えないが」

僕が言うと、ロクが「ふん」と鼻を鳴らした。それでも、表情はぴくりとも動かないので、違和感がすごい。

「トウヤは馬鹿ですね。普通の調査なら、そのへんの刑事がやればいいですよ」

ロクはそう言ってから、きゅう、と細められた目で僕の方を見る。

「『イレギュラー・ハウンド』のボクが出張ってきてるんですよ。当然、能力を使った調査をするに決まってるです。馬鹿でも分かることです。トウヤは馬鹿以下」

「イレギュラー・ハウンド？」

ロクの露骨な煽《あお》りを無視して、僕は気になった単語を口にした。

ロクは無表情ながらに、少しつまらなそうに鼻から息を吐いてから、頷く。

「『ナンバーズ』とも呼ばれたりします。犬養《いぬかい》のオヤジの直属部隊のことを指す言葉です。そんなこともハチから聞いてないんですか」

「皆、イレギュラーなのか」

「当たりめぇです。イレギュラーにはイレギュラーで対抗する。そのための人材が『イレギュラー・ハウンド』です。トウヤも腕を磨けば、いつかそう呼ばれる日が来るかもしれ

ませんね。もっとも、そんなチンケな能力が捜査の何の役に立つのかはボクには分かりませんが」

こいつ、なんでこんなに煽ってくるんだ？

さすがに怒りが湧いてきたが、突っかかってもややこしくなるだけなので、ひとまず脇に置く。

「ハチが君の能力は〝追跡系〟だと言っていた」

「その通り。『最強の』追跡系能力者、それがボクです」

「最強か。一体どんな能力なんだ？」

僕は訊いた。そういえば、ハチからの説明は途中で終わっていたことを思い出す。

〝身体強化系〟の能力については詳しく聞いたが、ほか二つのことは自然と流れてしまっていた。

ロクは初めて、顔ごと僕の方を向いた。

そして、『にちゃあ』という効果音が適切と思える笑顔を見せる。

「見てりゃ、分かるですよ」

＊

「ここが現場です」

ロクがそう言って立ち止まった場所は、ちょうど僕が三人の男に取り囲まれてボコボコにされた路地のすぐ傍だった。

つまり、それはエッチの〝仕事場〟に近いというわけで……。

まさか、この件にもエッチが関係あるのではなかろうか？　と思う。

本郷の一派からクスリを買っていたとなれば、その売人がエッチであった可能性は高い。

そして、その売買の後に、〝何かしらの事情〟で、連れ去られた？

現場に佇《たたず》んで思考を巡らせる僕をよそに、ロクは不自然に長いシャツの袖をまくり始めた。

「始めるですよ」

ロクはそう言いながら、まくった袖口《そでぐち》からちんまりと小さな手を出した。

そして、彼女はおもむろにその場でしゃがみこみ、地面に自分の手を当てた。

その瞬間、キーン……と、耳鳴りがする。

ロクの身体がびくり、と痙攣《けいれん》したように見えた。

下を向いていた彼女の頭が、ゆっくりと持ち上がる。

そして、ゆっくりと、ロクの視線がこちらを向いた。瞳孔《どうこう》が開き切っている。

なんだ？　何か手伝うことでもあるのか？　と数秒狼狽《ろうばい》したが、すぐに気が付く。

彼女は多分……僕のことを見ているわけではなかった。

僕よりもずっと奥、僕の背後にある『階段』を見ているのだと分かった。それはエッチの仕事場へと繋《つな》がる階段だ。

すぐに、彼女の視線が動く。

そこで気付く。彼女は、〝何か〟を追いかけていた。今ここで何かが起こっているように、視線を動かしているのだ。

ロクの視線は一分ほど、彷徨《さまよ》い続けた。

最終的に、路地の終点、繁華街の通りのところで、彼女は視線を固定した。

数秒そこを見つめたのちに、ロクがゆっくりと立ち上がる。

耳鳴りが、止まっていた。

「はぁ……はぁ……」

気付けばロクは肩で息をしていた。

そして、ゆっくりとこちらを向く。

「大体、分かりまし……んぐ……」

言葉の途中で、ロクは立ち上がったばかりだと言うのにその場に再びしゃがみ込んだ。

そして、苦しそうに両手をついて。

「……ヱッ」

吐いた。

べちゃ、と地面に黄色い液体が垂れる。

僕は数秒呆気《あっけ》に取られていたが、ロクが「ヱッ……ヱッ……」と地面に液溜《えきだ》まりを広げていくのを見て、大慌てで彼女に駆け寄る。

背中を撫《な》でてやると、パシッ、とそれを腕で振り払われた。

「猫じゃねぇんですから」

ロクはそう言って、口元をぐい、とシャツの袖で拭《ふ》いた。

「……ボクの能力は、〝追体験〟です」

「追体験……」

「その場に行き、残っているものに素手で触れると、そこで起こったことを追体験できるのですよ。どうです、これほど捜査に適した能力もなかなかないでしょう。褒めてもいいですよ」

「ああ……すごい、能力だ」

僕が言うと、ロクはにちゃぁ……と微笑んだ。

どうやら、仕事のことを褒められるのが、好きらしい。

ゆっくりと立ち上がり、ロクは「ペッ！」と勢いよく唾液《だえき》を吐いた。行儀が悪い。

「しかし、実際に見てもいねぇものを追体験すると、どうも三半規管にクるですよ。視界が回って、激しい乗り物酔いみたいになりやがります」

「それで、吐いてしまうと……」

「捜査の日は朝メシ抜きです。せっかく食ったもんが全部出たらもったいな…………うっ」

再びしゃがみ込むロク。

「エッ‼」

「無理するな。少し休もう」

「ガキ扱いすんなです」

もう一度背中をさすろうとした僕の手を、ロクが振り払う。

その際、彼女の手と僕のそれがぶつかってしまった。

「……ッ！」

ぐわ……っと、ロクの瞳孔が開くのが分かった。

耳の奥でジリッ、と、電流の走ったような音がした。

時間にすれば、五秒もなかったはずだ。

しかし、直感的に、分かった。〝覗《のぞ》かれている〟と。

ロクの視線がちかちかと小刻みに動き、そして。

「うぞぇッ‼」

ふらりと頭が揺れたかと思えば、そのまま激しくえずいた。

しかし、もう胃から出てくるものは何もないのか、ほんの少量の黄色い液体と、唾液を吐き出す。

「はぁ……はぁ……ッ！」

ロクは肩で息をしながら、キッと僕を睨《にら》みつける。

「いっちょ前に自殺未遂ですか……とんだ馬鹿野郎ですね」

「……人間にも、発動するのか」

答えの代わりに、僕がそう言うと、ロクはふらりとよろめいて、その場に倒れる。意識を失っているわけではなさそうだった。

僕が線路に飛び込もうとしたのは、もう一週間以上も前のことだ。

あの一瞬で、そんなに前のことまで遡《さかのぼ》ったのだとしたら。ただでさえ数日前の状況を能力で確認しただけでも胃液を吐き散らしていたのだ。今彼女にかかっている身体的負担はどれだけのものなのか、想像もつかない。

ロクは横たわりながら、弱った声で言う。

「……ほっといてください。数分こうしてれば、立てるようになるです」

どう見ても放っておける状況ではなかったが、言う通りにしなければいよいよ彼女の逆《げき》鱗《りん》に触れそうだった。

ロクは地面に横たわったまま、荒い呼吸を続ける。息を吸ったり吐いたりするのに合わせて、彼女の小さな身体が膨れたり縮んだりする。

僕は彼女の体調が落ち着くまで、所在なくそばにいた。

横になったロクの頭から、ずっとその上にちょこんと載せていた帽子がずり落ちている。

僕はそれを拾って、土ぼこりを払った。

真ん中には、『猟犬』のように見える金属エンブレムがあしらわれている。

まじまじと見つめていると、ロクの手が帽子に伸び、乱暴にそれを僕から奪い取った。

「気安く触んなです」

「ああ……悪い」

「これは『イレギュラー・ハウンド』の中でも班長にのみ着用の許される部隊帽です。トクベツなものなんです」

言いながら、ロクはその帽子を宝物のように、胸に抱きかかえた。

自分にはこれしかない、とばかりに、帽子を抱えて丸くなる少女。

やはり、こんなアンダーグラウンドな捜査に彼女は似つかわしくないように見えた。

「君は、この仕事に誇りを持っているんだな」

僕が言うと、ロクの視線がゆっくりと動いた。焦点の定まらぬ目で僕を見る。

「誇り……。そんな大層なモンじゃねぇですよ。ただ、これが……これだけが、ボクの有用性なのです。有用性がなければ、ヒトなんてものは、社会に飼い殺される家畜でしかねぇのです」

ロクは僕を見つめて、訊《たず》ねた。

「トウヤは、どうしてその〝エッチ〟とやらにこだわりやがるですか？　家族でも、恋人でもない。ただのクラスメイトで、他人です。あなたにとっての彼女の有用性がさっぱり分かりません」

ロクは無表情のまま、僕を見つめている。

　しかし、いたずらに間を埋めるように質問をしているわけではないことは、僕にも分かった。

「〝有用性〟がどうだとかは、よく分からない。ただ……」

　エッチのことを考える。かつて〝越後優美《えちごゆみ》〟であった、彼女のことを。

　彼女は光の中に生きていた。そして、本人も気付かぬうちに、闇の中に転落した。

　そして、胸を痛めながらも、そのことを呑み込んで、生きている。

　理不尽に人生を変えられて、痛みにもだえ苦しみながら、生きている。

「彼女の〝痛み〟を、どうにかしたいんだ。そうしないと、僕が、苦しいから」

　僕がそう答えると、ロクはまた無表情のまま、鼻を鳴らした。

「難儀なものですね、イレギュラーというのは」

　ロクは言いながら、ゆっくりと身体を起こす。

「能力が、本人を無意識のうちに蝕《むしば》んで、少しずつ、変えていってしまう。抗うことはできねぇのです」

　ロクは抱えていた帽子を頭の上に載せ直し、少し目を細め、僕を睨んだ。

「近づくから、胸が痛むですよ」

「え？」

　ロクの言葉に、呆気に取られる。

「いいじゃねぇですか。放っておけば、エッチとやらは、勝手にどっかで死にます。そうしたら、トウヤは彼女の痛みのことなど忘れて、生きていける」

その言葉は、僕の胃の辺りを冷たくさせた。

「そんな……そんなことを」

「トウヤに彼女の人生が関係ありますか？　ねぇですよ、微塵《みじん》も。でもトウヤは、痛みを〝言い訳〟にして、彼女に積極的にかかわりに行っている。矛盾してます」

「違う、僕は、ただ……！」

「他人の痛みが、自分の痛みに成り代わってるんじゃねぇですか？　トウヤは捜査対象であるエッチと関わった時点で、彼女の痛みに取《と》り憑《つ》かれてしまった。そんなの、もはや呪いみたいなものですよ。呪いを解く方法はただ一つ、彼女のことを見捨てて、忘れて、生きていくことだけ」

「助けたいだけだ！　呪いなんかじゃない！　そんな言い方をするな!!」

僕がたまらず叫ぶと、ロクはふん、と鼻を鳴らした。

「ほら、おかしくなってるですよ。人を助けるなんて、傲慢《ごうまん》で、思い上がりも甚だしい。能力が、思考をおかしくする」

「…………」

「でも……ボクはそれを嗤《わら》ったりしねぇです」

ロクはおもむろに立ち上がり、黒い上着についた土ぼこりをパンパンと払った。そして、まくっていたシャツの袖《そで》を元に戻してゆく。

「触れるものすべての過去を遡ってしまうボクは、素手で何かに触れることができません。何度気が狂いそうになったことか。たとえば卵一つ触っただけでも、ボクはおびただしい量の鶏が狭い飼育場に敷き詰められ、機械のように卵を産まされ、本来命であったはずのそれが人間の食料として出荷されるシーンを追想します。〝食事〟という行為に紐《ひも》づけるには、あまりに、吐き気のする光景ですよ」

ロクの言葉を聞きながら、僕は彼女のシャツの袖を見つめた。

最初は奇抜なファッションなのかと思っていたが、そうではないことが、今では分かる。

誤って素手で何かに触れないように、しているのだ。

「他人と違うことは……それが、他人から理解されないことは、〝普通〟に生きていけないことと、同義です。ボクは親から見捨てられ、孤児院に行き、孤児院でも誰とも上手くやれず、孤独でした。そんなボクを……犬養のオヤジが、拾ってくれたです」

そう言うロクは、薄く、微笑んでいた。

そういうふうに笑うのか、と、思う。

「自分の能力が……〝誰かのためになる〟こともあるって……信じていたいじゃねぇですか」

ロクはそう言って、僕を横目で見る。

「〝生きていてもいい〟って……思いたいじゃねぇですか」

その言葉に、僕は返事をできなかった。

生きてちゃいけない。こんなに苦しいなら、死んだほうがマシ。

何度そう思ったことか。

そして……自分が〝生きていても良い〟なんてことを、わざわざ言葉にして考えたこともなかった。

「無駄話をしちまったですね。戻るですよ」

「もう大丈夫なのか」

「だから、ガキ扱いすんなです」

「ガキ扱いしてるわけじゃない。ただ心配してるだけだ」

僕がそう言うのを聞いて、ロクはぴたりと動きを止め、ぱちぱちと何度もまばたきをした。それから、わざとらしく咳《せき》ばらいをする。

「……ガキに心配されるいわれはねぇです」

「僕はガキじゃない」

「ガキですよ。自分の有用性を見失って、わけ分からなくなってるガキです」

「僕をガキ扱いするなら、僕も君にそうするぞ」

僕が強く言うと、ロクは不快そうに眉《まゆ》を顰《ひそ》めた。

「めんどくせぇヤツですね……」

ロクはそう吐き捨ててから、すたすたと歩き始めた。

僕も早足で彼女に追いつき、並んで歩く。

「……大人に、あれだけ暴力を振るわれても、生きていたんです」

ロクがぽつりと言った。

「そりゃもう、運命みたいなもんでしょう。まだ死ぬ時じゃねぇってことです」

僕のここ最近の〝経緯〟について言っているのだと分かる。

ロクは歩きながら、ちらりとこちらを見た。

「トウヤはハチの部下で、亜樹《あき》とやらのクラスメイトで、エッチとやらを助けるんでしょ。じゃあ、ひとまずはそれがトウヤの〝有用性〟ということにすると良いですよ」

ロクはまた、前を向く。

そして、どこか力強く、言った。

「有用性を証明し続けるですよ。それくらいしか、できることなんて、ねぇですから」

ロクのその言葉は、彼女の今までの人生を経て出力された言葉だと分かった。言葉以上の重さを、秘めている。

それから、僕とロクは、ダイハチ事務所に戻るまで、一度も口を開かなかった。その必要がないと、お互いが理解しているように。

＊

「……まとめると、五条はエッチとやらの捌《さば》いていた〝ブツ〟をまるっと持ち逃げしようとして、ひっ捕らえられたってことです」

　ダイハチ事務所に戻り、ロクは彼女の〝視た〟ものをハチに伝えた。

　大慌てで、黒い大きなボストンバッグを持ってエッチの仕事場の階段を駆け下りてきた五条。そして、同じく大慌てで現れた黒服の男たちに捕らえられ、黒塗りのバンに担ぎ込まれ、どこかへ運ばれたのだという。

「ボストンバッグか。中身はクスリで間違いないのか？　現金の可能性は？」

　ハチが訊《き》くと、ロクは相変わらずの無表情で、頷《うなず》く。

「中身は見えなかったですが、現金でも同じことですよ。どのみちクスリの売買のアガリか何かでしょう。それ以外で末端のエッチが大金を持たされる理由がねぇです」

「正当な取引だった可能性も、ある」

「正当な取引の後に、大慌てで、逃げるように建物から出てきやがりますか？　ひっ捕らえられる理由も、特にねぇでしょ」

「……一理あるな。しかし約束や義理を重視する暴力団であっても、例外というものもときどき、起こる」

　すべての可能性を当たろうとするハチに焦れたように、ロクはタンタン、と床を靴で叩《たた》いた。

「確実に言えることは、五条はひとりでにどっかに消えたわけじゃねえってことです。あれはどう見ても拉致ですよ。そして、それっきり行方が分からなくなってる。これだけは事実です」

「……そうだな。となれば、今もどこかに捕らえられているわけだ」

ハチが頷くのを見て、僕の胸中にはシンプルな疑問が浮かぶ。

「……もう殺されている、という線はないのか？」

僕がそう口にすると、ハチとロクの視線が僕に向くのが分かった。

ロクがスンと鼻を鳴らす。

「ガ……トウヤのくせに、なかなかいいところを突くですね」

今「ガキ」って言いかけたな。

ハチもおもむろに頷いてみせる。

「その可能性を考えるのは、捜査員としては良い傾向だ。しかし、今回ばかりはその線は薄いと私は考えている」

ハチはそう言って、机の上に置かれていた資料をトントンと人差し指で叩いた。

「これがただの半グレだったら話は違っただろう。今頃身体を開かれて内臓を売り払われていてもおかしくはない。ただ、五条という男は……」

「金融屋……か」

僕が言うと、ハチは目を丸くしてから、ロクの方を見た。

視線を向けられたロクが頷く。

「大体のことは説明したです」

「そうか。ならば話が早い。つまり、こいつからはまだまだ金を引っ張れる可能性があるってことだ。暴力団にとって稼ぎは〝すべて〟だ。彼らの〝親〟に上納する金を集めるためであれば、どんなことだってする」

「だから、まだ生かされている可能性が高い？」

僕が訊くのに、ハチは頷く。

「そういうことだ。そして、これは我々にとっては大きなチャンスだ」

彼女は言いながら、机の上に置かれていたガラケーを手に取った。

「ヤクザと関わりがあったとしても、金融屋というのはカタギの人間だ。カタギの人間を拉致するのは、裏社会だけの問題にとどまらない。こっちがヤツらの縄張りにガサ入れをする十分な理由になるわけだ」

ハチは言いながらぽちぽちとボタンを押してから、携帯電話を耳に当てる。

「オヤジか？　裏が取れた。ガサ入れの準備を進めてくれ。五条の居場所については引き続き調査を進める」

電話の相手は犬養だろう。

ハチは手短に用件のみを伝え、電話を切った。

「と、いうわけだ。お疲れだったな、ロク。おかげで糸口が見えた」

「仕事をしたまでです。じゃ、ボクは帰るですよ」

さっさと帰ろうとするロクを、「おいおい」とハチが止める。

「……なんですか」

「アイス奢《おご》ってやるよ」

ハチが言うのを聞いて、ロクは今日一番の『嫌そうな顔』を見せた。眉間《みけん》が皺《しわ》でぐちゃぐちゃになっている。

「どいつもこいつも、ガキ扱いすんじゃねぇです!!」

ロクは大きな声でそう言ってつかつかと事務所の扉へ向かう。

そして、扉の前で、ハチの方を振り返った。

「それと……事務所、汚すぎです」

ロクの言葉に、僕は思わず噴き出した。

言われてるぞ、とハチの方を見ると、彼女は大げさに肩をすくめて見せる。

もう一度ロクの方を見ると、彼女はもう事務所を出て行ってしまっていた。扉がバタン、と閉まる。

「相変わらず、無愛想なヤツだ」

ハチはそう言って、机の上に乱雑に置かれていた書類をトントンとまとめて、机の端に置いた。

「机だけ片付いていれば、問題なく仕事はできる」

ハチは言い訳のように、そんなことを言う。

「……物を端に寄せることを『片付ける』とは言わない」

僕が言うと、ハチは片眉を上げて、ため息をついた。

「そんなことを言うなら、君が片付けてくれよ。私の助手だろ？」

「雑用係になった覚えはない」

「ああ言えばこう言う、だな、君は」

それはこっちのセリフだ。

そんな言葉を飲み込む僕を見て、ハチはくすくすと笑う。

それから、にんまりと意味ありげな笑みを浮かべた。

「さて……捜査も進展してきた。こうなれば近日中に五条の居場所を突き止め、薬売りの連中を検挙する流れになっていくだろう」

ハチはそう言ってから、僕をじっ、と見つめる。

そして、決してその視線を動かすことなく、言った。

「君は、どうしたい？」

ずるい人だ、と、思った。

彼女は僕の気持ちなどすべて分かった上で、こう訊いてきているのだ。

そんなふうに〝試された〟としても、僕の言うことは、変わらない。

しかし……言い方は、変えるべきだ。そう思った。

「……本郷の〝今〟の動きを、探りたい」

僕がそう言うと、ハチは少し驚いたようにぴくりと眉を動かした。

「ほう……？」

ハチは興味深そうに、少し身体を前のめりにした。僕の言葉の続きを待っている。

「五条が拉致されて、それが捜査の足掛かりになるのは分かった。でも、それはもう四日も前の話だ。今本郷たちがどう動いているのかについては、まだ調べる余地があるんじゃないのか」

「なるほど？」

「幸い、僕は他の捜査員よりも怪しまれずに歌舞伎町に潜ることができる。由田《ゆだ》という男が本当に僕の味方になってくれたなら、また前みたいに暴力を振るわれる可能性も低いだろう。運が良ければ五条の居場所を聞き出せるかもしれない。だから……」

「だから？」

ハチは楽しそうに、目を半月形にしながら、首を傾げた。

僕は、はっきりと、言う。

「もう一度、エッチに話を聞かせてもらいに……行かせてほしい」

僕の言葉を聞いて、ハチはゆっくりと息を吐いた。

そして、くすり、と笑う。

「……良いね、良くなってきた」

ハチはそう言いながら、ボロ椅子にゆっくりと腰掛けた。背もたれに体重を預け、上目遣い気味に僕を見る。

「てっきり君はまた馬鹿みたいにまっすぐ『エッチを助けさせろ』と言ってくるものだと思っていた。いやはや、私は随分君を低く見積もっていたらしい」

ハチは上機嫌に何度も頷く。

「そう、これは仕事なんだよ、少年。君に目的が生まれたように、私たちにも目的がある。どうあっても、それがブレることはない。ならどうすれば良いのか、君はもう理解したようだね。素晴らしいことだ」

ハチの言葉を聞きながら、僕はロクと並んで歩いていた時のことを思い返していた。

『有用性を証明し続けるですよ。それくらいしか、できることなんて、ねぇですから』

その言葉の意味を、考えていた。

ここに在るために、僕は、僕のできることを……僕自身の〝有用性〟を考えなければならない。

では、僕の有用性とはなんだ？

ロクの言う通り、僕の能力など、捜査に直接役に立つものではない。

僕のできることとは？　〝僕にしかできない〟こととは？

そう考えた時、僕は、最初にハチに命令されたことを思い出したのだ。

『今我々は、彼女と接触しあぐねているところだ。私は方々に〝面が割れている〟し、他にも少し困ったことがあってな……今回の潜入捜査には手が付けられなくなっていたんだ』

ハチは僕にそう言った。そして、エッチに接触する役割を、僕に持たせた。

僕はどんどんエッチに感情移入して、ハチの求めるものを見誤ってしまったが……一つだけ変わらないことがある。

それは……〝エッチから情報を得る〟という仕事においては、僕が適任だということだ。普通の調査の能力については、当然、ハチの方が高いのだろうと思う。その証拠に、僕が男たちに殴られ、数日休んでいる間に、彼女は情報の裏取りをすっかり済ませていた。

そして、現場検証などにおいては、ロクがサポートしてくれたり……この組織は、適材適所で素早く捜査を進めている。

そんな中で、僕に頼まれた唯一の仕事が、それだったのだ。

で、あれば……僕の〝有用性〟は、そこにしかないということに、ほかならない。

僕が『エッチを助ける』という目標を達成するには、その前に、ハチの……いや、組織の求める『仕事』を達成する必要がある。

その両立以外に、僕の求める結果を得る方法はないのだ。

ハチはパン！　と手を叩いて、言った。

「いいだろう。君が〝仕事〟をするというのなら、私はそれを止める理由を持たない。君がその仕事の中で、君の求める結果を手にするために努力することも、許可しよう」

ハチはそう言って、どこか嬉《うれ》しそうに、微笑んでから、机の引き出しを開ける。

そして、中から、分厚い封筒を取り出して、僕に寄こす。

「最善を、尽くしたまえ」

そう言って、僕に持たせた封筒には、おそらく金が入っている。

前に捜査用にもらったものとは、厚みが違う。

ハチは、僕が何をしようとしているのか、すべて把握しているようだった。

それを実行するためには、金が必要だった。

「……ああ。恩に着る」

僕はその封筒をバッグにしまって、深く、ハチに頭を下げる。

そして、そのまま事務所を飛び出した。

扉が閉まる前に、ハチの「ははっ」という笑い声が聞こえたような気がした。

十章

chapter 10

再び歌舞伎町に着いた頃には、もう日が暮れていた。

ごくり、と唾《つば》を飲み込む。

前回、夜にこの街に足を踏み入れた時は、僕は大人からの暴力に対してなすすべもなく敗北してしまった。

明確に頭に浮かんだ死を前に、感覚が麻痺《まひ》していたが……思った以上に、僕の身体や心にはあの時の恐怖が刻み込まれていたようだった。

しかし、怯《おび》えている場合ではない。

無理やり足を前に動かし、繁華街のゲートをくぐった。

『本気で助けたいんだろ？　じゃあこの後は、綱渡りだ。頑張んな』

由田《ゆだ》の言葉が脳裏を過ぎる。

そうだ、僕はもう……綱に、乗ってしまった。

だから、結果を得るまでは……彼女を助けるまでは、下りることはできない。

僕は目まぐるしく視線を動かしながら、歌舞伎町を歩く。

向かう先はエッチの仕事場だが、彼女がそこにいるかどうかは定かではない。彼女が立っていることに気が付かずに通り過ぎてしまえば、次どこで彼女を見つけられるか分からないのだ。

注意深く周りを観察しながら歩くが、やはりエッチは見つからない。

慎重に、かつなるべく急いで、通りを歩いているうちに、僕は彼女が仕事場とするビルの前までたどり着いていた。

そして。

「あ……!」

ちょうど僕がそこにたどり着いた時、入り口から建物に入っていくエッチの姿を発見した。

いつもより背中が丸く、様子がおかしい。客を連れている様子もなかった。

僕はきょろきょろと辺りを見回して、後に続く人がいないことを確認してから、建物に入る。

エレベーターを見ると、それは止まったままで、一階で停止していた。

いつもはエレベーターを使って三階まで上がるはずだ。

たん、たん、と階段を上る音が聞こえていた。

エレベーターの脇にある階段に、足をかける。大きな足音を立てれば、驚かせてしまうかもしれない。

僕はなるべく音を立てぬよう注意しながら、おそらくエッチのものであろう足音に聞き耳を立てながら、階段を上る。

二階に着き、それを通り越し、三階に着いても、まだ足音は聞こえている。三階の廊下におそるおそる顔を出しても、彼女の姿はない。

……さらに上に行くのか？

僕は訝《いぶか》しみながら、静かに階段を上る。

階段を上る足音は、ずっと続いていた。どこまで上るのかと思っていると、ついに足音が止まり……ガチャ、と扉の開く音がする。続けて、バタン、と、閉まる音。

僕は少し駆け足気味に階段を上る。

「……屋上、か」

エッチは階段の終着点にあった扉をくぐり、屋上に出たようだった。

思えば、僕は歌舞伎町の道端に立っている彼女と、部屋の中にいる彼女しか知らない。仕事の合間の時間をどのように過ごしているかを具体的に想像したことなどなかった。

屋上で休憩でもしているのだろうか。

そんな暢気《のんき》なことを考えながら、ゆっくりと、扉のノブに手をかけた。

そして、恐る恐る開くと。

エッチがいた。

ただ、いるだけではなかった。

彼女はあまり高いとは言えないフェンスに手をかけて、今まさに、足までかけようとしているところだった。

それは、〝フェンスを乗り越えようとしている〟動きそのもので。

僕は、ぞわ、と全身に鳥肌が立つのを感じた。そして、次の瞬間には駆けだしている。

「なに……なにやってる！　馬鹿ッ！」

僕は突進するようにエッチの身体にしがみついた。両腕で彼女の胴体をがっしりと摑《つか》み、そのまま体重を後ろにかけた。

二人そろって後方に向けてバランスを崩し、僕を下敷きにするように屋上の床に倒れ込む。背中が激しく痛んだが、そんなことに構っている場合ではない。

「いや！　いやぁ!!　放してッ!!」

僕に抱き着かれたエッチは、半狂乱状態で暴れた。

「落ち着け!!　自分が何しようとしてるのか、分かってんのか!!」

「嫌だ！　死ぬ!!　もう死ぬの!!　放してよぉ!!」

エッチは絶叫しながら、暴れ続ける。僕はそれを押さえつけるように、彼女の腕ごと抱きしめる。それでも暴れる彼女の頭が、僕の顎《あご》のあたりにゴツンと当たり、勢いで口の中を嚙《か》んでしまう。じわり、と血の味がした。

「やぁだ!!　やだやだやだ!!　死なせてよ!!　うわぁぁ～～～～!!」

僕の腕から逃れるように身体をよじりながら、エッチは叫ぶ。大泣きしながら、叫んでいた。それでも、僕は、放さない。

彼女が暴れる気力をなくすまで……そうしていた。


ぐすぐすと洟《はな》をすするエッチ。

彼女はぺたんと尻《しり》を地面につけ、うなだれていた。

彼女が落ち着くまでに、一体何分かかったかも、分からない。

「……どうして急に、死のうとなんか」

僕が言うと、エッチは首を何度も何度も横に振った。

「……別に、急にじゃないよ」

エッチはそう言って、苦々しい表情を浮かべ、頭を垂れる。

「毎日死にたいって思ってる。今日こそは……って、思ってたのに」

エッチが僕を睨《にら》みつけた。

どうして止めたんだ、という感情が、ありありと顔に浮かんでいる。

でも……そんなことを言うくせに、彼女の身体はぶるぶると震えていた。

僕はそれをそのまま、指摘した。

「震えてるくせに」

僕の言葉に、エッチは眉《まゆ》を寄せ、ふいと僕から視線を逸らした。

そして、小さな、小さな声で言う。

「……死ぬのはこわいもん」

「だったら――」

「でも、生きてる方が、ずっとつらいもん!!」

エッチが叫んだ。

胸に激痛が、走る。

「奪われて、奪われて、奪われて!! 生かされてるってだけで、生きてる気なんてまったくしない!! クスリが効いてる時だけ、意味わかんないくらい気持ち良くて、そうじゃないときは、信じられないくらい苦しくて!! その感覚以外になんにも……なんにもないんだよ!!」

彼女が叫ぶたびに、悲鳴を上げたくなるほど、胸が痛かった。内側から裂けてしまいそうだ。

彼女はこんな痛みをずっと抱えて、生きていたというのか。

痛みのシグナルが全身を巡り、僕の視界が歪《ゆが》む。涙がこぼれていた。

「もう嫌だよ! 生きてたって、この地獄がずっと続くだけなんだって、分かってる! だからもう終わりにしたいんだよ……ッ!」

エッチは心の内に秘めた痛みをすべて曝《さら》け出《だ》して、泣いていた。

僕は痛みに呻《うめ》きながら、その言葉を聞いている。

どうにかしてくれ、この痛みを。
そう思いながら、この痛みがどうにもならないことを、知っている気がした。
蝉の声。遠くから聞こえる電車の音。
あの日の、駅のホームでの光景が頭に浮かんでいた。
同じだ。
地獄が続くと、思っていた。痛みが、僕に地獄の道を歩ませている、と。
だから、逃れたかったのだ。
僕は無感情に、ホームに飛び込もうとしたつもりだった。
でも、本当はきっと、違う。
楽になりたかったんだ。
どうしようもない痛みから、解放されたかった。
苦しみを、終わらせたかった。
僕は明確に、あの時、死に救いを求めていたんだ。
エッチの吐き出す言葉は、すべて、僕の言葉だと思った。
そして、僕も、彼女も……こうして、死に損ねている。
「なのに……なのに……！」
エッチはぼろぼろと大粒の涙を零しながら、絞り出すように、言った。

「どうして……死にたくないって、思っちゃうんだろう……ッ！」

胸が痛い。

この胸を内側から切り裂かれるような痛みが、エッチのものなのか、僕のものなのか、もう区別なんてつかない。

「パパとママが殺された時に、あたしも一緒に死ねたら良かったって、何度も思ったよ。でも、心のどこかに、生きてて良かった……って思う自分もいるの」

エッチの言葉は、僕の脳みそに直接響くようだった。

僕の首根っこを掴んだハチの姿が、思い浮かぶ。

『なーにしてんだ、少年』

彼女に見下ろされながらそう言われた時。

僕は確かに……安堵《あんど》していた。

それから慌てて、どうして邪魔したんだ……というような顔を、してみせた。

僕の心は、嘘だらけだ。

「パパとママが死んじゃって、今度は本郷《ほんごう》があたしの〝パパ〟になった。でもあの人は、あたしのことなんて道具だとしか思ってない。あの人があたしに与えてくれるのはご飯と、寝床と、クスリだけ。クスリを飲んでトリップしても、ちょっとしたら、クスリが切れた時のことを考えて震えるの。こんなの、生きてるって言えるの？　分かんないんだよ」

ハチに拾われて、流れるようにダイハチに入り……僕はエッチに接触した。

苦境に立たされても微笑み続ける彼女に感情移入して、彼女を救いたいと思った。

でも、僕はきっと、ただ彼女を救いたいだけじゃなかった。

彼女を救うことで……僕自身の存在価値を問いたかったのだと思う。

生きているのはつらい。

連綿と続いていく痛みのレールの上に立っている理由を、知りたかった。

自分が生きている理由を知って、納得したかった。

「惨めに生きてたくないの。こんな人生なら、死んだほうがマシだって思うの。なのに、生きてるだけで、死んでないだけで、安心するの。死ぬのは怖いの！　めちゃくちゃなの!!」

ずきずき、ずきずき。

エッチの言葉と共に、痛みが身体を軋《きし》ませる。

彼女の痛みは、僕の痛みだ。

彼女の言葉は、僕の言葉だ。

直接身体に響いて、苦しかった。

「死にたくないって思わなければ、楽になれるのに……！」

こんな能力がなければ。

こんな僕がいなければ、話は簡単なのに。

「生きていたくないのに、死にたくないから生きてるだけなんて、そんなの、もう嫌だよ……！」

そうだ。

僕たちは、ただ……普通に、生きていたいだけなのだ。

普通を求めても手に入らないから、それが分かっているから、苦しさに悶《もだ》えながら、生きていくしかない。

でも……それでも。

『光を忘れるな。少年の胸の内のそれが、闇を照らすことも、あるだろう』

ハチの言葉が、蘇《よみがえ》る。

僕は教室にいた。苦しみながらも、教室にいた。

後ろには亜樹《あき》がいて、ノートを貸したり、一緒にジュースを飲んだりした。

そういう生活を……手放せなかった。

全部諦《あきら》めたフリをしていただけなんだ。

欲しがると、手に入らないと分かって、苦しいから。諦めることで、感情に蓋《ふた》をした。

失ったわけじゃない。元から手に入らないだけなのだと……強がった。

その姿勢こそが、自分を苦しめ続けていると、本当は分かっていた。

「それでも……生きていくしかない」

　僕は、言った。

　エッチが怯《おび》えたように、僕を見た。

「死にたくないのなら、生きるしかない。生きる理由が欲しいなら、探すしかない。それが見つからなくて、わけが分からなくなっても、それでも、生きていくしかないんだよ」

　僕はエッチの肩を、優しく摑んだ。

「死にたくないんだろ」

　僕が言うと、エッチは首を縦に振りかけて、すぐに横に振る。

「死にたいよ。生きてるのは苦しいから」

「死にたくないって、さっき言ったろ」

「だから！　死ぬのが怖いだけなんだってば！　怖くなかったら、死にたいよ……！」

「死ぬのが怖いのは、生きていたいからだ」

「なんでそんなことが言えるの……！」

「そう、信じろ！」

　エッチの肩を摑《つか》む手に、力が入る。彼女の喉《のど》が、ヒュッと鳴った。

「諦めるなよ……生きていたくないなら、生きていたくなるようにしろよ！　そうしないと、一生抜け出せないんだよ！　死ぬこともできず、前向きに生きることもできず、一生、地獄の中で苦しむことになるんだよッ！」

僕がついに叫ぶと、エッチはぐしゃぐしゃの顔を力強く横に振った。

「君は光の中にいるから、そんなことが言えるんだよ!! 他人に人生のすべてを握られる苦しさを知らないから、そんな無責任なことが言えるんだッ!」

「違う! 誰だって一緒だ!! 苦しさから抜け出す努力をしなきゃ、なんにも変わらない! 君は最初から諦めて、逃げようとすらしていないじゃないか!!」

「逃げたら殺されるかもしれないんだよ!? そっちの常識で話をしないでよッ!!」

「死んだほうがマシだと思うような人生なんだろ!? だったら死ぬ気でそこから逃げようとしろよ!! その先にある、自分の未来を、ちゃんと、逃げずに、想像しろよ!!」

僕の彼女に放つ言葉は、すべて、自分に跳ね返ってきていた。

こんなことを偉そうに言える立場じゃないと分かっている。

それでも、言わなければならない。

お互いに言葉の棘《とげ》を刺し合って、痛みを感じ合うことでしか、前に進めないと思った。

「うるさい……うるさいうるさいうるさいッ!!」

エッチがヒステリックに叫んだ。僕の手を、乱暴に振り払う。

そして、睨みつけるように、僕の目を見た。

その瞬間。

全身に鳥肌が立った。

耳鳴りが、する。

「君は……あたしの、何なの？」

エッチの瞳孔《どうこう》が、開いていく。

深く、息を吸い込んでしまう。

まさか……。

エッチは僕を見つめたまま、言った。


『君は……あたしの元クラスメイトなんかじゃない。赤の他人でしょ？』


彼女の言葉が、僕の脳内で響き渡るようだった。

彼女に〝何かをされた〟気がした。

でも、何をされたのか、分からない。

僕は。

エッチの……元クラスメイトではない。

赤の他人だ。

そうだ、クラスメイトなんかじゃない。今までどうしてそう思っていたのだろうか。

彼女は誰だ？

そう、エッチだ。おかしな名前だが、きっと、違法風俗をするために便宜上つけられた名前なのだろう。ハチやロクと同じだ。記号としての、名前。

じゃあ、どうして、僕は……彼女を……。

思考がぐるぐると回る。

同じように、視界も不自然に回転した。

倒れそうになるのを、すんでのところで腕を突っ張ってこらえる。

視界の端に、力なく微笑むエッチの顔が映っていた。

「これで……これでいいんだよ……」

エッチは、独り言のようにそう呟《つぶや》いた。

これでいい。何が？

頭がぼんやりとしていた。

そう、彼女は捜査対象だ。

歌舞伎町で行われる薬物取引のルートの一つとして、飼い殺しにされている、僕と同い年の……女の子。

彼女の言う通り、何の面識もない、赤の他人だ。

でも、目の前で、死のうとしていた。

死のうとしていたくせに、死にたくない、と、泣いていた。

そうだ。

なんだか混乱したけれど、やるべきことは、何も変わらない。

彼女は……僕の『守るべき』対象だ。

「確かに、僕と君は赤の他人だ。でも……」

僕が話し始めると、エッチの表情が変化した。

目を見開いて、僕を見つめている。

「それでも、僕は君を助けたい。そうすべきだって、思ってる」

僕が言うのを聞いて、エッチはその音が聞こえるほどに、大きく息を吸い込んだ。

そして、目を見開いたまま、ぽつりと零す。

「……………なんで……？」

「君は、不当な扱いを受けている。人生を搾取されてるんだよ」

「ちがう、なんで……なんで……？　あたし、他人だよ……？　君にとっての誰でもなくて……だから……」

「目の前で！　泣いてるだろ！」

僕が言うと、エッチはびくりと身体を震わせて、丸い目で僕を見た。

ずきり、と、胸が痛む。

もう、終わりにしたかった。

痛みから逃げて、逃げきれなくて、すべてを諦めたくなかった。

僕は、この痛みと向き合うべきだ。

この痛みをどうにかする方法を、探すべきだ。

「そんなに胸を痛ませて……泣いてたら……」

僕は、言う。

「助けなきゃ……ダメだろ……」

僕は不器用に口角を上げてみせる。とうてい、笑っているようには見えないだろう。

何も考えずに吐き出した言葉が、なんだかキザな感じになってしまったので、取り繕うように表情を合わせてみたが、大失敗だった。

エッチは目をまんまるにして僕を見つめていた。

そして、その瞳《ひとみ》から、また、ぼろぼろと大粒の涙が流れ始める。

「なんで……意味分かんない……意味分かんないよぉ……」

そして、嗚咽《おえつ》を漏らしながら、子供のように泣き始める。

「頼む。力を貸してくれ。君が助かろうとしなきゃ、助けようがないんだ」

「ほっといてよぉ……ッ！」

「それはできない」

「なんで……なんで！　言うこと聞いてよ!!」

「ダメだ」

「う〜〜〜〜〜〜〜〜〜〜……!!!」

エッチは、唸《うな》りながら、僕の胸に頭を押し付けた。

そのまま、ぐすぐすと泣き続ける。

じくじくと胸が痛むのを感じながら、僕は彼女の背を撫《な》で続ける。

ひとまず、また突然屋上から身を投げようとすることはなさそうで、安堵《あんど》した。

しばらく撫で続け、エッチが落ち着いてきたころに、僕は、言った。

「なあ、エッチ」

「……………なに」

「薬を、買いたい」

僕が言うと、エッチはぴくりと身体を震わせて、ゆっくりと顔を上げた。

「だ、ダメだよ、薬なんか……！」

エッチが大真面目に、慌てながらそんなことを言うものだから、僕は思わず笑ってしまう。

「ちがう。薬を、買いたいんだ。だから……部屋に入れてくれないか」

僕が改めてそう言うと、エッチは何かに気付いたようにハッと息を吸う。

そして、こくこくと頷《うなず》いた。

しかし、すぐに彼女の表情が曇る。

「あ、でも……薬は……誰かからの紹介がないと……」

「由田だ。由田からの紹介」

僕が言うと、エッチは驚いたようにこちらを見る。

「そんな名前、どこで」

「友達なんだ」

「うそだ」

「ほんとだよ。電話かけようか？」

友達、というのは嘘だ。でも、知り合いではある。

ガラケーを開いて『由田』と書かれた連絡先を見せると、エッチはまじまじとそれを見つめてから、もう一度、頷いた。

「……分かった。お部屋、行こ」

僕も頷き返し、エッチの身体を抱き起こす。

至近距離で、目が合った。

エッチは、数秒僕を見つめて、言う。

「ねえ……知ってること、全部教える」

「ああ、助かる」

「だから、今日は……」

「ん？」

「し……しよ……？」

「は？」

僕が訊《き》き返すと、エッチは顔を赤くした。

「だから……その……セッ……クス……しよ？」

エッチがあまりにしおらしくそんなことを言うものだから、僕もつられて顔を赤くしてしまう。

「はぁ？　し、しない！　話を聞くだけだ」

「でも……お、お礼しないとだし……」

「いらない、そんなのは！　まだ助かったわけでもないし！」

「さ、寂しいの!!　男の子を感じたいっていうか……だから……」

「しない!!　絶対にしない!!」

僕が大声を上げると、エッチはむう、と不満げに口を結んだ。

「……キザなこと言ったくせに」

「誘ったつもりはない」

「その気にさせたくせに！」

「そっちの勝手だ」

僕とエッチは言い合いながら、彼女の〝仕事場〟へと移動した。

そして……彼女から、今起こっていることのすべてを、聞いた。

＊

「ハチッ!!」

「ひゃあっ!!」

ダイハチの事務所のドアを勢いよく開けると、今まで聞いたことのないような声が聞こえて、面食らう。

ハチは珍しく、ソファに寝転がっていたようで、僕の声で飛び起きた様子だった。

「なん、なんだ！　緊急事態か!?　オヤジ、オヤジは……？　うん……？」

明らかに呂律《ろれつ》の回らぬ声で言いながら、ハチがきょろきょろと周りを見る。

そして、ゆっくりとその目の焦点が、僕の方に合ってくると。

「あ、ああ！　戻ったか、少年！」

ハチはソファからすくっと立ち上がり、何度も咳《せき》ばらいをした。

「すまん……起こしたか」

僕が言うと、ハチは慌てたように手をぶんぶんと振る。

「なぁに、ちょっと横になって身体を休めていただけだ。突然入ってきたものだからびっくりしてな」

「……いや、寝てただろ」

別に指摘しなくても良いことなのに、必死で隠されるものだからついつい口にしてしまう。

ハチは少し顔を赤くしながら、憤ったように声を上げた。

「寝て!!　ない!!」

「……資料を読んでた？」

僕が、ソファの近くの床に落ちている資料を指さす。明らかに、〝読んでいる途中で寝てしまい、手から滑り落ちた〟といったような散らばり具合だった。

「そう！　その通り。君は観察眼に優れているな」

「で、読んでる途中で寝たわけだ」

「寝てないッ!!!」

「別に隠すことないだろ……」

僕が小さな声で零すと、ハチは僕を睨《にら》みつける。

「で？　何か摑《つか》んだか？　君が大声を上げて事務所に入ってくるなんて初めてだ」

ハチが話題を逸らすように、そう言った。

「あ、ああ……」

そうだった。

ハチが寝ていようが寝ていまいが、どうでもいい。

そんなことより、急ぎ伝えるべきことがあるのだ。

「五条《ごじょう》の居場所が分かった」

僕がそう言うと、ハチの纏《まと》う雰囲気が変わる。ピリリ、と空気が引き締まるのが分かった。

「……でかした。どこだ」

「歌舞伎町プラチナ街の奥、〝カブキボウル〟の一室らしい」

「……吉岡《よしおか》組の息のかかったボウリング場か」

ハチがノートパソコンを開き、カタカタとタイピングを始める。

住所を検索しているのかもしれない。

「生きているんだな？」

パソコンを操作しながら、ハチが訊く。

「ああ……五条が逃亡しないよう、彼が〝出金〟の当番になる日まで監禁しているらしい」

「なるほど。やはり金を引っ張る気か」

「場所は四階の、スタッフルーム。椅子に括りつけられているから、自力での脱出はほぼ不可能らしい」

「随分詳しく情報を得たな。彼女と寝たのか？」

当たり前のようにハチの口から飛び出したその言葉に、僕は眉《まゆ》を顰《ひそ》める。

「そんなわけあるか。五条に水やメシを与えてるのが、エッチらしい」

「なるほどな。それにしても喋《しゃべ》りすぎだ。君、惚《ほ》れられたんじゃないのか？」

からかうようでもなく、真面目腐った表情でそんなことを言われて、僕はどう返したものか困る。

「そんなの、分かるわけないだろ……」

僕が真面目に答えると、ハチは突然破顔した。

「ははっ！　君は大胆な行動をする割には、そういう方向ではウブだな」

突然からかわれて、恥ずかしくなる。

「そんなことより！」

「ああ……君の持ってきた情報はクリティカルだ。これで突入に踏み切れる」

ハチは携帯電話を取り出して、ぽちぽちとボタンを押した。

「オヤジか。私だ。五条の場所が割れた。ああ……うちの〝猟犬〟の手柄だ。住所を言う。復唱しろ」

ハチは淡々と住所を電話口で伝えていく。

僕はそわそわと、電話が終わるのを待っていた。

「ああ……ああ。本日、深夜三時、了解。こちらも準備を進める。では」

ハチは電話を切り、ため息を吐く。

「……本日の深夜三時、機動隊と共に突入だ」

ハチがそう言うのを聞いて、僕は全身が緊張で強張るのを感じた。

彼女は薄く微笑んで、言う。

「君の、手柄だ。よくやった」

「ああ……それはいいが……」

「エッチのことか」

僕の言葉の先を読むように、ハチが言う。

僕はおもむろに頷いた。

「拉致された五条を助けて、そのまま一斉検挙なんだろ？　エッチはどうなるんだ。彼女は助かるのか？」

僕が訊くと、ハチは何も言わずに、僕を見つめている。

答えは……なんとなく、分かっていた。

「……ハチ、僕は」

僕が口を開くと、ハチはそれを遮るように、言った。

「彼女を救出することは、この任務において、重要ではない」

「ハチ！」

「エッチは、薬物中毒だ。しかも、薬物の売買に、加担していた」

「それは、本人が望んだことじゃない！」

「分かっている。しかし、事実だ。救出し、警察病院に入れ、社会復帰させたとして、彼女に付きまとうのは厳しい現実だ」

ハチは諭すように、言った。

「君は彼女を救い出す〝覚悟〟ができているのか？」

その言葉に、僕は息を詰まらせた。

「闇から救い出し、光に返す。言葉をなぞれば、美しい行いに見える。しかし一度闇で生きた人間が、光の中で当たり前のように生きるためには、それなりの苦痛が伴う。それこそ、闇の中で生きるよりもずっと厳しい現実に襲われるかもしれない」

ハチは捲《まく》し立《た》てるように言い、僕を真正面から見つめる。

「君は、君の手で、それを行った責任を取る覚悟があるのか？　一度取った彼女の手を、最後まで放さないと誓えるのか？」

ハチはそこまで言って、僕の答えを待つように押し黙った。

責任。

覚悟。

それらの言葉はただただ重く響くばかりで、心の上を上滑りするようだった。

ハチの言うように、それらの重い決意を固めるべきだと思った。僕は今、他人の人生に触れ、その方向を強引に変えようとしている。

けれど、今僕が、実感も覚えていないそれらの言葉を口にして、目の前のハチを説き伏せることに、何の意味があるのだろうか。

そんなのは口先ばかりで、何もかもが、真実じゃない。

僕は、僕の言葉で、僕の想いを伝えることしかできない。

それだけが本当のことで、それ以外に何も必要ないと思った。

「彼女は……僕と、同じだ」

僕は言った。

「ここにいる意味が……生きている意味が分からなくて、人生はつらいことばかりで、逃げ出そうにも袋小路で……苦しみ続けることしかできないんだ」

僕の言葉を、ハチは、頷《うなず》きもせずに、真剣な表情で、聞いている。

「でも、だからこそ、闘わなきゃいけない。逃げれば逃げるほど、身動きが取れなくなるって、心のどこかで、気付いてた。もう少しなんだ、もう少しで、僕は、僕の闘い方を……そして、何と闘うべきなのかが、分かる気がする。それは、きっと、彼女も同じだ」

心の中で曖昧《あいまい》に漂っていたパーツが、組み上がっていくような感覚があった。

求めていることが、明確な言語となって、口から、出てゆく。

「僕は、彼女に、知ってほしい……どれだけ生きる意味が分からなくても、それが見つからなくても……それでも、その意味を探し続けていいんだってことを。彼女にそれを知ってもらうことで……」

僕は、ハチの目を見つめて、言った。

「僕もそれを……知りたいんだ」

ハチの瞳《ひとみ》が、揺れる。

「彼女を助けることで……僕も、助かりたい。僕は、僕の〝有用性〟を、証明したい」

僕がそう言うのを聞いて、ハチはハッと小さく息を吸い込んだ。

そして、寂しそうに、笑う。

「……困ったな。君にそんな言葉を使わせたくはなかった」

ハチはそう言って、深《ふか》く、ため息を吐く。

そして、数秒、目を瞑《つぶ》った。

それが再び開かれた時、ハチははっきりと言う。

「良いだろう。君がその〝エゴ〟と向き合うというのなら、私は私の権限に基づいて、君の決断、そしてそれに伴った行動を許可しよう」

ハチは僕の目の前まで歩いてきて、僕の手を取った。

「君は命懸けで、彼女の手を取れ。そして、その意味を、考え続けろ」

「……ああ、分かってる」

僕が頷くのを見て、ハチは優しく微笑んだ。

「では……行け。深夜三時までにカタを付けろ。警察の手が入れば、エッチも共に検挙されることになる。時間がないぞ」

「分かった」

「そして、何か問題があれば、迷わず私の携帯を鳴らせ」

ハチはそう言って、僕の両肩を掴んだ。

「私は君の上司だ。私には、部下を守る義務がある」

彼女の表情は、真剣そのものだった。

しかし、僕はハチからそんなことを言われたことがなかったので、思わず、噴き出してしまう。

僕が笑うのを見て、ハチは憤慨したように目を吊《つ》り上《あ》げた。

「何がおかしい！」

「いや……たまには上司らしいことも言うんだなと思って」

「失礼だな！　私だって、多少は君のことを心配してだな……」

「ボコボコにされて帰ってきても、顔色一つ変えなかったくせに」

「お、応急処置をしてやったろ!!　あの時は、君を叱る方が優先すべき事項だっただけだ！」

「そうか、そうか。分かったよ」

僕は笑いながら、肩に置かれたハチの手を、丁寧に、はずした。

……急がなければならない。

「……行ってくる」

僕が言うと、ハチは、すう、と息を吸って。

「……ああ、健闘を祈る」

そう、言った。

僕は頷き、ハチに背を向け、駆け足で、事務所を出る。

時刻は二十三時。もう、突入まで四時間しかない。

僕は焦る気持ちのままに、何段も飛ばしながら、事務所の階段を駆け下りた。

＊

少年が飛び出していき、事務所の扉が閉まる。

私はしばらく、そこに立ち尽くして、閉まった扉を見つめていた。

「……他人の人生に踏み込むことには、どうあっても痛みが伴う。それが分かっているのに……それに苦しんだのに……」

私は、独り言ちる。

「それでも君は、行くんだな」

そう言いながら、私の胸に渦巻いているこの感覚が何なのか、私には分からなかった。寂しさか。それとも、羨望《せんぼう》か。もしくはその、両方か……。

ゆっくりと歩き、机へと向かう。

安物のチェアに尻《しり》と背をつけると、ギシ、と頼りない音が鳴る。

「君は……特殊な能力なんてものがなくとも、痛くて、痛くて、しょうがないんだろうよ」

私はそう独り言ちて、一人、笑った。

そして、自分が彼にかけた言葉を、思い出す。

他人に放った言葉というのは、なかなかどうして、自分に返ってくるものだ。

誰かの手を取ったなら、最後まで責任を持つ覚悟が必要だ、と……私は彼に、そう言った。

そんな言葉は、脅しのような何かでしかなくて、聞くに値しない綺麗《きれい》ごとだ。

人は、人生の中で、容易に誰かの手を取り、そして、時には突き放す。そうやって、傷付き、傷付けて……痛みを抱えながら、生きてゆく。

そこに、誰かの取るべき責任など、存在しない。究極を言えば、すべてはそれぞれの『自己責任』というやつなのだ。

しかし大人は、『良き人間』でありたいがために、責任やら、義務やら、覚悟やら……格好の良い言葉を並べ立て、自らの行いに納得しようとする。

そう、納得だ。

人は納得しなければ、前に進めない。

しかし、すべてに納得することなど、できはしない。

『良い人間』である必要など、ないのだ。

ただ生きていたいから、生きているだけなのだ。

彼にそう教えることができたなら、どんなに良かったか。

「…………有用性、か」

桃矢《とうや》が自らそんな言葉を使ったのを聞いて、驚いた。

もしかしたら、ロクが何か言ったのかもしれない、とも思う。

その言葉は、オヤジから耳にたこができるほどに聞かされたものだった。そして、それが『イレギュラー・ハウンド』である私たちの生きる意味であり、それだけが、自分たちの不変の価値だと教えられた。

そう教え込まれ……私もそれを、信じていた。

しかし今は、そんな言葉も、どこか偽善めいた響きとして、私の耳を通り抜けていく。

『正しいことのために、能力を使え。それが、お前の〝有用性〟だ』

オヤジは私を抱きしめながら、そう言った。

オヤジは、私に生きる意味を与えてくれた。感謝している。

でも。

「なあ、少年……〝有用性〟なんて、なくてもいいんだ」

私は呟《つぶや》いた。

誰かを救うため。多くを助けるため。

私は、いや、〝私たち〟は、能力を振るってきた。

でも、ある時突然、疑問に思った。

誰かを、多くを。

それって、一体、何を指しているのだろう。

世の中に絶対的なものなんてなくて。正義も悪も、時が変われば、立場が変われば、常に変動し続けていくものだ。

私は、そんなものを信じられない。

〝正義〟という曖昧な概念に基づいて常に変動する私の〝有用性〟を、疑ってしまう。

人は、自分のために、自分だけのために、生きるべきだ。

自分の価値は、自分が決めて良い。

私が、〝もう手遅れになってしまってから〟気付いた、そんな当たり前のことを……少年には、桃矢には、知ってほしかった。

だから。


「……絶対に、死なせはしない」


私は自らの拳《こぶし》を握り締めた。

爪が掌に食い込んでいるが、痛みは感じない。

私は、私の〝責任〟を果たす。

それは、私の欲望に基づいたもので、私を納得させるためのものでしかないと、知っている。

けれど……それが、彼の人生の光明になることを、願っている。

彼を私のようなバケモノにしてはならない。

彼を、本当の『イレギュラー』にしてはならない。

その想いだけが、私の心を、疑似的に震わせている。

「手綱を握るのは……この、私だ」

立ち上がり、衣類掛けに引っかかっていた黒い上着を羽織る。

そして……忌ま忌ましい、『イレギュラー・ハウンド』の軍帽を、深々とかぶった。

携帯電話を取り出し、オヤジに繋《つな》ぐ。

「私だ。状況が変わった。一足先に私も出る」

『おい、どういうことだ。お前は機動隊と共に突入の手筈《てはず》だろう。勝手なことをするな』

「私には、私の部下を守る義務がある。なに、機動隊の突入前に、あらかた片付けておいてやる」

『待て、話を——』

電話を切り、私は机の鍵《かぎ》付きの引き出しを開ける。

その中に入っているキーケースから、『武器庫』のそれを取り出した。

ヤクザごときの鎮圧に武装が必要かどうかは疑問だが、念には念を入れて、だ。

「私が守ってやる。私が……」

私は小さく呟きながら、武器庫からエモノを取り出し、次々と、殺傷能力の低い銃弾を中に詰めていく。

十一章

chapter 11

「はぁっ……はぁっ……！」

ダイハチ事務所から歌舞伎町に電車移動し、『カブキボウル』にたどり着いた頃には、すでに四十分ほどが経過していた。残り時間は、三時間と、少し。

エントランスへ繋がる入り口を見ると、黒いスーツを着た男数人が、煙草を吸いながらたむろしている。どう見ても、一般人ではない。

そのうちの一人の視線がこちらに向きかけたような気がして、慌てて上半身を下げ、植え込みに身を隠す。

正面入り口に見張りがいるのだとすれば、裏から入るしかないだろうが……もしかすると、裏口にもヤクザが詰めているかもしれない。

そうなれば、手詰まりだ。

他には、たまたま鍵の開いている窓などから侵入するか、それがなければ窓を割るか……いや、しかし、それでは目立ちすぎる。

今まで『建物の入り口以外から侵入する』などという行為は当然行ったことがないわけ

だから、思い浮かぶ案はすべて稚拙なものばかりだった。

「くそっ……ここまで来といて……！」

悔しくて足踏みをする。手をこまねいている時間などないというのに。

「おー、誰かと思えば」

突然後ろから声をかけられて、僕は自分でも驚くようなスピードで振り向いた。

そこに立っていたのは。

「エッチにご執心なガキじゃねえか」

ニッと歯を見せて笑うのは、由田《ゆだ》だった。

相変わらずてらてらと光を反射する黒い革ジャンを羽織っている。

由田は僕と同じように植え込みの前にしゃがみ込む。

「お前、なかなかやるな。今日ここにエッチがいるって情報、どこで手に入れた？」

訊《き》かれて、言葉に詰まる。

僕が警察と通じていることは、たとえ協力的な彼にも、言うべきではない。

しかし、なぜだろう。

彼の瞳《ひとみ》に覗《のぞ》かれると、本能的に『嘘をついても無駄だ』という感情が湧いてくるのだ。

「……ほ、本人から、聞いた」

結局僕は素直に答える。

嘘ではないし、これだけで警察と僕を結びつけることはできないはずだ。

由田は「ほぉ～」と声を漏らしてから、ニヤリと笑う。

「お前、エッチに気に入られてんだなぁ」

由田は愉快そうに何度も頷《うなず》いてみせた。

「そりゃ、そうか。いつもヤク中かキモいオッサンの相手ばっかしてんだもんなぁ。お前みたいな純な感じの男の子に真剣に迫られたら、コロッといっちまうかもなぁ」

「今は、そんなふざけた話をしてる場合じゃなくて……」

「おーおー、分かってる分かってる。ったく、遊びのねぇヤツだな、お前」

由田は軽薄な笑みを顔に貼り付けたまま、ぷらぷらと手を振る。

「建物の中は、本郷《ほんごう》の部下が詰めてんだけどよ。あいつもそんなに人望ねぇから、直属の手下だけじゃ、建物の周りまでは手が回んねぇんだよな」

由田は言いながら、すっくと立ちあがる。

「で、俺たちみてぇな使いっ走りが駆り出されてるわけだ」

彼の口ぶりに、僕は首を傾げる。

「あんた、ヤクザじゃなかったのか」

僕が言うと、由田はけらけらと笑った。

「あーはは、まあ、同じようなもんだが……そうだな、組の盃《さかずき》はもらってない。俺はあくまで、半グレや風俗のキャッチなんかを取りまとめてるだけだ。街の便利屋ってとこかな。まー、とはいえ、上手く立ち回ってたつもりが、気付いたら吉岡《よしおか》組とズブズブになってたもんで、松永《まつなが》組とはあんまり上手くやれてないんだけど」

吉岡組は、確か、本郷が所属している暴力団だったはず。

だからこうして、本郷の都合で駆り出されている。

「四日もこの建物見張ってんだぜ？　どうせ誰も来ねぇのにさぁ。飽きてきちまったよ、俺」

由田は暢気《のんき》な口調で、そんなことを言った。

「ほら、あいつら見ろよ。煙草吸って、ゲラゲラ笑ってよ。もうあんなん、見張りじゃなくて、たむろしてるだけだ」

由田は入り口付近を固めているスーツの男たちを指さして言う。

「それに、中のヤツらも、もうダレちまってる。今日なんかボウリングしてたぜ」

へらへらと笑ってから、彼は僕の肩に手を置いた。

「つまりな、建物に入れさえすれば、中は割とザルってことだ」

由田はそう言って、下手くそなウィンクをする。

「俺、裏口を任されてるんだけどよ。ちょっと腹減ったから、メシ食いに行こうと思うんだわ。で、その間に高校生のガキが間違って入り込んでも、そんなん、俺が気付きようもないことだから」

由田の言葉に、僕はぎょっとした。

「いや、そんな適当な……そんなことしたら、あんたが責任取らされるんじゃ……」

「責任だ〜〜〜？」

　由田は目を真ん丸にしてから、大笑いする。

「そんなんお前が気にすることかよ！　それにな、責任取らされるんだとしたら、それは本郷だよ」

　由田はどこか楽しそうに、そう言った。

「エラそうな顔してるくせに、カタギに一千万円越えのブツをパクられそうになったんだぜ？　阻止できたからまだ良かったものの、メンツ丸つぶれだよ。だからあいつは今、失いかけた以上の金を集めて〝親〟に上納するのに必死なんだ。そうやっていい顔しねぇと、あっという間に組の中での格が下がっちまうからな」

　彼は話しながら、僕の頭をくしゃくしゃと撫《な》でる。

　そして、にんまりと笑った。

「そんでもって、うまく行けば、本郷は今日パクられるわけだろ？　そしたら、誰が俺に〝責任〟とやらを取らせるんだよ。誰も、俺がトチったなんて思いやしねぇ。そもそも、半グレなんかに建物の警備をやらせるのが悪いんだし――」

「ま、待て待て！」

　僕は慌てて、由田の言葉を遮る。

「ん？」

「……どうしてそんなこと知ってる」

僕は一言も、警察が本郷を捕まえに来るなんてことを言った覚えはなかった。

僕が言うと、由田は「にゃぁ」と、不気味に口角を上げる。

「お前より、俺の方が何枚も上手ってこと。俺の情報網を甘く見んなよぉ？」

「……………」

僕が言葉を失っているのを見て、由田は可笑《おか》しそうにけらけらと笑う。

そして、もう一度、僕の頭を、さっきよりも強く乱暴に撫でた。

「だからよ、お前は……自分が死なないことだけ、考えろ。自分の身も守れないヤツが、他の人間を守れるわけもねぇ」

由田はそう言って、ニッと歯を見せて笑った。

「健闘を祈ってるぜ」

そう言い残し、由田はすたすたと、ボウリング場から離れて行く。

「……………」

彼を信じて良いのだろうか。

裏口を開けたら、銃を持ったヤクザが待ち構えていたり、しないだろうか。

そんなことを考えて、すぐに、頭を振る。

……信じるしかないのだ。

僕にできることなど限られていて、手段を選んでいる時間もない。

少なくとも、由田は僕の命を救ってくれた。その上で、僕の「行く末を見届けたい」と言ってくれたのだ。

それを信じる以外に、道はない。

僕は奥歯を噛《か》み締《し》め、植え込みに身を隠しながら、ボウリング場の裏手に早足で回った。

裏側に回ると、駐車場から建物内に入るための通用口があったが、そこにはやはり数名のスーツ姿の男が立っている。

と、なると……由田の言っていた『裏口』というのは……。

視線を滑らせると、すぐに分かった。

駐車場の隅に、従業員用の通用口が見える。

おそらく、あれのことだ。

僕は植え込みと、いくつか停めてある車の陰を上手く通り、入り口に詰めている男たちに気付かれぬよう従業員通用口まで移動した。

そして、おそるおそる、扉を開ける。

中を覗くと、見る限りでは、誰もいなかった。

胸を撫でおろしながら、静かに、建物の中に入る。

遠くで、「ガコォーン！」と音がする。それから、「あー!!」という若い男たちの叫び声。

由田の言っていることは本当だったらしい。

楽し気な声だ。おそらく、ボウリングをしているのだろう。

足音を殺しながら、廊下を歩く。

幸い、階段は通用口からさほど歩かない位置にあった。

慎重に、それでいて早足で、階段を上った。

五条《ごじょう》と、エッチがいるはずの場所は、四階のスタッフルームだ。この階段が四階まで通じていることを祈りながら、上っていく。

しかし、その途中で。

「あっ……えっ……？」

三階の廊下から顔を出した、若い女性とばったり出くわしてしまった。

白いシャツに、黒いスラックス。そして、「カブキボウル」と書かれたエプロンを着けていた。おそらく、従業員だ。

僕は表情が強張りそうになるのを抑えて、声を出す。

「おう、お疲れ」

僕が言うと、女性は明らかに困惑した様子を見せつつも、「お疲れ様です……？」と首を傾げながら言った。

「組のモンだけど」

僕は何かを考えるよりも先にそう言っていた。

すると、彼女の表情が変わる。恐怖と緊張、そんな感じだ。

「お、お疲れ様です！」

「ちょっと、上に用あるから」

「はい！　ごゆっくり！」

「おう」

僕はできるだけエラそうな態度でそう言って、平然を装い、階段を上る。

心臓が高鳴っていた。胸が痛いほど。

階段を折り返し、女性の姿が見えなくなると。

「はっ……はっ……はっ……!!」

動悸《どうき》がした。

鉢合わせしたのがヤクザであったなら、今のようなごまかしがきくはずもない。今頃捕まって、本郷の前に引きずり出されていたことだろう。

全身が汗でびちゃびちゃだった。

しかし、立ち止まっている時間はない。もう、四階にたどり着こうとしている。

僕は身体を震わせながら、階段を上り、四階の床を踏んだ。

そっと、廊下を覗く。

誰もいない。

どうやら、四階はカラオケボックスになっているらしいが、この状況だ。ヤクザ以外の人間は入れないのだろう。すべての部屋の電気が消えている。

僕は慎重に歩きながら、視線を動かし、スタッフルームを探した。

そして……それらしい部屋を見つける。他と違う作りの、『STAFF ONLY』と書かれた扉。

「すぅー……ふぅー……」

深呼吸をして、身体の震えを抑える。

心臓の音がうるさい。胃の辺りが、きりきりと痛む。誰かに素手で摑《つか》まれているみたいだった。

「行くぞ……」

己を鼓舞するように、小さな声で言う。そして、深く、息を吸い込んだ。

ノブを回し、ゆっくりと、開ける。

部屋の電気はついていなかった。

しかし、扉を少しずつ開けると、中から誰かの呼吸音が聞こえたような気がした。人の気配が、ある。

扉を閉め、部屋に入る。

外から差し込む街灯の光が、部屋の真ん中にある椅子……そして、そこに括りつけられた男を照らしていた。

「んー！　んんー!!」

男は口にテープを貼られ、僕を見て、何か声を発そうとしている。

顔は脂汗にまみれ、憔悴《しょうすい》しきっているように見えた。

おそらく、こいつが五条だ。

そして。

「誰……？」

僕の視界の死角から、不安げな声を出しながら、少女が現れた。

エッチだ。

彼女は僕を見て、目を丸くする。

「……どうして」

僕は素早くエッチに近寄って、言う。

「言ったろ。助けるって」

「いや、けど、なんで……ひ、一人なの……？」

「そうだ。今すぐ逃げよう」

ここで話している時間はない。僕が手短に言うと、エッチは困惑したように視線をうろつかせる。

「に、逃げるって……どこに……？」

「とにかく、ここの外に、だ……！」

「で、でもあたし、この人を見張ってろって言われてて……」

「この期に及んで、まだそんなことを……！」

僕はエッチの両肩を摑んだ。

「いいか。逃げるんだ。今逃げるんだ。そうじゃないと、手遅れになる……！」

「どういうこと？　説明してよ。何が何だか……」

「説明してる時間はない。いいから、一緒に逃げよう」

「でも……でも……」

まだ、エッチは戸惑っている。何を迷うことがあるというんだ。

「いいから、言うことを聞いてくれ……！」

僕は、彼女の肩を掴んだまま、前後に揺すった。

「後のことは考えるな。これから、今よりずっと良くなる可能性だけを考えるんだ。僕を……」

僕はエッチの目を見て、言う。

「僕を……信じてくれ」

その言葉に、エッチはハッと息を呑《の》んだ。

そして、数秒押し黙った後に。

「……分かった」

ゆっくりと、頷《うなず》いた。

彼女が僕を見つめる目に、力が宿ったような気がした。

「よし、行こう」

「ん――!!」

椅子に縛り付けられた男がじたばたと暴れるが、構っている暇はない。

彼は後で、警察が保護するだろう。

エッチの手を引き、僕は勢いよく、スタッフルームの扉を開けた。

そして……絶望する。

「よぉ……エッチ。こいつ、誰？」

目の前に、黒いスーツに身を包んで、黒髪にちりちりとパーマをかけた男が立っていた。

その背後には、五人もの、いかついスーツの男が控えている。

さらにその後ろで、震えながら立っていたのは、僕が三階ですれ違った女性従業員だ。

「このネエちゃんが教えてくれたんだよ。怪しいガキがいたってさぁ。で、四階に向かったって言うもんだから、様子を見に来たら、こりゃあ、どういうわけだ」

パーマの男は、僕と、エッチを交互に見た。蛇のような眼光。

横目でエッチを見ると、彼女は顔面を蒼白《そうはく》にして、震えていた。

そうか……こいつが、本郷か。

「なあ、こいつ誰だよ。で、どこ行こうとしてたんだ？　なあ……エッチ‼‼」

本郷が吼《ほ》えると、エッチは全身を縮み上がらせて、小さな悲鳴を上げた。

エッチはがたがたと震えながら、何も声を発することができない。

本郷は舌打ちをして、僕を見た。

「まあいいや……話はこれから、ゆっくり、な？」

本郷がニヤリと笑うと、後ろに控えていた男がスッと僕の前に歩みを進めた。

そして。

ガッ！　という音と共に、僕の視界は、明滅し……暗転した。

＊

ばしゃ！　という音が、した気がした。
ゆっくりと、視界が明るくなる。
遅れるように、身体の感覚が、戻ってくる。
冷たい。
身体がびちゃびちゃに濡《ぬ》れているのが分かった。
「おはよう〜〜」
目の前に、パーマ男。いや……本郷の顔が現れた。
僕は、地面に倒れ伏している。
覗《のぞ》き込むようにして、本郷は笑った。
「一発殴られただけで気絶とは、弱っちいなぁ、お前」
薄く目を開いて、辺りを確認する。
明るい。近くで、ゴウン、ゴウン、と機械音が鳴っている。
視線を上方に移すと、そこにはボウリングの球を排出するマシンが置かれていた。
僕は、ボウリングのプレイスペースにいるらしい。

身体を動かそうとすると、上手くできなかった。腕が、身体の後ろで縛られている。脚も、同じように、がっちりと固定されていた。

「お前……どっから来たの？」

本郷は嗜虐的な笑みを浮かべながら、僕を見下ろしている。

彼の背後に、エッチがいた。肩を縮こまらせながら椅子に座り、その両サイドに、スーツの男が座っていた。

そうか……僕は、失敗したのか。

「おーい……聞いてんの……かッ!!」

「うぶっ!!」

腹を思い切り蹴《け》られ、えずく。

男たちの下卑た笑い声が響いた。

「ど・こ・か・ら！　来・た・の!!」

本郷は、一文字一文字を区切り、大きな声でもう一度言う。

どこから。

難しい質問だと思った。

僕は一体どこから来たのだろう。

「質問変えるかぁ。……誰に頼まれた？」

本郷は、低い声で、訊《き》いた。

その問いに正確に答えるなら、『警察機関の、上司から』というのが、彼の求めるものだろう。

しかし、それを言うわけにはいかない。

ここで僕が警察のことを漏らせば、本郷を検挙する任務自体が台無しになってしまうことは分かり切っている。

「ぁ…………」

僕が口を開くと、本郷は大げさに、耳に手を当ててみせる。

「ん〜〜〜？　どした〜〜〜？　はっきり言えるかぁ？」

「僕……は……」

「うん、うん」

「一人で……その子を……助けたくて……」

僕の言葉を聞いて、本郷は露骨にため息をついた。

「あー、そうかそうか。オーケー」

彼は冷めた声でそう言い、僕から離れた。

目を動かし、本郷の動きを追いかける。

彼はゴウンゴウンと鳴る機械から、ボウリングの球を手に取った。

それをまじまじと眺めた後に、僕を横目で見る。

「話したくないことってあるよなぁ。言っちゃうと、エラい人に怒られるから」

本郷はニタニタと笑いながら、僕に近づく。

そして、僕の耳元に顔を近づけて、囁《ささや》くように言う。

「でも、大丈夫。俺が、話したくなるようにしてあげるからさ」

そう言って、本郷は身体を起こし、僕の脚の方へと移動した。

それから、両手で、ボウリング球を高く、掲げる。

ああ……そうか。

これから何が起こるか理解した瞬間には、激痛が走っていた。

僕の脚が異音を鳴らすのを、全身の骨が振動して、頭に伝えた。

「がぁぁッ!!!」

それは、苦悶《くもん》の声となって、僕の口から飛び出す。

本郷は、僕の脚の真上から、ボウリングの球を落としたのだ。

「うぐぅ…………ふーっ……ふーっ……!!」

痛みが、身体をおかしくする。呼吸が荒くなり、痛みを体外に排出しようと、必死に息を吐き出しているようだった。

「よーし。もっかい訊こうか。誰から頼まれた～？」

「誰にも……頼まれて……ない……！」

「そうか、そうか。そうか～～～～～！」

「あがぁぁぁッ!!!　うわぁぁぁ!!」

本郷が、ボウリング球で砕いた僕の脚を、革靴でぐりぐりと踏みつける。

今まで受けたこともない痛みに、叫ぶことしかできない。

針で刺し貫かれるような激痛が脚から広がり、全身を駆け巡る。

「じゃあ何か⁉ オメーは純粋にエッチに惚《ほ》れて、自分の女にしようとしたってことかぁ⁉ それはそれで、問題だなぁ⁉」

「ウぅ……ッ！ あぁぁ――――ッ‼」

僕が叫ぶたびに、視界の端で、エッチが悲鳴を上げているのが分かった。

隣の男たちは、僕を見て、ニヤニヤと笑っている。

……狂っている。

人を傷付けて、その身体を破壊しても、なんとも思わないヤツら。

そんなヤツらに、エッチは――

「何とか言えよゴラァ‼」

「ぐあァ――‼ くっ……うっ……おぇぇ……」

「吐いてんじゃねぇよ、ガキ‼ 人間だろ⁉ 喋《しゃべ》れんだろ⁉ 分かるように、説明しろって言ってんだよ‼」

「や……やめてッ‼」

僕が暴力の雨になすすべもなくのたうち回っていると、ついに、エッチが絶叫した。

本郷が、ぴたりと動きを止める。

　そして、ゆっくりと彼女の方を振り向いた。

　エッチは震えながら、言った。

「あ、あた、あたしが……悪いんです。全部あたしが……！」

「ほぉ～……可愛いあたしが悪いんですぅ～、ってか？」

「ち、ちが……」

「そうだよなぁ。お前もちゃっかり、逃げようとしてたもんなぁ。ナイト様に手を引かれてさぁ。分かった、分かった」

　本郷の意識が、僕からエッチの方へ移り変わるのが分かった。

　悪意が、彼女の方へ、向いてゆく。

　やめろ、と叫びたいのに、喉《のど》の筋肉が、上手に動かない。声の代わりに、胃液が漏れ出た。

「じゃあ、お前が責任とるか！　な！」

　本郷はエッチの肩にぽん、と手を置いた。彼女は「ひっ」と声を漏らす。

「お前のナイト様に見てもらおうや。全裸になって、身体の穴という穴にち●ぽ入れられるとこをさ。な？　お前それしかできることないもんな」

「そんな……む、無理です……」

「無理じゃねぇよなぁ!!　全部お前が悪いんだろ!?　じゃあお前が責任取れるよなぁ!!」

　本郷が周りの男を見回しながらそう叫ぶと、男たちは低い声で笑う。

「ほら……脱げよ。早く。自分で脱げ。その男ウケする、むっちりして、綺麗《きれい》で、世界で一番汚ぇ身体を見せろよ。ほら早く、早く早く早く!!」

本郷がパン、パン、パン！　と手を叩《たた》く。

エッチは絶望の表情を浮かべながら、震えていた。

そして……力なく、頷く。

ヒュ～！　と男たちから声が上がる。

エッチは、黒いコルセットスカートのボタンを、ぷち、ぷち、と一つずつ外しだす。

男たちは、好奇の眼差しでそれを見つめている。

本郷が「へっへっ」と笑いながら、僕の方へ視線を寄こした。

「お前だけのものにしたかったよなぁ？　残念だね。ところで、話す気になった？」

僕は、本郷を睨《にら》みつける。

本郷の表情の温度が、スッと下がる。

「いつまで強がってられるかなァ」

本郷は吐き捨てるように言ってから、「さっさと脱げ!!」と吼えた。

エッチはびくりと身体を震わせて、おぼつかない手つきで、コルセットスカートのボタンを、あけていく。

それでいいのか。

いいわけが、ない。

僕たちは、逃げようとした。その先に希望があると信じて、足を踏み出した。

でも、大人たちにその淡い希望を、打ち砕かれた。

今は完全に、彼らに僕たちの命は握られている。

こうしてエッチが脱がなければ、彼らの要求に応えなければ、殺されてしまうのかもしれない。

でも……だとしても。

「……めろ……ッチ……」

「あ？　なんだぁ？」

「……やめろ……エッチ！」

僕が、喉から無理やり、声を吐き出した。

「なんだてめぇ、黙って見てろッ!!」

「やめろ……ッ!!」

「ぶッ！　おえぇ……ッ」

腹に蹴りを入れられ、胃液を吐く。

エッチの手が、止まっていた。揺れる瞳《ひとみ》で、僕を見ている。

ここで屈したら、すべてが、おしまいなんだ。

僕たちはすべてに敗北して、絶望と、無力感だけを抱えて、生きていくことになる。

「尊厳を……捨てるな……ッ！　それを守れるのは、自分だけだ……！」

「うるせぇんだよ、ガキ!!」

「ゔッ！　げほァッ!!　とり……と……取り戻すんだろ……人生を……！　自分の生きる意味を、手に入れたいんだろ……！」

「黙れ！　死ね!!」

「あぁッ……手放したらダメだ……諦《あきら》めたらダメだ……！　踏みにじられることを、許したらダメだ……！　命がけでも守らなきゃ……二度と、取り戻せないんだッ!!」

「あークソ、なんだこいつ。腹立つなァ！　死ね、死ね、死ね、死ねよ、お前!!」

本郷が何度も、何度も、僕の腹を蹴った。口の中に、血の味が広がる。

身体のどこもかしこも痛くて、脳みそがビリビリと痺《しび》れていた。

「やめて……やめて、やめて……やめてよッ!!」

エッチが、僕の方へ、駆けた。

そして、僕に覆いかぶさるようにして、本郷に背中を向ける。

「お願い、やめて、やめてください……ッ！　死んじゃうよ……ッ！」

エッチが僕に頭を押し付けて、泣いている。

僕のシャツに、彼女の涙が染みて、あたたかい。

その感覚は、痛みよりもはっきりと、僕の脳に届いた。

彼女の身体と、僕の身体の触れている部分が、とても、熱く感じた。人間って、こんなにも、あたたかいものだったのか、なんてことを思う。

「あー……分かった、分かった」

本郷は冷めた声で言って、腰のあたりから、何かを取り出す。

そして、それをエッチの身体に押し付けた。

「じゃあさ、お前が殺してやれよ」

エッチがゆっくりと頭を持ち上げると……彼女に押し付けられていたのは、拳銃《けんじゅう》だった。

「ひっ……！」

エッチがびくりと身体を震わせた。

「お前がやれ。蹴《け》り殺されるより、一発で死ねた方が、こいつも楽だろ。そんなにこいつが大事なら、お前が楽にしてやれよ」

「そ、そんな、そんなの……」

「そしたら、全部許してやる。逃げようとしたことも、忘れてやる。きちんとオトシマエを付けられる女に、怒ることなんてなにもねぇよ。な？　今まで通り、養ってやるよ」

エッチは、拳銃と、本郷の間に視線を彷徨《さまよ》わせた。

「お前だけは、許してやる。だから、こいつ殺して……戻って来い」

本郷は優しい声で、そう言った。

ダメだ。

戻っちゃいけない。

声が、出ない。

「…………」

エッチは拳銃をまじまじと見つめた。

そして……それを、受け取る。

「……だ……ッチ……めろ……」

「ははっ、殺されたくねぇってよ」

本郷は僕を見て、微笑む。そして、僕の顔に唾《つば》を吐いた。

「誰だってなぁ!! 死にたくねぇんだよ!! エッチも、オメーみたいな雑魚《ざこ》のために命張りたくねぇってさ!!」

本郷が吼《ほ》え立てる。

エッチは、震える手で、拳銃を握った。

両手でそれを持ち、僕を見る。

やめろ。

そんなことをしたら、もう、二度と戻れない。

僕は、死んだっていい。その覚悟を持って、ここに来た。

でも、こんなことのために死ぬわけにはいかない。

君が〝死ぬよりつらい〟人生を背負うことになるなんて、望まない。

しかし、半開きになった口は、何も吐き出してくれない。

ただただ、言葉にならない声を、呼吸に乗せているだけ。

暴力による痛みほど、シンプルなものはない。

でも、そのシンプルな痛みによって、僕の身体はあっという間に機能しなくなってしまっている。

そのことが、悔しくて、たまらない。

声は出ないくせに、涙が出た。

じわりと視界が歪《ゆが》む。

頼む、やめてくれ。

僕を殺すな。

僕を殺して……君の心まで、殺してしまってはいけない。

「はぁ……はぁ……はぁ……ッ！」

エッチは、銃口を僕に向けた。

震えながら、僕の目を、見つめている。

「…………めろ……」

「やれ、エッチ」

「はぁ……はぁ……はぁ……はぁ……!!」

「……あ、きら……めるな……」

「早く、やれ!!」

「はぁッ……はぁッ！　はぁッ！　はぁッ！」

「……こころに……嘘を、つくなッ!!」

「やれッ!!!」

「あァァァァッ!!!」

エッチは絶叫して、その銃口を……本郷に向けた。

「は?」

本郷が間抜けな声を上げる。

そして、エッチは引き金を引いた。

カチッ!

と、音が鳴る。

あたりが静寂に包まれる。

本郷の背後にいた男たちは、中腰になり、腰の銃に手を当てていた。

「……あれっ……あれっ……あれぇ……?」

エッチはパニックになったように、銃を見つめて、震えだす。

本郷の目が、激しく吊《つ》り上がる。

「こんの……クソアマァッ!!!」

「きゃあ!!!」

本郷が、エッチを殴った。

エッチはその場にくずおれる。

「弾なんか入ってねぇよ!!　よりにもよって、俺に向けやがった!!　育ててやった、この俺にッ!!」

本郷は激怒して、エッチの胸倉を掴《つか》み上げる。

そしてそのまま、投げ捨てるように男たちの方にエッチを寄こした。

「脱がせろ。マワセ」

「あい」

「……ッ！　……ッ!!」

口元を押さえられ、声も出せずにばたばたと暴れるエッチを、男たちが数人がかりで捕まえる。

「大人しくしろや!!」

「いや！　いやァ!!」

エッチの抵抗も虚しく、彼女のブラウスが乱暴に引き裂かれる。

「あーあー、俺だってこんな乱暴したくなかったよ」

本郷がエッチを横目に見てから、僕の方へ視線を動かす。

「でも、裏切るってのは、ねぇよなぁ。心が痛いよ、まったく」

その言葉に、ぐらり、と、腹の奥が、熱くなった。

心が痛い、だと？

泣きながら、エッチは男たちに抵抗している。スカートを脱がされ、下着だけになり、腰を持ち上げられ、ショーツをずり下ろされようとしている。

本郷は自分で指示したくせに、その様子を見ることもなく、僕の表情を見て、楽しんでいるようだった。

心が痛んでいるなど、どの口が言うのだろう。

「やめて！　やめてよぉッ!!!」

絶叫するエッチ。彼女を脱がせる男たちの口元には、下卑た笑みが浮かんでいる。

胸が、痛い。

悲痛な痛みで、おかしくなってしまいそうだ。

泣きながら、叫びながら。こんなにも全身で『痛み』を訴えているというのに、彼らは、それを受け取ろうとしない。

他人の痛みを知ろうとしないから、こんなことができるのだ。

上から人を押さえつけ、その苦しみを想像もせず、力だけを振りかざして、生きている。

こんな人間に、彼女は……搾取され続けたのだ。

『腹立たしいのではありませんか？』

誰かが言った。

腹立たしい。

『その痛みは、誰のものですか？』

僕のものだ。僕と、彼女のものだ。

二人しか感じられないから、こうなっている。こんな、ひどいことに、なっている！

『痛みとは、言語です。言語とは、ヒトの生み出した、他者とのコミュニケーションの手段なのです。あなたは痛みという言語を操る力を持っています』

双方が痛みを感じられたなら、他人を傷付けたことを理解できたなら。

こうして一方的に誰かを貶《おとし》めることなど、なくなるのだろうか。

『知らせたくありませんか？　あなたの心が痛んでいることを。彼女の心が、耐えがたい痛みを発していることを』

そうだ、知るべきだ。

こいつらは知るべきだ。

他人の心をいたずらに傷付けて、痛めつけていることを、知るべきだ。

あなたと同じように、心を痛め、苦しむべきだと思いませんか？

苦しむべきだ。死ぬほどの痛みを、味わうべきだ。

与えたくありませんか？　地獄のような苦しみを。

与えたい。思い知らせてやりたい。身体を食い破られそうなほどのこの痛みを、知ったらいい！

僕は。――あなたは。――

そのための能力を。――そのための器官を。――

持っているんだ!!　――持っているのですから。――

耳鳴りがした。頭の中で、何かが弾けるような感覚があった。

視界が明滅する。身体が、スッと、軽くなった。

自由を……感じた。

遠くで、誰かが、微笑んでいる。


『それで、いいのですよ』


「うっ……ぐっ……あぁぁ……!?」

目の前の本郷が、胸を押さえた。

そして、目を見開き、驚愕《きようがく》の表情を浮かべる。

他の男たちも動きを止め、同じように苦しみ始めた。

「あ……がッ……な、んだぁ……いっ、痛ぇ……ッ!!」

本郷がたまらず、その場に膝《ひざ》をつく。

胸を押さえて、のたうち回る。

「っざけんな……なんだこれ、クソっ、痛ぇ、痛ぇ……痛ぇッ!!」

僕は、ゆっくりと身体を起こす。

先ほどまで全身を支配していた痛みが、引いていた。

嘘のように、身体が動く。

本郷の方へ近寄ろうとして、脚を立てると、そのままバランスを崩して、その場に倒れた。

脚の骨が折れていると分かる。でも、痛くない。

腕を動かし、身体を引きずるようにして、本郷に近寄る。

本郷は目を剝いて、僕を睨《にら》んだ。

「なんだてめぇ、来んなよ、ふざけんな……来るんじゃねぇ！」

彼は恐れている。

僕をじゃない。

突然の激痛に、狼狽《うろた》えて、怯《おび》えている。

僕は彼の襟に手を伸ばし、摑んだ。

「はぁ……？　っ痛……！」

「痛いか？」

「痛いかッ!!!」

僕が吼《ほ》えると、本郷はびくりと身体を震わせた。

未知の生物を見るように、それに怯えるように、僕を見た。

「これはお前がエッチに与えた痛みだ。他人の人生を踏みにじって、傷付けた、その痛みだ!!」

大声で叫ぶが、遠くで鳴っているかのような響きだった。

キ――ン……と、耳鳴りがしている。

鼻の下が、熱い。鼻血が、垂れているようだった。

「他人に与えてきた痛みを知れよ。苦しめよ。苦しんで苦しんで……痛みに気を狂わせて、そのまま……」

僕はわけも分からないまま、自分が何を言っているのかも分からぬまま、叫んだ。

「死んじまえよッ!!!」

耳鳴りが、強くなる。

視界が、白く濁る。歪《ゆが》む視界の中で、誰も彼もが、胸を押さえ、うめいていた。

「あぁ……クソ……あぁぁ……うぐぁぁ……」

本郷は、胸を押さえながら、耐えがたい苦痛に表情を歪め、その場でうずくまる。

ふと視線を動かすと、エッチも、床にくずおれて、荒い息をしている。他の男たちと同じように、苦悶《くもん》の表情を浮かべ、胸を押さえていた。

――ハッとした。

僕は、何をしている……？

慌てて、自分の胸を触る。

痛まない。どこも、痛んでいない。

おかしい。

痛いはずだ。僕は痛いはずだ！　そうでなければ、おかしいんだ！

おかしいことなどありません。あなたは痛みを言語としたのです。正しく処理し、出力した。もう二度と、痛みに苦しむことはありません。

そんな……僕は、知ってほしかっただけだ。他人に向けた言葉が、行動が、胸を痛ませることを……ただ……。

彼らは今まさに、身をもって理解しているではありませんか。あなたの能力は正しく開花したのです。痛みの言語は、他人を服従させる力を秘めています。あなたはその従者。

違う、僕はそんなことがしたいんじゃない。

しかし、あなたのすべきことを成しました。

違う！　何も成してなんかない！　僕は、彼女を……エッチを助けたかっただけなんだ！

「少年」

戸惑わないで。あなたは十分苦しみました。さあ、胸の痛みを忘れて。〝私〟に、身を委ねて――

「少年」

あなたを導きます。ですから、〝私〟を信じて。そして、〝私〟を連れて行って。それが……あなたの、美しい世界における〝有用性〟なのです！

「桃矢《とうや》ッ‼」

目の前に、ハチがいた。

彼女は片膝《かたひざ》をつき、いつものような平淡《へいたん》な表情を浮かべていた。

僕の両頰を摑み、僕の両の目を、見つめている。

「ハチ…………」

ハチは優しく微笑んで、言う。


「……やめなさい」


僕の視界が、じわりと歪んだ。

涙が、零れる。涙はとても熱くて、頰がヒリヒリと痛んだ。

ハチは僕の身体を懸命に、揺する。

「もう、やめていいんだ。思い出せ。君が誰なのか。君が誰よりも優しい少年であることを。思い出せ、安土《あづち》桃矢！」

「僕は……僕は…………ッ」

「心が痛いと……つらいだろ。君だけは、それを、知っているだろ」

「ああ………ッ！」

白く濁った視界が、ゆるやかに元に戻ってゆく。

耳鳴りが……止まった。

全身に、痛みが返ってくる。たまらず、僕はその場に突っ伏した。

胃液を、吐き出す。

内臓が、異状を訴えていた。何も出るものがないのに、吐き気が止まらない。

悲鳴を上げたくなるほど、脚が痛んでいる。針の山に突き刺されるような痛み。

蹴《け》られた腹も、じんじんと、痛む。

でも。

それらの痛みを感じられることに……安堵《あんど》した。

「はっ…………はっ…………なんだったんだ、畜生……」

地面に伏していた本郷や、男たちが、ゆっくりと身体を起こす。

そして、本郷はハチを数秒間見つめ、突然、後ずさりをした。

「お前………お前ぇッ!!」

「やあ、本郷。久しぶりだな。相変わらず女を剝《む》くのが好きなようだ」

ハチはにやりと笑って、言う。

「もう一度、ぶち込みなおしてやろう」

「っざけんなッ！　てめぇら、やれッ!!」

本郷が叫ぶと、男たちは慌てて立ち上がり、一斉に拳銃《けんじゅう》を抜いた。

「……馬鹿が。学習しない男だ」

ハチがそう言うのを聞いて、本郷の表情が引きつる。

ハチは軍帽をゆっくりと脱ぎ、自分の傍らにぽとり、と落とした。

次の瞬間。

ボウリング場に発砲音が響いた。そして、僕の横にいたはずのハチの姿が、なかった。

男たちの視線が、上方に移動する。

釣られて上を見ると、ハチは、人間とは思えぬ跳躍力で、空中にいた。

時間が止まったような、感覚だった。

ハチがすとん、と着地する音が、妙にはっきりと、耳に聞こえる。

「伏せていろ、少年!!」

ハチが叫んだ瞬間、銃撃戦が開始された。

僕は両耳を押さえ、地面に突っ伏す。エッチの方を見ると、彼女も半泣きになりながらそうしていた。

トントントントン！　と規則正しい音がする。

ハチが、駆けていた。

そしていつの間にか、その手には四、五十センチはあろうかという黒々とした銃器が握られていた。

繰り返す破裂音。銃の発砲だ。

男たちが、駆けるハチに向けて銃を撃っている。しかし、それらはどれも、彼女にかすりもしていなかった。

……速すぎる。

銃を持って走っているとは思えぬスピードで、ハチは駆けた。

そして、また、跳躍する。

視線が、釘付《くぎづ》けになる。彼女は目測で二メートルほどの高さに、跳んでいた。

空中で身体を回転させ、その銃口が、突然、下で間抜けに口を開けている男の一人に向いた。

パスッ！　と音がしたかと思えば。

「ぐあっ！」

男の太腿《ふともも》にハチの銃弾が当たる。ガクリ、とその場に膝をつく男に向けて、ハチは着地までの間に何発もの銃弾を撃ち込んだ。

右の太腿の次は、左の太腿。右腕、左腕、そして、肩。

男は銃を取りこぼし、呻《うめ》きながらその場に倒れる。

「う、わ……わぁぁッ!!」

ハチが跳躍し、着地する先には別の男が立っていた。

迫りくるハチに向けて、必死に引き金を引いたが、ハチは空中で身体をひねって、それを回避する。

慣性のまま、男の前に着地したハチはその膝を彼の鳩尾《みぞおち》に叩《たた》き込《こ》む。

「ガッ」

よだれをまき散らす男の腕を掴《つか》んだかと思えば、そのまま背負い上げ、本郷の背後に立っていた男に投げつけた。

「ひっ、ひい……！」

本郷はその場に尻《しり》もちをつく。

「ぎゃあ!!」

背負い投げされた男と、その先にいた男が派手に激突し、地面の上でもみくちゃになる。

ハチはエッチの近くにいたもう一人の男に、素早く銃口を向ける。

男は慌てて引き金を引こうとするが、間に合わない。

男が銃を撃つのと同時に、彼の手に持たれていたそれが吹き飛んだ。

ハチが、彼の銃を撃ちぬいたのだ。

パスッ！　パスッ！　パスッ！　パスッ！

無慈悲な発砲音が鳴り響き、男の四肢が貫かれる。

「クソ、クソ、クソクソクソクソ、クソ――ッ!!」

本郷が、叫びながら銃を構えるが、それも一瞬にして吹き飛ばされる。

「ぎゃっ!!」

がちゃ、がちゃ、からからから……。

本郷の拳銃がボウリング場の床を滑る音がして。

それから、静寂が訪れた。

決着だった。

時間にして、一分も経っていない。

ハチはつかつかと歩き、背負って投げ飛ばした男たちの四肢と肩を冷酷に撃ちぬいた。

本郷は、ガチガチと歯を鳴らしながら、それを見ていた。

「…………さて」

ハチは優雅に、ゆっくりと、歩いた。

そして、僕の近くに落ちていた、軍帽を、拾う。

それをかぶり直して、にんまりと笑いながら、僕を見る。

「どうだ。私は、強いだろう？」

息一つ切らさず、ハチはそう言って、ニッと歯を見せる。

僕が何も言えずにいると、代わりに、本郷が吼《ほ》えた。

「ふざけんなッ!!　おい、お前ら!!　生きてんなら働けッ!!　こいつを殺せ!!　まだ身体動くだろうが!!」

「いいや、動かない」

ハチが、冷徹に、言う。

「私の使った銃弾は、特別製でな。人の身体を貫通してみだりに血を流させることはしないが、その代わりに、筋肉を的確に引き裂く。そして、銃弾は身体の中に残る。動かすと痛いぞぉ。気絶しちゃうくらいにな」

ハチの言葉に、本郷は慌てて辺りを見回す。地面に伏した男たちは、身動き一つ、取っていなかった。彼女の言うように、痛みから気絶してしまったのかもしれない。

ハチが本郷の前にゆっくりとしゃがむ。本郷は「ひっ」と小さく悲鳴を漏らした。

「いっちょ食らってみるか」

「は……？」

パスッ！　と、音が鳴る。

本郷が、悲鳴を上げた。彼の右腿《みぎもも》に、銃弾が撃ち込まれていた。

「いぃ、い、痛ぇ……痛ぇぞ畜生……！」

「大丈夫だ、死にはしない」

ハチは冗談を言うようでもなくそう吐き捨てて、本郷を見下ろす。

「やりすぎたな、本郷。お前はクスリを捌《さば》きすぎた。シャバに出回りすぎて、警察の目についてしまった」

「商売だ……こっちは命懸けでやってんだ……ッ！」

「そうだろうな。そのために、女だろうがなんだろうが、冷酷に使い捨てる」

「そうだ……そうだよ、俺はそうやって、のし上がってきた。金を手に入れ、力をつけてきた！　文句があるかッ！」

本郷の言葉を、ハチは無表情で聞いていた。

ハチはおもむろに、首を横に振る。

「それがお前の生きざまだというなら、私は何も言わない。言うべき言葉を、持たない。ただな、本郷」

ハチは、冷たい声で、言った。

「お前は今日……私に負けるんだよ」

その言葉に、本郷の表情が凍り付く。

「金、暴力……それらを使って、お前は力をつけた気になっていたんだろう。でも所詮《しょせん》、この程度だ」

「……うるさい」

「お前は他人と協調することを放棄した。力なんてものはな、〝孤独じゃない人間〟には必要のないものなんだよ。誰かを思いやり、尊重し、協力していく中で自らの居場所を見つけるという努力を怠ったお前には、〝力〟しか縋《すが》るものがなかった」

「……やめろ、黙れ。俺は努力した！　誰にもナメられないよう、逆らわれないよう!!心を殺して、努力したッ!!」

「その結果が、これだ」

「うるさい、黙れ、黙れ、黙れッ!!」

「一度力を振りかざした者に立ちふさがるのは……〝自分より力のあるものには勝てな

い〟という冷酷な現実だ。お前は勝ったんだろうな、お前より弱いヤツらに」

「黙れッ!!!」

「だが、私には、負けた！　おしまいなんだよ、お前は!!!」

「クソが――――ッ!!!」

本郷が怒りに任せて、ハチに摑みかかろうとするが、彼女は冷静に、彼の左腿に銃弾を叩き込む。

「くっ……あぁぁぁ」

「ムショの中で、自らの行いを悔い続けるがいい。それだけが、お前を〝力への執着〟の渦から、解放するだろう」

ハチは言いながら本郷の背後に回り、その両手首に手錠をかけた。

本郷が、震えだす。

「たのむ……見逃してくれ……」

本郷のその言葉に、ハチは鼻を鳴らした。

「見逃すはずがあるか、馬鹿者」

「頼む……ッ！　娘がいるんだ……ッ!!」

本郷はハチに縋りつくように、手錠をかけられた手で、ハチの脚を摑んだ。

「あいつ、俺がいないとダメなんだ……！　一人じゃ生きていけないんだ!!」

本郷は泣きながらそう言った。

しかし、彼を見つめるハチの目は、冷たい。

そして、小首を傾げて、言った。

「娘……というのは、そこにいる〝エッチ〟とやらのことか？」

その言葉に、僕は息を呑《の》む。

エッチが……本郷の、娘？

そんなはずはない。

しかし。

「……ああ、そうだ。あいつだ。あれ、俺の娘なんだ……ほんとだよ……！」

本郷は必死の表情で、そう言った。

しかし、どう考えても、嘘に決まっていた。エッチの両親は殺されて、そして、彼女は金になるという理由で、本郷に使われるようになったのだ。

こんなのは、見苦しい言い逃れでしかない。

ハチはゆっくりと、エッチの方へ視線を移す。

そして、言った。

「なあ……桃矢には、〝能力を使わなかった〟のか？」

僕は、口を開けたまま、意味も分からず、その言葉を聞いていた。

エッチの方を見ると、彼女はびりびりに破けたブラウスで上半身を隠しながら、震えている。しかし、その表情は……険しかった。

なんだ？

なんの話をしている？

「おそらく私と君は、〝初めまして〟ではないよな？　〝越後優美《えちごゆうみ》〟」

ハチがそう言うと、エッチの目がゆっくりと見開かれた。

ふるふる、と首を横に振るエッチ。

ハチは、語る口を止めない。

「いやぁ、本当に、君には手を焼かされた。私は君に会ったことがあるはずなんだよ。そして、君に訊《き》いたはずだ。〝君は越後優美だね？〟と」

エッチは、何か確信めいた口調で、語る。

ハチは、苦し気な表情で、とにかく、首を横に振っていた。

「私はこの件の捜査で歌舞伎町に向かった。君を見つけるためだ。最初から、君に声をかけるつもりだった。〝君は越後優美だね？〟と、な。しかし、歌舞伎町に来て、驚いた。私は、何をしに歌舞伎町に来たのか忘れてしまったんだよ。そして、何度も首を捻《ひね》りながら、事務所へ戻った」

ハチは言いながら、懐から、黒い革表紙の手帳を取り出した。

「これは私の捜査手帳だ。捜査をする前、そしてその後。すべての行動を書き記しておくんだ。不測の事態に備えて、な。事務所に帰り、私はいつものように手帳を開いた。そして、目を疑ったよ。そこには〝越後優美に会いに歌舞伎町に行く〟と書いてあったんだ。しかし、私には〝越後優美〟というのが、誰のことなのか分からなかった。焦ったよ。捜査資料を片っ端から漁って、その名前が記されているものを見つけ……そして、気付いた」

ハチは目を細め、低い声で言う。

「君は私に言ったのだろう……おそらく……〝越後優美なんて人は、存在しません〟とでも。だから、私はすっかり君のことも、〝越後優美〟という存在のことも忘れて、何をしに来たのかすら忘れて、事務所に帰ってしまった」

「待て、待ってくれ」

ハチの言葉を、僕が止めた。

「なんだ、少年」

「何の話をしてるんだ」

僕が訊くと、ハチはスッと鼻から息を吐いた。

「まだ分からないのか……彼女は、〝イレギュラー〟なんだよ」

その言葉に、僕は息を呑む。

「我々の仕事を忘れたか？　〝イレギュラーにはイレギュラーで対抗する〟それが我々、イレギュラー・ハウンドだ」

「……そんな。そんな、まさか……だって……」

「私の目には……あの子の〝色〟が、見えているよ」

「…………ッ」

そうだ。

ハチの能力は、〝イレギュラーにだけ、色がついて見える〟というものだ。

そんな彼女がそう言うのだから、間違いはない。ここで嘘をつく理由も、ありはしない。

ハチはおもむろに頷《うなず》いてから、エッチを見つめる。

「君の能力は、〝他人に自分の存在を誤認させる〟というものだろう。私はまんまと、君の能力にかけられてしまった。そして……この男も、きっとそうだ」

ハチはそう言いながら、本郷のことを顎《あご》で指す。

「……なんだよ、さっきから。何の話だよ!!」

本郷が混乱した表情で、叫ぶ。

ハチはエッチを厳しい目で見つめながら、言った。

「君は〝自ら〟……ここにいることを選んだ。そうだね？」

ハチの言葉に、エッチは、首を横に振らなかった。

泣き出しそうな表情で、ハチを睨《にら》みつけている。

そして…………絞り出すように、言った。

「だって……だって…………仕方なかったんだもん……」

＊

『あたしと、友達でいてくれるよね？』

そう訊くと、皆、嬉《うれ》しそうに、首を縦に振る。

小さいころから、あたしにはそういう力があるって、知ってた。

あたしは恵まれているって思った。

手に入らないものなんて、何もなかった。

パパもママもあたしを愛していて、あたしのためになんでもしてくれた。

友達になりたい子には、そう頼めば、簡単になれた。

他の子のことが好きな男子にも、『あたしたち、付き合ってるってことで……いいよね？』とでも訊けば、そういうことになった。

楽だった。

楽で、何も考える必要がなくて。

これからも、そんな人生が続くと思ってた。

ときどき、あたしの周りにあるものは全部偽物なんだと気付いて悲しくなることもあったけれど、それでも、〝力〟を使うのをやめようとは思わなかった。

誰もが自分を認めてくれる世界の誘惑を、断ち切ることができなかったんだ。

そしてその罰は……突然、下った。

あたしは知らなかった。

あたしのためになんでもしてくれるパパが、あたしやママに隠して、『とっても無理をして』、なんでもしてくれてたってことに。


人の命が失われるのが、あんなにも呆気《あっけ》ないことだなんて、知らなかった。

「人の身体の中で、唯一、他人に移植ができない部位があるんだけどさ。どこのことだか、分かるか？」

本郷が、あたしと、パパと、ママを椅子に縛り付けながら、そんなことを言ったのを、未だに覚えている。

震えるパパとママに、本郷は言った。

「脳みそだよ」

そして、パパとママの眉間《みけん》を、銃で、撃ち抜いた。

あたしは怖くて、悲しくて、叫んだ。

泣き叫ぶあたしを、怖い男の人が摑《つか》み上げた。

「こいつ、どうします？」

訊かれた本郷は、あたしをちらりと見やって、言った。

「あー、顔も身体も良いから……変態にでも売るか。いい値段つきそうだろ」

その言葉に、震えた。

パパやママみたいに、あっという間に殺されるのも怖かったけど……知らない人に売られるなんてことが日本で起こっているなんて、信じたくもなかった。

思えば、あの時パパとママと一緒に死んでいれば、こんなに苦しい思いをしなくても済んだのだと思う。

でも、あたしは……あの時、それでも、意地汚く……『まともな生活』に執着してしまった。

だから。


『パパ。なんで実の娘にこんなことするの！』


そう、叫んでいた。

キーン、って、耳鳴りが、していた。

それが、地獄の始まりだった。

あたしは、あっさりと、本郷という男の『実の娘』ということになった。

そのことに一瞬、安堵《あんど》したあたしが、馬鹿だった。

本郷は、壊れていた。

金と権力に取り憑《と》かれていて、そのためには、身の周りのすべてのものを、利用した。

それが……『実の娘』であっても、関係なかった。

「お前は可愛いな。エッチするために生まれてきたような身体してるよな。これからはお前のこと、『エッチ』って呼ぶからさ」

あたしを抱いた後、本郷がそんなことを言ったのを、よく覚えている。

ショックだった。

あたしには×××という名前があるのに。

あたしの名前は『本郷××』に変わり、そして、ついには『エッチ』になった。

本郷にとって商売道具でしかないあたしに、名前なんて、必要なかった。

最初は身体を売らされるだけだったのに、彼のあたしの使い方はどんどんとひどくなった。

本郷の『娘』になった時、あたしは彼から無理やり麻薬を飲まされて、それがなきゃ生きていけない身体にされてしまった。最初は、『苦痛を忘れられるように』そうしてくれたのかも、なんて、甘いことを考えていた。でも、後になって、これはあたしが逃げられないようにするためなんだって、気付いた。

そしてついには、それを『売る』仕事まで、任されるようになった。

自分で飲んでいるんだから、もちろん、知っていた。その薬が人間を壊すことを、不幸にすることを、知っていた。

売りたくなんてなかった。他人を不幸にして、その代わりに金を巻き上げるなんていうひどいことに、加担したくなかった。

でも……逆らえなかった。

あたしの頭の中には、〝怖い〟という感情しかなかったから。

本郷に逆らって、怒られるのが怖い。

薬が切れるのが怖い。

なんのために生きているのか分からないのが怖い。

でも……死ぬのが、一番怖い。

どこにも、逃げ場がなかった。

そうして恐怖に取り憑かれていたあたしの前に……彼女が、現れた。

軍服みたいな黒い制服を着て、感情の分からない顔で笑う、彼女が。


「君は、××××だね？」


そう言いながら、彼女は、あたしに警察の手帳を見せた。

心臓が、跳ねた。

調べられている。
あたしが悪いことをしていると、この人は、知っている。
恐怖が、心を支配した。
キーン、って、耳鳴りがして。

『×××なんて人、存在しませんよ。全部忘れて、帰ってください』

そう、言った。
彼女はあっさりと、「そうか。邪魔したね」とだけ言って、帰って行った。
あたしは駆け足で仕事部屋に戻って、トイレに駆け込んで、吐いた。
震えが止まらない。
悪いことしてるあたしを、許してもらえるわけがない。
あたしがここにいるってこと、誰にも知られちゃいけない。
こんな惨めな人生を歩んでいるあたしを……誰にも、見て欲しくない。
あたしは、口をゆすいで、洗面台の鏡を、見つめた。
涙で、視界が歪《ゆが》む。
ずっと前、あたしは教室にいた。
誰もがあたしのことを好きで、愛してくれていた。

愛を受け取って、生きていた。

愛される生き方しか、知らなかった。

でも……もう、それらのあたたかさを、思い出すことすら、できなくなっていた。

「あ、あた、あたしは…………」

逃れたかった。

自分の歩いてきた道から。光の世界から転落してしまったという事実から。

ぐちゃぐちゃの顔で、鏡を見ながら、言った。

「あたしは……ッ！」

キーン、って、耳鳴りがした。

鏡の中のあたしの、瞳孔《どうこう》が、ぐわっ、と開く。

「あたしは……〝エッチ〟……！　〝××××〟じゃない……ッ！」

そうして……あたしは……自分の本当の名前を、忘れた。

それと同時に……××××であった頃の人生を、捨て去った。

＊

「そんな〝能力〟があるならッ!!」

エッチの話を聞いて、僕は思わず、声を荒らげていた。

「逃げるために、使えば良かっただろ！　例えば、〝この件に自分は関係ない〟って言うとか……」

「少年」

僕の言葉に、ハチが眉《まゆ》を寄せた。

「関係ない、と、言えば、殺されるだけだ」

「どうして」

「人を殺す現場を、見たからだ」

「…………」

言葉に詰まる。

そうだ。当然だ。こいつらは、「黙っていますから」で通用するような人間じゃない。

自分たちの仕事の痕跡《こんせき》は、徹底的に消そうとするだろう。

考えれば考えるほど、彼女が咄嗟《とっさ》についた『実の娘だ』という嘘が、最適解だったような気がして、戸惑う。

そして、その嘘によって……彼女は、今まで、生きていることができたのだ。

「でも……だったら……他の男に暗示をかけて……一緒に、逃げてもらうとか……」

僕は弱々しく、言った。

ハチが横目で、僕を見ている。

結局、同じだ。

追いかけられて、殺される、という結末が脳裏を過ぎる。

「……そうできなかったということは、君の能力は、一人に対して、〝一度だけ〟使えるというものなのだろうな」

ハチが、平淡《へいたん》な声で言った。

「何度でも使えるのであれば、君は本郷に対して、『私を愛して』だとか『この世の何よりも大切にして』だとか囁《ささや》けばよかった」

ハチが言うのに、本郷が声を上げる。

「だからさっきから何を言って……！　う、うわぁ！　なんだよ！」

本郷の言葉の途中で、ハチは突然、彼の胸倉をつかみ上げた。

「おい、おいおいおい、なんだ、なんだよ！　やめろ！　放せッ！」

そして、そのままずるずると本郷をエッチの前まで引きずってゆく。

エッチの前にどん、と本郷を下ろして、ハチは言った。

「……解除できるか？」

問われて、エッチは、怯《おび》えたように視線を泳がせる。しかし、すぐに、弱々しく頷《うなず》いた。

「解除しろ。大丈夫だ。君に乱暴はさせない」

ハチがエッチに優しい声色でそう言うと……エッチは、数秒の逡巡《しゅんじゅん》の後《のち》、本郷の目を見つめた。

キーン……と、耳鳴りがする。

『ごめんね。あたし……あなたの娘じゃない』

エッチがそう言うと、本郷の身体がぴくりと動いた。

そして、数秒、エッチの顔をまじまじと見つめ……。

「……おい、なんだ、どういうことだ⁉　はっ⁉　ふざけんな、てめぇ！　あの時の、あのクソ夫婦の娘か⁉　なんで、なんで俺は騙《だま》されて……畜生殺してやる！　殺して——うっ」

ハチが、ドス、と本郷の首筋に手刀を入れると、彼はそのままその場にカクンとくずおれた。

「ひっ……」

エッチが小さく悲鳴を上げる。

ハチは気絶した本郷を見つめ、呟《つぶや》く。

「解除もできる、か……」

そう言ってから、ハチは、エッチの前に片膝《かたひざ》を立て、視線を合わせるようにした。

そして、ゆっくりと言う。

「君には、選択をしてもらう」

「選択……？」

「そうだ」

ハチは頷いて、二本の指を立てた。

そして、片方の指を、折り曲げる。

「一つは……本郷達と同じく、刑務所に入り、自分の歩んできた道を振り返る時間をとることだ。君は犯罪に巻き込まれた。情状酌量の余地はあるが、それらの犯罪に加担したことに変わりはない」

ハチの言葉は厳しい。

エッチは、言葉を聞きながら、震えていた。

「法の下で罪を雪ぎ、新たな道へと進む。それも良いだろう」

そして、ハチはもう一つの指を、折り曲げた。

「もう一つは……我々と共に働くことだ」

その言葉に、僕も、エッチも、息を呑《の》む。

「我々は、法の外で捜査を進める組織。安土桃矢は、私の部下だ」

エッチの視線が僕の方へ向いた。驚いた表情を浮かべている。

「……悪いな。言えなかったんだ」

僕がそう言うと、エッチはどこか傷付いたように視線を逸らす。

ちくり、と、胸が痛んだ。

それが失望から来るものだと、分かっていた。

「そんな顔をするな。捜査の中でも、少年は命懸けだったぞ」

ハチは、エッチを見つめながら、言う。

「本当はな、君を救い出す予定などなかったんだ。君も本郷の一派と同じように、検挙の対象だった。それを……彼の情熱が、変えた」

「え……？」

「彼は君を救い出すために、全力を尽くした。言葉通り、命を懸けて、君を守った。見ていなかったわけではあるまい」

エッチの瞳《ひとみ》が揺れる。

「その努力が、私の〝下心〟と噛《か》み合ったんだよ。優秀な部下がもっと欲しい、という〝下心〟とな」

ハチがそう言うのを聞いて、僕は思わず声を上げた。

「まさか……最初からこういうつもりで！」

ハチは僕の方を振り向き、「しー」と、人差し指を口の前に立てた。

「だったら、なんだというんだ？　いちいち腹を立てないでくれよ。君の目的と私の目的は一致していたんだ」

「でも……だったら……言ってくれたら良かっただろ。エッチがイレギュラーだってことも、気付いてたんなら、教えてくれてたら……」

「そんなことを教えれば、君の動きが鈍くなるだけだ。コミュニケーションが慎重になり、心を通わすことなどできない」

ハチはそう言って、エッチの方へ視線を戻す。

「少年の生の感情が……彼女の心の氷を溶かした。そうでなければ、彼女が君に暗示をかけることに失敗したりなどしない。躊躇《ちゆうちよ》なく、確実に効き目のあるものを、君に使ったことだろう」

ハチは、エッチの目を射貫くように見つめた。

「しかし、その様子では……君は……少年にも、使ったな？　なんと言った？」

問われて、エッチは……小さく、呟く。

「君は、元クラスメイトなんかじゃない。赤の他人。……って、言いました」

ハッとする。

確かに、僕は彼女に屋上で、そう言われた。

そうか、あれは、僕に暗示をかけていたのか。何かがおかしいと思った。でも、その違和感すら、なぜか忘れてしまっていた。

〝イレギュラー〟の能力は、こうも簡単に、人の心を変えてしまえるのか。

そこまで考えて……疑問が浮かぶ。

……彼女にそう言われて、僕にどういう変化があった？

そんなふうに言われたからといって、何かが変わった気が、しないのだ。

彼女はなんのために、そんなことを、言ったのか。

そんなことを考えていると。

「ふ……ふふ……」

気付けば、ハチが肩を震わしていた。

エッチが訝《いぶか》し気に、ハチを見つめる。

「あっはっはっは!!!」

こらえきれないとばかりに、ハチが大笑いする。

僕とエッチは、その様子をぎょっとした表情で見つめていた。

「ははは……ふふふ……それで、少年に不思議そうな顔で、『それがなんだっていうんだ』と言われたわけだ」

ハチは目尻《めじり》の涙を拭《ふ》きながら言う。

エッチは、おずおずと、頷いた。

「はー……こりゃ傑作だ。少年！」

ハチがバッとこちらの方を振り向いた。

「君は……君にしかできない仕事をした。誇るべきだ」

とびきりに優しい顔でそう言って、ハチは突然、立ち上がった。

そして、僕の方へとツカツカ歩み寄ってくる。

「ほら、肩を貸せ」

「え、いや……うわっ」

有無を言わさず、ぐいっ、と持ち上げられて、思わず声が出た。

ハチの右腕が僕の背中から右腋《みぎわき》にかけて通る。そして、左腕が、僕の尻《しり》の下あたりを抱えた。

お姫様だっこのような、格好だった。

「な、なんだよ、急に！」

「足を地面につけると、激痛が走るだろう」

「これだって、痛い！」

「どうしたって痛いんだから、マシな方を選ぶべきだ」

ハチは聞く耳持たぬ様子で僕をエッチのいる方向へと運んだ。

この細腕のどこに、こんな力があるのか、不思議に思う。

ハチは僕をエッチの目の前まで抱えて来て、ゆっくりと、僕を下ろした。

「話は聞いていたな、少年」

「あ、ああ……」

「ならば、後は任せることにしよう。君が、彼女に、決めさせろ」

ハチはそう言って、コン、と靴を鳴らした。

「私は、残党がいないか確認してくる。急げよ、機動隊の突入までもう一時間もない」

彼女は言うべきことは言った、というように、僕の返事も聞かずに、歩き出す。

しばらくその背中を、見つめていた。

そっと、僕の腕に、エッチの手が添えられた。

振り向くと、エッチが涙目で、僕を見つめている。

彼女は僕の腕の次に、胸を、そして、最後に顔を、触った。

「………ごめんね」

エッチが、言う。

「何がだよ」

「あたし……君が暴力振るわれてても、何も……何も、できなかった」

「そんなことない。君は、自分で服を脱ぐのをやめた」

支配されることに、抵抗した。それが彼女にとっての大きな一歩なのだと、僕は分かっているつもりだった。

「でも……でも……そのせいでもっと殴られて……！」

「いいんだ。痛いのは、慣れてる」

「でも、もう少しで、死んじゃってたかもしれないんだよ……⁉」

エッチは、ぽろぽろと涙を零している。

僕は、何故か、笑ってしまった。

そうだ、僕は死にかけた。

「でも……まだ、生きてる」

その言葉に尽きた。

生きている。脚は折れたが、いつか、治る。

身体中が痛いが、きっとこれも、時間が経てば、元通りになる。

どれだけ痛くても……生きていれば、いつか、消える。

そう思えた。

「君も、無事だ。だから、いいんだ」

僕がそう言うと、エッチは顔をくちゃくちゃにして、泣いた。

「あたし……あたし、どうしたらいい？」

エッチは、僕の手を弱々しく摑《つか》みながら、訊《き》いた。

「『可哀そう』じゃなきゃ、生きていけないって思ってた……可哀そうに生きてたら、許されるって……そう思って……ずっと、人を騙《だま》して……生きてたの……あたし、きっと間違ってた……間違ってたって、分かってるけど……でも、どう間違っちゃったのか、分からない……！」

エッチは、ぐちゃぐちゃな心の内を、順番に取り出すように、話した。

「全部諦《あきら》めて、世界の端で丸くなって、可哀そうなフリしてたら……誰にもこれ以上傷付けられずに、生きていけるって、そう信じてたの……。でもあたしは、薬を売って、いろんな人の人生をめちゃくちゃにしてた……！　自分の身を守る代わりに、誰かのことを、不幸に、してた……」

「生きるためだったんだろ」

「だからって！　……だからって、許されるわけじゃないよ……」

　自分を責め続ける彼女に、どう言葉をかけて良いのか、分からなかった。彼女は少しずつ、〝戻って〟きている。闇の中で足掻《あが》き、生きるために行った行動と……それが〝闇の外〟に生きている人間にもたらす影響の間で、苦しんでいる。

　すべてが麻痺《まひ》してしまっていたのなら……彼女は今頃きっと、本郷のように、自らが生き残るためだけに、他のすべてを犠牲にしても構うことのない人間になってしまっていただろう。

　彼女はまだ、帰ってこられる。そう思った。

「どうしたらいい……？　あたし、どうしたらいいのかなぁ……」

　エッチは、うわ言のように、そう繰り返す。

　僕は、思ったままに答えた。

「したいように、したらいい」

　僕が言うと、エッチは顔を上げて、ふるふると首を横に振った。

「あたし、悪いことしたんだよ。たくさんの人を、きっと、不幸にしたんだよ……！」

「そうだな。でも、君も不幸だった」

「だからって……！」

「じゃあ、刑務所に入るか。入って、罪を償おう」

「分かんない……刑務所に行くのは、怖い。その後、どこに行ったらいいのかも、分からない。パパとママは……死んじゃったから」

「ヤクザの商売道具でいるよりは、ずっとマシだ。これから君は、ずっと良くなる。絶対、そうなる」

「君と……あの女の人と働いたら、あたし、罪を償える……？」

エッチが僕を見つめる。

丸い瞳。

答えを、求めている。

でも……僕には、それは分からなかった。

「分からない……。でも、ハチがああ言ったということは、君の能力は、きっと誰かのために活かせるものなんだとは思う」

僕はそう言って、下手くそに、笑ってみせる。

「ハチは……見る目があるって、みんな、そう言ってる」

みんな、と言っても、犬養《いぬかい》と、ロクだけだけれど。

僕は、もう一度、訊いた。

「……君は、どうしたい」

僕の問いに、エッチの瞳が、潤んで、揺れた。

それから、瞳を伏せ、胸に手を当て……彼女は言う。

「……生きていたい」

僕は、頷《うなず》く。

「そうか」

「……誰かを、傷付けずに……生きていたい」

「うん」

「……怖がらないで、生きていたい」

「そうだよな」

「……やってきたことを、償いたい」

「そうしたほうが、いい」

「…………君と、一緒にいたい」

僕は、顔を上げる。

エッチと、視線が絡んだ。

「君だけが……本気で、『助けたい』って……言ってくれたの」

「ああ……」

「君と一緒に、行きたい。それで、それで……あたしも……いつか、誰かを……」

エッチはそこで言葉を区切って、涙を引っ込めるように、息を吸った。

そして、震える声で、言う。

「……助けられるように、なりたいよ」

じわり、と、胸が痛む。

その痛みはどこか切実で、ちくりと胸を刺すようなものではなかった。

震えながら、恐れながら……自分の弱さをぎゅうと押しつぶすような、そんな……あたたかい、痛みだった。

「……じゃあ、そうすべきだ」

僕は、頷いた。

「人に優しく生きる方法を、生きることを怖がらない方法を、罪を償う方法を……そして……隣にいる方法を……探そう」

僕が言うと、エッチは、ひゅう、と喉《のど》を鳴らしながら、深く息を吸い込んだ。

「僕も一緒に、探す。だから……」

僕は、ゆっくりと、彼女の前に手を差し出した。

「……来てくれるか？」

僕がそう言い切ると、エッチは、どこからそんなに溢《あふ》れてくるのか分からないほどに、ぼろぼろと涙を零しながら、何度も洟《はな》をすすりながら、頷いた。

「……うん……行く……！」

そうして……彼女は、ようやく……自分から、僕の手を取った。

ハチに引きずられながら現場を後にしたのは、その十分後。

そして、機動隊がボウリング場に突入し、本郷らを捕縛、五条を保護したのは、その三十分後のことだった。予定よりも早い突入だった。
ギリギリだったが……僕と、そして、ハチは。
互いの〝仕事〟をし、果たして、両者の求める『報酬』を手にした形となった。

十二章

chapter 12

安土《あづち》少年の加入により、停滞していた『歌舞伎町麻薬案件』は一気に解決を迎えた。

お気に入りの、黒い手帳に、いつものように、捜査記録を書き記していく。

本郷《ほんごう》の一派を捕らえたことで、麻薬売買ルートは大きく混乱し、可視化できる範囲では
そのほとんどを検挙することができた。まだまだ潜伏している売人はいるのだろうが……

それらをすべて潰《つぶ》すのは現実的とは言えない。

買う者がいる以上、売る者が消えることもないのだ。

とはいえ、今回もオヤジの大手柄だ。ここ一年ほど、麻薬所持で捕まる人間が後を絶たなかった。麻薬売買というのは、需要が少なければ供給が減る……という一般的な物流変動とは一線を画す。

供給があればあるほど、その供給に間に合わせるように需要が〝増やされる〟のだ。

ねずみ講のような手段で、購入者がさらに他の友人などに薬を売りつけてゆく。自らがドラッグを買い続けるために、売り手の言いなりになるしかないのだ。

麻薬所持者が増えれば、当然検挙率も増え、社会問題となってゆく。

こうして流通の大元を叩《たた》けたのは、かなり大きな成果と言えよう。

また一つ、オヤジが力をつけたな……と、思う。ただでさえ警視庁の中では『やり方が強引』ということで煙たがられているオヤジだ。今後も力をつけ続け、その力を以て周りを黙らせてゆくのだろう。

私は……そういうやり方は、好かない。

ただまあ、麻薬の流通が減ること自体は、間違いなく良いことだ。そのおまけとして、オヤジの権力が強まるというのなら、仕方のないこととも思える。

完全に止まってしまっていた捜査が一つの決着を迎えたことについても、素直に、ホッとしている。

そもそものところ、私が越後優美《えちごゆうみ》もとい〝エッチ〟とのファーストコンタクトに失敗したことが停滞の原因であったのだが……。

手元の手帳を見つめながら、捜査記録をこまめに書き記す習慣があいった形で役に立つ日が来るとは……と、感慨深くなる。これからも続けるべきだ。

もしエッチに会いに行く前に記録を取っていなければ、私はまんまと彼女の暗示にかかったままになり、自分の記憶を操作されたことに気が付くこともなく、あのまま迷宮入りしていた可能性だってあるのだ。

そして……やはり、大きかったのは少年がこの捜査に加わったことだ。

彼でなければ、エッチから信頼を得て、直接情報を仕入れることなどできはしなかっただろう。

少年は自らの能力を過小評価しているようだが……〝他人の痛みを感じる〟という能力は、対面のコミュニケーションにおいてはかなり大きな役割を果たすと思う。

会話の中で、その相手がどんなことに傷付き、心を痛めるのか。それらに瞬時に気付くことができるのは、他人の心に踏み入っていく中で、とても大切なことに感じられた。

……私には、到底、できない芸当だ。

特殊な能力は……少なからず、本人を変えていってしまう。

越後優美は、他人の自分に対する感情を思い通りにできることに慣れすぎて、他人と正常なコミュニケーションを取ることや、会話の中に多くの選択肢を思い浮かべることを忘れてしまった。その結果、突然闇の中に転落した時、自らで思考し、行動することができなかった。

少年も、自分ではどうすることもできない痛みに、正常な判断を失い、自ら命を絶とうとした。きっと、私が止めていなければ、彼はあの場で死んでいたことだろう。そして彼の大きな問題は……『自分よりも他人を優先してしまう』という点にある。

他人の痛みばかりが彼を苦しめるから、常に、自分よりも他人の心情を優先しているように見える。そして、本人がそのことに気が付いていなかった。

だから、今回の〝エッチの救出〟は、彼にとっても大きな転機になったのではないかと思う。

彼は今回、自分の意思で、自分の心情に従って、選択をした。

その選択が正しかったのかどうかは……彼自身が、この後の人生で証明していくしかない。

とにかく、今回の任務が成功したのは、ほぼほぼ、少年の功績だと言っても良い。

彼がエッチの心を開かせていなければ……彼も私と同じように、〝完璧《かんぺき》な暗示〟をかけられてしまっていたことだろう。

『元クラスメイトなんかじゃない。赤の他人』だなんていう暗示は、あまりにもお粗末だ。

きっと、エッチは心のどこかで、少年を試していた。

家族でもない、恋人でもない自分を……本当に、助けてくれるのか？

そう、少年に問いかけていたのだ。

人は……本心には、逆らえない。

「…………ふう」

手帳を閉じ、背もたれに体重をかける。

ギシ……という音。

そろそろ椅子を新調してほしい、と何度もオヤジには言っているのだが……聞いてもらえる気配がない。

そんなことを考えていると、事務所のドアがノックされた。

「どうぞ」

ドアをノックした相手は分かっているので、いつもより丁寧に応対する。「入れ」などと言った日には、ゲンコツを食らってしまうだろう。

「おう、邪魔するぞ」

事務所の扉が開き、顔を出したのは、犬養《いぬかい》のオヤジだった。

オヤジは扉を開けたまま、訝《いぶか》し気に廊下の方を見つめている。階下からは、女の悲鳴が聞こえていた。私はもう慣れっこなので、オヤジを手招きする。

「どうした、そんなところに棒立ちして」

「ああ、いや……なんだかうるせぇなと思ってよ」

「気にするな。それより、何の用だ？」

私が訊《き》くと、オヤジはソファにのそりと腰掛けながら、横目で私を見る。

「用がなきゃ、来ちゃダメか？」

「ダメとは言わないが、オヤジが用事もなくここに来たことがないもんでね」

「わはは、それもそうだ」

オヤジは制服のポケットから煙草を取り出して、流れるように火をつけた。年季の入ったジッポライターがジャリ、と音を立てる。

「私だけの時はいいが、少年がいる時はここで吸うなよ」

私が彼の煙草を指さして言うと、オヤジは丸い目をしてこちらを見る。

「教育に悪い、とでも言う気か？」

「その通りだ。健康にも悪い」

「はっ、その点……お前には気を遣う必要がなくて楽だな」

「その通り」

オヤジの〝嫌み〟を、軽く受け流す。彼も、私がそうすると分かって言っている。

オヤジは紫煙をくゆらせながら、事務所内を見回す。

「にしても……お前の事務所は本当に汚ぇな」

「問題ない。整理整頓《せいとん》など、物の場所を覚えられない人間のやることだ」

「少しはロクを見習えよ。あいつだって物覚えは良い方だが、事務所はピカピカだぜ」

「ああ……ロクにも『事務所が汚すぎる』と苦言を呈されたな。腹立たしい。あいつが事務所を綺麗《きれい》にするのは、ただ見栄を張りたいだけだろ」

「お前も大人なら、見栄くらい張ったらどうなんだ」

オヤジは苦笑を漏らし、また、煙を吐く。苦いような、甘いような……独特な香りが部屋に立ち込める。

「そういやロクが気にしてたよ」

オヤジがぽつりと言う。

「『あのガキ、ほっといたら死にそうで怖ぇですね』だそうだ」

「……少年のことか」

「ロクがナンバーズ以外のことを気にするなんて、珍しい」

オヤジが真面目腐った顔でそんなことを言うので、私は失笑を漏らす。

「少年は、あれでいて人たらしだからな。ちょっと優しくされて、気になったんだろう。ロクもまだまだ子供だな」

私が半笑いでそう答えるのを、オヤジは睨《にら》みつけるような顔で見ていた。

……なるほど、参ったな。

「……用件は、少年のことか」

私はため息一つ、オヤジを見る。

彼は気付いている。少年の能力が〝暴発〟したことに。おそらく、ロクを使って現場検証をしたのだろう。

「安土桃矢《とうや》は能力を暴発させた。下手すればヤツらを皆殺しにしていたかもしれないんだぞ。なぜ黙っていた」

オヤジは責め立てるように言った。

私は思わず鼻を鳴らしてしまう。

「黙っていたという点なら、私もオヤジに言いたいことがあるぞ」

「なんだ」

「私に何も言わず、〝ユダ〟を動かしただろ」

私が訊くと、オヤジは押し黙る。沈黙は、肯定の証しだ。

〝ユダ〟は、潜入調査班の班長だ。副班長の〝マティア〟と共に、常に場所を変え、身分を変え、捜査を行っている。

私は、今回の捜査に彼が噛《か》んでいることを知らなかった。少年からの報告を受け、初めて知ることとなったのだ。

「結果的に……捜査は円滑に進んだ」

「違うな。オヤジは少年を試したかったんだろ。捜査に適しているか、どうか」

ユダは、他人が『嘘を言っているかどうか』を見破ることができる能力を持っている。

そんな彼が少年に〝捜査員であるという身分をわざわざ隠して〟接触したということは……少年が余計な情報を他人に漏らさずに、かつ、下手な嘘をついてリスクを負うことなく捜査を進められるかどうかを試していた……というような経緯が考えられる。

「結果はどうだ。合格か？」

私が訊くと、オヤジはため息一つ、答える。

「まあ、及第点といったところだろう。頭の回転は悪くない。余計な嘘もつかない。捜査に向いていないとは思わない」

「高評価じゃないか」

「しかし、だ」

オヤジが鋭い眼光で私を睨む。

逃げきれないか、と、心中で舌打ちをする。

「……あの能力は、危険だ」

オヤジが、重々しく、そう言った。

「彼が能力の制御を誤れば、その場にいるすべての人間が命を落とすことになるかもしれないんだぞ」

「そんなことにはならない。彼はいずれ、彼自身の能力を正しく扱えるようになるはずだ」

「なぜそんなことを言い切れる」

「私が、教えるからだ」

私がそう言い切るのを聞いて、オヤジの表情が険しくなる。

「教えるだと……？　お前が？」

「そうだ」

「お前に……お前のような〝心の死んだ〟人間に、人の教育ができるとは思えんな」

「だからこそだ」

私はきっぱりと言う。確信が、あるのだ。

「彼には私が必要だ。〝心無い〟人間が、必要だ。何を言っても心を痛ませることのない、そういう存在が、必要なんだ」

「何を根拠に、そんなことを……」

「彼には、頼れるものが、なかった！」

私が声を荒らげるのに、オヤジは驚いたように口を開けた。煙草の灰が、床にぽとりと落ちる。

「私と……同じだ。オヤジに拾われなければ、私はそのまま死ぬか、名もなき獣になることを余儀なくされていただろう。私のような人間に、生き場所を与えてくれたのは、あなただ」

「…………」

「私も、彼にそうしてやりたい。頼むから、彼のことは任せてくれないか。この通りだ」

椅子から立ち上がり、私が深々と頭を下げるのを、オヤジは長い間、見つめていた。

そして、深い、ため息をつく。

「いいだろう………しばらくは、様子を見てやる」

オヤジは苦々しい表情で、そう言った。

「しかし……分かっているな」

「……ああ」

「彼が能力を制御できないようであれば……」

「分かってる。私が……」

私はそこで言葉を止めた。

息を吸い、吐き出して。

言った。

「私が、殺す」

「……いいだろう」

私の覚悟を受け取ったように、オヤジは何度も頷《うなず》いた。

そして、制服からポケット灰皿を取り出し、煙草の吸殻をぽいと入れる。

「用件はもう一つある」

少年の話は済んだとばかりに、オヤジは話題を転換した。

「あの女のことだ」

「あの女……とは？」

分かっていて、訊き返す。

「〝エッチ〟とやらのことだ。お前、本当に彼女を雇うつもりか？」

「そのつもりだが？　彼女の能力は捜査に大いに役に立つ」

「……我々にはマティアがいる」

オヤジの言いたいことは、分かっているつもりだった。

しかし、今は、そこを執拗《しつよう》に突かれたくはない。

「確かに、マティアの能力に酷似していることは認めよう。しかし、マティアは一人だ。分身はできない。彼女が潜入調査を行っている途中に、その力が必要になったらどうする？」

「不必要に一つの班に様々なイレギュラーを迎え入れることを、俺は良しとしない」

「理解しているよ。『役割こそが、責任を生む』だったな」

オヤジが口酸っぱく繰り返す言葉だ。

オヤジのまとめ上げる『特殊捜査班』らは、どれも役割が独立し、適材適所で捜査を進めていく。一つ一つに特化した班が、それぞれの仕事を粛々とこなすことで、その精度を上げているのだ。

「その通りだ。お前の役割は……」

「〝ダイハチ〟の、だ」

オヤジは舌打ち一つ、言い直す。

「ダイハチの役割は……捜査対象への接近、その初期調査。そして、戦力が必要な場面での加勢。それのみだ」

「分かっているとも。心配しなくとも越権行為はしないさ。オヤジの言うように、『捜査対象への接近、その初期調査』にのみ、エッチの能力は使わせてもらう」

「必要な場面があるとはあまり思えないが」

「それを決めるのはオヤジではない」

私が強めに言うのを聞いて、オヤジはやれやれとゆるく首を横に振った。

「聞く耳持たず、という様子だな」

「ああ。ダイハチでの決定権は、私が持っているはずだ」

「しかし、お前が俺に逆らうことはできない」

「必ず、結果を残す。それまで待ってくれないか」

私の言葉に、オヤジはまたもや深くため息をついた。

「……言うことは、同じだ。不都合が生まれるようなら――」

「分かっている。私が、処理する」

「ならば、良いだろう」

オヤジはソファから立ち上がり、私を横目に見た。

「お前のことは信用している。しばらくは好きにさせてやるよ」

「ご配慮痛み入る」

私が嫌みたらしくお辞儀をするのを見て、彼は鼻を鳴らし、事務所の扉へと向かった。

「ではな」

「ああ」

オヤジは事務所の扉を開け、また、顔をしかめた。

二階が、うるさかった。

「なあ……近所から通報されたりしたらたまらんぞ」

オヤジがそんなことを言いながら私を見るので、私は思い切り噴き出す。

「そうしたら、あんたが揉《も》み消してくれよ」

私がそう言うと、オヤジは今日一番の嫌そうな顔をして、舌打ち一つ、事務所を出ていった。

「………………」

肩の荷が、下りたような感覚があった。

ゆっくりと椅子に腰かけ直す。

ギシ……という音が鳴り、そういえば椅子について文句を言うのを忘れたな……なんてことを、考える。

「…………ッ！　い…………てよッ！　もう…………だッ！　…………!!」

背もたれに思い切り寄り掛かりながら、天井を見る。

「信用している……か」

呟《つぶや》いて、一人、笑う。

もし本当に私のことを信用しきっているのだとしたら、ダイハチへのエッチの加入にあそこまで嫌な顔はしないだろう。

彼は、誰のことだって、信用してなどいないのだ。

それが分かっていてもなお、私がこうして強引にイレギュラーをダイハチに集め始めたのは……残り時間が少ないことを、理解し始めたからだ。

「私は、私の目的のために〝仕事〟をするよ……オヤジ」

そう。ようやく動き始めたのだ。

少年との出会いが、私の疑似的な〝心〟に火をつけた。

そして、その小さな炎だけは、本物であると、信じたかった。

「……〜〜〜ッ!!　………ヤッ！　——してッ!!」

思わず、鼻を鳴らしてしまう。

床に視線を落として、呟いた。

「確かに……少々うるさすぎるな」

言いながら、私は、少年の苦労に想いを馳《は》せるのだ。

＊

「殺して!!　もう殺してよぉ〜〜〜!!」

半狂乱で、エッチが叫んでいる。

じたばたと暴れる彼女に馬乗りになり、僕はその腕を押さえつけていた。

「大丈夫だ……！　大丈夫、苦しいのは今だけだ！」

「嘘、嘘、そんなの嘘ッ!!　苦しい……苦しいんだよッ!!　お願い、もう殺して!!」

「ダメだ。耐えるんだ！」

「無理だよ！　殺して!!　殺して!!」

「ダメだッ!!」

「じゃあ、ちょうだいよ!!　クスリ、く、クスリ、ちょうだい、ちょうだい、ちょうだい!!　耐えらんないよッ!!」

「負けるんじゃない!!」

彼女は、日に日にひどくなる離脱症状に苦しんでいる。

部屋に閉じ込めなければどこかへ逃げようとするし、手足を拘束しなければ、肌を掻《か》き毟ったり、自分で血を流して死のうとしたりする。

薬物の依存が生む行動力は、凄《すさ》まじかった。

薬を得るか、死ぬか。

興奮時の彼女の頭には、その二つの選択肢しか存在していない。

本来、薬物中毒になった人間にはそれ相応の医療環境を用意し、徐々に依存性を取り除いていくのがセオリーのはずだ。

しかし、ハチはそれを良しとしなかった。

『君たち二人で決めたことだ。君たちが責任を取るべきだ』

彼女はそう言った。僕もその言葉に、異存はなかった。

だから僕は、ダイハチの倉庫である二階に無理やりスペースを作り、エッチを閉じ込めている。そして、学校が終わるたびに足しげくここに通い、彼女の面倒を見ていた。

しかし……。

エッチの薬物離脱症状と付き合っていくのは、想像の数倍も強固な精神力が求められるものだった。

彼女が暴れるたびに、僕の骨折した右脚も痛む。そして、痛みを訴える彼女の心が、僕に直接響いてきて、おかしくなりそうだ。

「殺してよッ!!」

「ダメだ。君は生きるんだ！　そのために今、苦しんでるんだ!!」

「もう、嫌ぁッ!!」

毎日毎日、同じことを叫ばれて、同じことを、言い返している。

耐えなければならない。

そしてその先に、今よりも良い未来があることを、信じ切らなければならない。

それが……僕と彼女の、禊《みそぎ》だと思った。


「ごめんね…………ごめんね……いい子じゃなくて、ごめんね……ひっかいちゃって、ごめんね……」

「いいんだ。全部、薬のせいだ」

「違うの…………あたしが弱いからいけないの…………薬なんかに負けちゃうから、いけないの………」

ひとしきり暴れて、興奮が収まると、いつもこの調子だ。

彼女は謝り続けて、そのまま、眠る。

眠る前に睡眠薬を飲ませれば、半日以上、起きることはない。

疲れ切ったエッチは、目をとろんとさせて、口の端からよだれを垂らしたままにしている。僕はそれをタオルでふき取って、ゆっくりと彼女の上半身を抱き起こす。

「ほら、薬、飲むぞ」

「うん………」

「まず、これ」

「うん………」

エッチの口に、白い二つの錠剤を、入れてやる。

そして、コップに汲《く》んだ水を、飲ませる。

つう、と口の端からこぼれてしまう水を、タオルでふき取る。

ごくり、と、彼女が薬を嚥下《えんか》するのを見て、僕はようやく安心できるのだ。

「ねえ……トウヤくん……一個、お願いがあるの……」

「なんだ？」

エッチは僕の名前を知り、『トウヤくん』と呼ぶようになった。

僕も彼女のことを本当の名前で呼びたかったが、何故か、彼女はそれを拒否する。だから、今も、〝エッチ〟と呼んでいる。

　エッチは焦点の定まらぬ瞳《ひとみ》で僕を見て、言った。

「……抱いて欲しい………」

　どきりとする。

　僕は小さく咳《せき》ばらいをして、言う。

「抱きしめればいいのか？」

「ちがうよ、セックスしてほしい」

　ぼんやりとした顔でとんでもないことを言う彼女に、僕は強く、かぶりを振ってみせた。

「ダメだ」

「なんで？　トウヤくん、あたしのこと嫌いなの？　そうだよね、こんな、人間のクズみたいな女、イヤだよね……」

「違う、そういうことじゃない」

　僕は慌てて首を横に振る。

　僕から見ても、彼女は女性的な魅力が満点で、捜査の時もどれだけドキドキしたことか。

「……君は今、正気じゃないから」

　僕がそう言うと、エッチはなんとも言えぬ寂しそうな表情をする。

「正気じゃない女と寝るのは嫌、だよね」

「違う。君は、今、正常な判断を下せる状態じゃないんだよ。ただ、寂しくなってるだけだ」

「そんなこと……いや……うん、わかんない……そうかも……」

「これからは、自分の身体のことも、大切にすべきだ。そういうのは、特別な時に、特別な相手とするべきだ。君がどう思うかは分からないけど、僕は、そうしてほしい。だから……そういうことは、しない」

僕がはっきりとそう言うと、エッチはしばらく視線を床の上でうろうろと動かした後に、小さく笑った。

「……セックスって、特別なことだったんだね」

彼女のその言葉に、僕はなんとも返事ができなかった。

それも、人それぞれだろう、と、思う。

僕にとってはそう、というだけで、そうは思わない人もたくさんいることを、知っている。

ただ一つ言えるのは……彼女は、それを自分で選択できる立場にいなかった、ということだ。

これからは、すべての行動を、自分で選択して、やりたいと思えることだけをやって欲しかった。

「じゃあさ、キスしよ。キスなら……いいじゃん……」

エッチが言う。

目が、閉じかけている。睡眠薬が効いてきているのが分かった。

「人と……身体をくっつけるとさ………生きてる感じが……するんだよ……」

「そうか」

「だからね……？　キス……してよ……いっぱい、いっぱい……して……」

「そんなことしなくても、君は生きてるよ」

「……ぁ、たし、生きてるんだ……？」

「うん、生きてる」

「………そっか………ぃきてるんだぁ……」

エッチはかく、と首を倒す。

眠ってしまった。

その目尻《めじり》から、つう、と一筋の涙がこぼれる。

僕は、それをタオルで優しく、ふき取った。

「……ちゃんと、生きてるよ」

そして、もう一度、そう言った。

＊

松葉杖《まつばづえ》を突き、苦労しながら三階へと上がる。

扉を開けようとすると、それは勝手に開いた。

「お疲れ、少年」

ハチが、扉を開けてくれていた。

「ああ……ありがとう」

僕はハチが大きく開けた扉を、杖《つえ》を突きながら通る。

最近、ダイハチ事務所のソファには書類が置かれていない。なんとなく、僕とハチの間で、そこは僕が座る場所だという常識が出来上がってきているような気がした。

それが、少しだけ、心地いい。

僕がソファにゆっくりと腰をかけるとハチはすたすたと自分の机に向かい、何かを手に取ってから、僕の方へ近寄った。

「ほれ」

差し出されたのは、フィフティーンアイスクリームだ。桃ソルベ味。

「……ありがとう」

僕が受け取ると、ハチは満足げに微笑む。

ぺりぺりと包装紙をはがし、齧《かじ》り付く。

いかにも『人工的』という感じの甘さが口の中に広がった。キャンディのような露骨な桃味が、強く主張してくる。

でも……なんだか今は、それがとても気持ち良かった。

「……美味いな」

僕がそう零すと、同じように包装紙をはがしていたハチが笑う。

「君もこの良さが分かるようになったか。オトナの証しだな」

「どっちかと言えば、子供っぽい味だ」

「分かりやすいことは、良いことだ。複雑な世界の中でも、シンプルで変わらぬものもあるということを教えてくれる」

「いちいち、大げさだな」

僕の返事に、ハチは可笑《おか》しそうにけらけらと笑った。

そして、またいつものように、ちびちびとチョコミントアイスを食べる。

彼女は窓の外を眺めながら、穏やかな表情で、アイスを口の中で溶かしていた。

その瞳の先に、何を見ているのか、訊《き》きたくなる。

彼女はいつも偉そうで、何を言うにも断定的で、腹立たしかった。

でも、その奥底に、いつだって、強固な意志のようなものを感じるのだ。だから、従ってしまう。


『命に貴賤はないのだから』

ふと、初めて彼女と会った時のことを思い出す。

蒸し暑く、蝉の声のうるさい、駅のホーム。

彼女は僕の目を見て、はっきりとそう言い放った。

僕はその言葉に、懐疑的だった。

命に貴賤がないなんて、嘘だ。そう思った。なぜなら、僕は普通に生きることができなくて、普通に生きられないことに、苦しんでいたから。

望んでもいない力を与えられて、それから逃げるように、惨めに生きてきた。

僕は、他人よりも劣った、惨めな命を持った生物だ。そう思っていた。

でも。

「なあ、ハチ」

自然と、口が開く。

ハチの視線が、ゆっくりと僕の方へ向いた。

「ん？」

小首を傾げる彼女を見つめて、僕は、言った。

「ありがとう……僕の命を、救ってくれて」

僕が言うと、ハチの瞳が、大きく揺れた。

少しずつ、その目が開かれていく。

そして、彼女は、どこか嬉《うれ》しそうに、言った。

「礼には及ばない」

ハチは、そう言ってから、またアイスを一口齧《かじ》る。

口の中で溶かし、嚥下する。その作業の末に、また口を開く。

「君は約束通り……その命を捜査のために使ってくれた。言葉通り、死ぬ覚悟ができていた。死の恐怖を前にしても、君は君のやるべきことを曲げなかった」

ハチはそう言って、僕を見た。

その唇が、柔らかく、動く。

「私の方こそ、ありがとう。君の命を救って……良かった」

その言葉が、胸の奥に、優しく、浸透していく。

そして、目の奥が熱くなった。

ず、と洟《はな》を啜《すす》って、僕はその熱さを身体の奥にしまい込む。

「なあ少年」

ハチが、アイスの棒をゆらゆらと振りながら、言った。

ゆっくり食べ進めるものだから、根元から溶け出している。

「……君は、君だけを信じて、生きてゆけ。君の抱える痛みと、それを感じる君自身を……信じてゆけ」

ハチはそう言って、僕のことを、優しい瞳で見つめた。

そして、はっきりと、言う。

「それが、いずれ……君の〝命〟になるだろう」

その言葉の意味が、僕にはよく分からなかった。

だというのに……何故か、僕の心は、その言葉を心から欲していたような……そんな気がした。

その意味を知りたい、と、思った。

「……分かった」

僕は、頷《うなず》く。

そしてすぐに、なんだか軽口を言いたい気分になる。

「ハチのことは、信じなくてもいいのかよ」

僕がそう言うと、ハチはスンと鼻を鳴らす。

「信じていようがいまいが、関係ない。私は君の上司で、君の気持ちなど関係なく、命令を下すだけだよ」

ニヤリと笑いながら、彼女はそう言ってのけた。

その通りだ。彼女はいつだって……偉そうに命令して、僕のやること為すことに説教してくる。

まるで、そうすることが『正解』だというように。

でもそれも……悪くない。

そう思えた。

「……溶けてるな」

ハチはまじまじとアイスの棒を眺めてから、それをぽいとゴミ箱に捨てた。

僕はその様子を眺めて、ついに、言う。

「なあ……もったいないと思わないのか」

僕がそう言うのを聞いて、ハチは一瞬、ぽかんとしたように僕を見つめたまま静止した。

そして、何故か、少し顔を赤くしながら、呟《つぶや》く。

「そうか……もったいないか………確かに、そういう考え方もあるか……」

それから、赤い顔のまま、真面目腐った表情で、言う。

「次からは、全部食べることも、検討しよう」

その言葉を聞いて、僕は思わず噴き出す。

「ははっ！　なんだよそれ」

僕が笑ったのを見て、ハチは憤慨したように立ち上がった。

「な、なんだ！　何が可笑しい！」

「何もかもだよ、ふふ……」

「どういうことだ！　説明しろ!!」

相変わらず、彼女が憤慨するポイントはよく分からない。

しかし、そういう『人間らしい』彼女の表情が見えるたび、僕は少しだけ、嬉しくなるのだった。

エピローグ

epilogue

終業のチャイムが鳴り、教室の空気が弛緩《しかん》する。

〝授業を受ける〟という共通の目標が失われ、一人一人の人間が自らの意思を思い出したかのように動き出すこの瞬間は、眺めていると不思議な気持ちになった。

今まで当たり前だと思っていた『教室』という空間は、よくよく見ると、なんだか異質だ。

それぞれ別の考えを持った人間が、教室という一つの空間に詰め込まれて……綺麗《きれい》に机を並べ、どういうわけか、一人の人間の話を、真面目に聞いている。

強制された『勉学』という課題の前に、一旦《いったん》、自分のやりたいことを置いて、与えられた指令に従うように、大人しく座っている。

そういった意味では、僕たちは〝訓練された犬〟に似ていると思った。

餌を前に、よだれを垂らしながら、おすわりをさせられる犬と、一緒だ。

僕たちはゆくゆくは〝社会〟というより大きな仕組みの中に適合できるよう、訓練されているのかもしれない。

そんなことを考えながら、僕の心は穏やかだった。

どこへ行っても同じだと、理解しているからかもしれない。

目標があり、そのためにやらなければならないことがあり、それに向けて、訓練をする。

どう形が変わったとしても、僕たちには、それ以外にやることはないのかもしれないと思った。

そして……それを怠ったものにも、人生は、ある。

どう足掻《あが》いても、人生は続いていく。……終わる時が、来るまで。

つんつん、と、僕の背中がつつかれる。

「……ノートか？」

僕が振り返りもせずに訊くと、答えまでに少しの間があった。

そして、どこか不満げな声で、「そうだけど……」と、返ってくる。

僕はちょうど今終わったばかりの『現代文』のノートを、後ろの亜樹《あき》に渡してやる。

「寝てたのか」

僕が訊くと、亜樹はムッとしながら首を横に振る。

「いつも寝てるみたいな言い方やめてよ」

「事実だろ。起きてたならなんでノートとってないんだよ」

「んー、ネットニュース見てた。スマホで」

「もっと悪い」

「見てこれ、環境大臣のＰＣから、児童ポルノの動画がめっちゃ出てきたんだって。ヤバイよね」

亜樹はスマホの画面を僕に見せてくる。

『環境大臣のＰＣフォルダ、流出。児童ポルノ動画大量保持か』という大見出し。

僕は顔をしかめた。

「なんでこんなのがバレるんだよ。個人のＰＣだろ」

「うん〜、それがさ。最近ネットで有名なハッカーいるじゃん」

「あー……『仁王』とか言ったっけか」

「そうそう。その仕業だって。ちょっとかっこいいよね、仁王。世直し！　って感じで」

「ハッキングは、犯罪だ」

「そうだけどさぁ」

亜樹は僕から受け取ったノートをスクールバッグにしまいながら、まだ『仁王』とやらの話をしている。

僕はそれを聞きながら、なんとも言えぬ、穏やかな気持ちになっていた。

平和だ。

死の危険を感じることもなく、そうであるからこそ、直接会ったこともない『環境大臣』の噂話に、うつつを抜かしていられる。

亜樹にとっては、そんなものよりも、授業を受けることの方が身近なことのはずなのに、彼女の興味は、外のことに向いている。

静かに授業を受けているフリをして、そんな風に『ヒマを潰《つぶ》している』彼女のことが、僕はどうやら嫌いになれない。

教室にいる生徒たちのことを、『訓練された犬のようだ』と言ったが、その訓練をこっそりサボる人間がいることも、なんだか尊く感じられる。

自由な選択をできることは、平和の証しだと思った。

皆それぞれが自分の行動を選択し、その先にある人生を歩んでいく。

そういう当たり前なことを、しみじみと感じることができた。

「ね、喫茶店行かない？」

亜樹がスマホから顔を上げて、言った。

僕は首を横に振る。

「今日は、直帰しないと」

「なんで？　なんか用事？」

「いや、明日《あした》の化学の小テストの勉強だ」

嘘をついた。

しかし、亜樹は「あっ！」と声を上げる。

「そうだった、あぶな～！　勉強しないで行くとこだったわ」

「良かったな、この話してて」

「ほんとだよ。じゃあ、途中まで一緒に帰ろ」

「ああ」

頷いて、亜樹と一緒に、教室を出る。

昇降口を通り、校門を出て……帰路につく。

その間にもずっと、様々な生徒たちとすれ違った。

「待ってよ～！」と声を上げながら、前を歩いていた二人に追いつく女子を見つめて、ちくり、と胸が痛む。

追いていかれたことが、そして、他の誰かと帰ろうとしていたことが、不満だったのかもしれない。

僕は自分の胸を触る。

以前よりも、他人の痛みを感じることが、ストレスでなくなっているのが、分かった。

「どしたの？」

亜樹が、そんな僕を不思議そうに見つめている。

「いや……なんでもない」

僕が答えるのに、亜樹は「ふーん」と、曖昧《あいまい》な相槌《あいづち》を打った。

「……痛かったら、言うんだよ」

それから、亜樹は、不自然なほどに平淡《へいたん》な口調で、そう言った。

僕はスンと鼻を鳴らす。

「言わねぇよ。ガキじゃないんだから」

僕がそう返すと、亜樹はどこか、嬉《うれ》しそうに笑う。

河原で話し合って以来、彼女は僕に何も訊《き》こうとしなかった。

脚をボキボキに折って学校へ行っても、最初こそ「何それ！　どうしたの⁉」と訊いてきたものの、煙に巻こうとする僕に、それ以上何も訊かなかった。

僕が嘘をいうことを、彼女が良く思っていないことは分かっている。心配をかけていることも、知っている。

でも彼女は、それでも変わらず、隣に、いてくれる。

「脚、もう大丈夫なの？」

亜樹が訊いた。

「ああ……意外とすぐ治るんだな、骨折って」

「〝ボウリングの球が当たって骨折〟なんて、マヌケだよね」

亜樹は嫌みたらしく、そう言った。嘘だと思っているのだ。そりゃそうだ。嘘みたいな話だった。だから、そのまま言ったのだ。もちろん、ヤクザにやられた、という点だけは、伏せている。

「でも、もう歩ける。済んだことだよ」

僕が言うと、亜樹はムッと唇を突き出した。

「次からは気を付けないとね。球に当たらないように」

　彼女の嫌み攻撃を受け流していると、亜樹がズン、と僕の腕を肘《ひじ》で小突いた。

「……あんま心配させないでよ」

　そう言って僕を睨《にら》む亜樹。

　僕も苦笑を浮かべて、頷《うなず》く。

「悪かったって」

　平和だ。改めて、そう思った。

「じゃあね。また明日」

　二人の通学路が分かれる道へとたどり着いて、亜樹は軽く片手を振った。

「ああ、また明日」

　僕も同じように手を軽く振って、別れる。

　それから、亜樹の姿が見えなくなるのを確認してから、スマホをバッグから取り出した。

　数件のメッセージが入っていた。


『もう帰ってくる？』

『ご飯とお風呂《ふろ》、どっち先がいい？』

『あ、それとも………』

『今エッチなこと考えた？』

僕は既読だけを付けて、バッグにスマートフォンをしまう。呆《あき》れた笑いを、漏らしながら。

僕は……日常と、非日常の合間に、立っている。
学生としての僕と、法の外に立つ人間としての僕。どちらが本物だろうか。
そんなことを考えて、すぐに馬鹿馬鹿しくなった。
そのどちらもが……僕だ。
ここに立っていることが、僕の、人生だ。
そしてその意味を……これからも考え続けてゆく。
それだけのことだった。
突然、大音量で、『運命』の着メロが鳴り響いた。
僕はドキリとしながら、辺りを見回して。
緊張しながら、スクールバッグから取り出した古めかしいガラケーを耳に当てる。
そして、思い出す。
僕が……僕こそが、〝訓練される犬〟だということを。
『仕事だ、少年』

この瞬間に、僕は、〝猟犬〟になる。

〝ヒト〟でいられなくなった獣を追う……〝猟犬〟に、なる。

（了）

あとがき

はじめまして。しめさばと申します。細々とネットで物書きをしていたものです。気付いたら私がデビューしたレーベルであるスニーカー文庫で二作目を出させていただけることになり、とても嬉しい気持ちでこれを書いています。

さて、今回は紙幅がないので、さっそく謝辞となります。まずは、K編集、今回もお世話になりました。粘り強く付き合い続けてくださったこと、感謝しております。

次に、素敵なイラストで、キャラクターに命を吹き込んでくださったイラストレーターのはくり先生。本当にありがとうございました。先生のおかげで、この物語は一段と格好良くなったように思います。特に、亜樹《あき》のデザインがお気に入りです。

そして、きっと私よりも真剣に本文を読んでくださったであろう校正さんと、その他この本の出版にかかわってくださったすべての方々に、心よりお礼を申し上げます。ありがとうございました。

最後に、この本を手に取ってくださった皆様、ありがとうございます。デビュー作とはかなり毛色の違う作品となりましたが、心を込めて書いたので、楽しんでいただけたら幸いです。

また皆さまと私の書いた物語が巡り合うことのできるようにと願いながら、あとがきを終わらせていただきます。

しめさば

イレギュラー・ハウンド

いずれ×××になるだろう

著	しめさば
	角川スニーカー文庫　23169
	2022年５月１日　初版発行
発行者	青柳昌行
発　行	株式会社KADOKAWA 〒102-8177 東京都千代田区富士見2-13-3 電話　0570-002-301（ナビダイヤル）
印刷所	株式会社暁印刷
製本所	本間製本株式会社

Printed in Japan　ISBN 978-4-04-112421-5　C0193

★ご意見、ご感想をお送りください★
〒102-8177 東京都千代田区富士見 2-13-3
株式会社KADOKAWA　角川スニーカー文庫編集部気付
「しめさば」先生
「はくり」先生